Profundezas

TRICIA RAYBURN

Profundezas

Tradução
Fal Azevedo

1ª edição
Rio de Janeiro-RJ / Campinas-SP, 2013

Editora: Raïssa Castro
Coordenadora editorial: Ana Paula Gomes
Copidesque: Entrelinhas Editorial
Capa e projeto gráfico: André S. Tavares da Silva
Foto da capa: Arman Zhenikeyev/123RF

Título original: *Dark Water*

ISBN: 978-85-7686-222-2

Copyright © Tricia Rayburn, 2012
Todos os direitos reservados.

Tradução © Verus Editora, 2013
Direitos reservados em língua portuguesa, no Brasil, por Verus Editora. Nenhuma parte desta obra pode ser reproduzida ou transmitida por qualquer forma e/ou quaisquer meios (eletrônico ou mecânico, incluindo fotocópia e gravação) ou arquivada em qualquer sistema ou banco de dados sem permissão escrita da editora.

Verus Editora Ltda.
Rua Benedicto Aristides Ribeiro, 55, Jd. Santa Genebra II, Campinas/SP, 13084-753
Fone/Fax: (19) 3249-0001 | www.veruseditora.com.br

CIP-BRASIL. CATALOGAÇÃO NA FONTE
SINDICATO NACIONAL DOS EDITORES DE LIVROS, RJ

R214p

Rayburn, Tricia
Profundezas / Tricia Rayburn ; tradução Fal Azevedo. - 1. ed. - Campinas,
SP : Verus, 2013.
23 cm.

Tradução de: Dark Water
ISBN 978-85-7686-222-2

1. Romance juvenil americano. I. Azevedo, Fal, 1974-. II. Título.

13-03221   CDD: 028.5
                                  CDU: 087.5

Revisado conforme o novo acordo ortográfico

Impresso no Brasil pelo Sistema Cameron da Divisão Gráfica da
DISTRIBUIDORA RECORD DE SERVIÇOS DE IMPRENSA S.A.

Uma história para Susie Q

Agradecimentos

Agradeço de coração a Rebecca Sherman, Regina Griffin e a todo o pessoal da Writers House e da Egmont USA que faz com que as histórias da série *Sereia* cheguem aos meus leitores.

Abraços de urso para minha mãe, Michael, Sean, Kristin, Honey, Megan, Bobby e para o restante de minha família e meus amigos, pelo apoio incansável e entusiasmo sem fim.

1

COMEÇOU DEPOIS DA PRIMEIRA hora de viagem. O tremor no peito. A fraqueza nas pernas. O aperto na garganta que fazia parecer que cada inspiração enchia meus pulmões de vidro quebrado em vez de ar puro e fresco. Essas sensações não eram novidade. Por quase um ano, elas foram as mensagens que meu corpo enviava sempre que estava perdendo as forças, se cansando... se desidratando.

A diferença é que desta vez eu não estava com sede. Tínhamos feito mais paradas do que era necessário ao longo da Rodovia I-95 para que eu cuidasse disso.

Eu estava apavorada.

— Batatinhas?

Um pacote enorme de batatas fritas Lay's apareceu entre os dois bancos da frente e foi agitado diante de mim.

— São suas favoritas — minha mãe disse. — Sal e vinagre.

— Caprichado no sal — acrescentou meu pai.

Observei enquanto ele pegava um saleiro de plástico do apoio para copos e o virava na abertura do pacote. Conforme o pó branco caía nas batatas, pensei como a simples ideia desse petisco de viagem deveria me revirar o estômago. Mas não revirou.

— Não, obrigada — respondi. — Não estou com fome.

— Você não comeu hoje — minha mãe disse. — E mal beliscou o jantar ontem à noite.

— Estou guardando espaço para o Harbor Homefries.

Minha mãe olhou para o meu pai por um instante. Ele balançou a cabeça tão de leve que não daria para notar o movimento a menos que fosse esperado.

— Então — disse ele, deixando o pacote no console e pondo o saleiro de volta no porta-copos —, alguns dos meus alunos alugaram uma casa em Kennebunkport neste verão. Parece um lugar bem agitado.

— Agitado? — perguntei.

— Sabe como é, na onda. Legal. Ou, como um jovem artesão da palavra alegou, *irado*.

— *Iraaado* — disse minha mãe.

Meu pai olhou para ela.

— Por que não soa nem de longe tão ridículo quando é você quem fala?

— Porque eu falo do jeito certo. — Ela tentou fazer contato visual comigo pelo espelho retrovisor. — Você tem que espichar o A. Certo, querida?

Virei a cabeça, olhando pela janela.

— Acho que sim.

— Bem — meu pai disse —, se a nossa garota de Dartmouth acha que é, então é isso aí.

Pressionei a testa contra o vidro, piscando para afastar imagens de paredes cobertas de hera.

— De qualquer forma, a cidade fica bem cheia, mas é perto da água e parece que é linda. Talvez devêssemos passar lá para dar uma olhada. Tipo hoje.

— É uma ótima ideia — minha mãe disse. — A saída para lá deve ser nos próximos quilômetros.

Eu me endireitei no banco.

— A gente não combinou de se encontrar com a corretora?

— Combinou — minha mãe disse —, mas o compromisso pode ser adiado.

— Mas vocês vêm planejando esta viagem há semanas. Por que esse desvio de repente?

— Por que não? — perguntou minha mãe. — Não faz mal nenhum conhecer todas as opções. Principalmente no que diz respeito a imóveis.

— Mas o lugar para onde estamos indo também é perto da água. É o lugar mais lindo que já conheci — tentei sorrir. — E, depois do que aconteceu no último verão, não deve estar muito cheio.

Essa última frase foi uma tentativa de manter as coisas leves. Para o bem ou para o mal, pelo menos minha pobre frase conseguiu atravessar a fachada de falsa alegria dos meus pais.

— Bem, a gente não *precisa* voltar para lá — minha mãe disse, apertando o volante.

— Podemos ir a qualquer lugar — disse meu pai —, experimentar uma cidade nova.

— Eu sei — respondi. — Vocês me disseram isso há seis meses, e toda semana desde então. Agradeço a oferta, mas não precisa. Eu não quero experimentar um lugar novo.

Minha mãe olhou para mim. Seus lábios estavam comprimidos em uma linha fina e reta. Por trás dos óculos de sol, eu sabia que suas sobrancelhas estavam franzidas e seus olhos apertados.

— Vanessa, tem certeza? Quer dizer, certeza *mesmo*? Eu sei que você já voltou algumas vezes depois... de tudo o que aconteceu... mas agora é diferente. — Ela fez uma pausa. — É verão.

Verão. A palavra ficou suspensa acima de nós, pesada, se expandindo.

Olhei para o assento vazio à minha esquerda, então estiquei a mão para frente e peguei um punhado de batatinhas.

— Sim — respondi —, tenho certeza.

Apesar de ter garantido isso inúmeras vezes nos últimos meses, eu entendia a preocupação deles. A gente fazia a mesma viagem todo mês de junho desde que eu me entendia por gente, e essa era a primeira vez que minha irmã mais velha, Justine, não estava. E não apenas isso: por causa da agenda da nossa corretora — e tendo em vista um imóvel supostamente incrível que havia acabado de entrar no mercado —, tínhamos que ir naquele dia. Que, por acaso, era o dia seguinte à minha formatura na Escola Preparatória Hawthorne... e o dia em que a morte de Justine completava um ano.

Como meu corpo continuava a me lembrar, tudo isso era assustador. Mas havia outra coisa que seria totalmente aterrorizante.

Nunca mais voltar a Winter Harbor.

Comi vários punhados de batatinhas, que ajudei a descer com duas garrafas de água salgada. Durante quinze minutos, ouvi meio distraída e acenei com a cabeça enquanto meus pais debatiam sobre as vantagens de casas com isolamento térmico para qualquer tipo de clima. Quando passamos a saída para Kennebunkport, esperei mais cinco minutos para me garantir, então me recostei no banco e chequei meu celular pela centésima vez desde que acordara.

V! Tô tão animada para te ver. Quem diria que 20 horas iam parecer 20 anos?? No restaurante o dia todo. Apareça quando puder. :-* P.

Paige. Minha melhor amiga, que tinha morado em nossa casa no ano letivo anterior, era uma das principais razões pelas quais passar as férias em qualquer outro lugar neste verão seria impossível. Sorri enquanto respondia à mensagem.

Mal posso esperar para te ver também. Ainda demoramos algumas horas. Aviso quando estivermos mais perto. Não trabalhe demais! <3 V.

Mandei o SMS e olhei novamente as mensagens mais antigas, esperando, como sempre, ter passado por alguma sem notar. Ou que, talvez, a operadora estivesse com problemas e tivesse me mandado uma notificação com todas as mensagens não entregues.

Mas nada. Uma rápida chamada para o correio de voz provou que ele também estava funcionando direitinho.

Troquei o celular pelas descrições dos cursos de Dartmouth que eu havia encontrado no *site* da universidade e mandado imprimir, e me encolhi no banco traseiro. Eu já tinha uma ideia bem formada sobre o que gostaria de estudar no outono, mas meus pais ainda não sabiam disso. E, mais do que qualquer outra coisa, se eu mostrasse que estava pensando no meu futuro, eles parariam de falar no passado. Na verdade, as descrições de cursos eram um escudo tão eficiente que ninguém perguntou como eu estava ou do que precisava pelo resto da viagem.

Obviamente, quando saímos da estrada, eles nem precisaram fazer isso. Pelo menos não em voz alta. Minha mãe olhava mais para o retrovisor do que para a estrada, e meu pai salpicou uma camada extra de sal em um pacote de salgadinhos antes de empurrá-lo para mim por entre os bancos da frente.

— Estou bem — respondi, enquanto minha pulsação martelava nos meus ouvidos. — Juro.

Isso pareceu acalmá-los até chegarmos perto da placa em forma de barco a vela que dizia: BEM-VINDO A WINTER HARBOR. Foi então que minha mãe deu um tranco para a esquerda no volante, e nós pegamos um desvio inesperado que evitava a rua principal e todo o comércio local. Comecei a protestar, mas me calei. Será que eu realmente queria ficar no meio do trânsito e passar superlentamente na frente da sorveteria do Eddie, que sempre tinha sido nossa primeira parada e o começo oficial de cada uma de nossas maravilhosas férias em família?

Provavelmente não. Deixei meus pais ganharem essa.

Tirei outra garrafa de água da mochila e me concentrei em bebê-la. Alguns minutos depois, o desvio nos levou ao mesmo cruzamento a que teríamos chegado caso tivéssemos continuado na rua principal. Virar à direita nos levaria em direção às montanhas, por uma estrada cheia de curvas que eu conhecia tão bem que poderia dirigir por ela à noite sem ligar os faróis. Esperei pelo barulhinho do pisca-pisca e a suave curva para o oeste. Nenhum dos dois veio. Em vez disso, fomos em frente.

Enquanto seguíamos, a estrada reta e plana começou a se inclinar. As casas foram ficando mais e mais raras e as árvores mais numerosas. Eu nunca tinha vindo a esta parte de Winter Harbor e, antes que pudesse decidir se isso era bom ou ruim, a estrada terminou. O carro parou. Ficamos imóveis, todos olhando na mesma direção.

— Isso é alguma brincadeira? — perguntei, espiando por entre os bancos da frente.

— Acho que não — minha mãe disse depois de uma pausa.

Ela entregou ao meu pai o papel com as instruções de como chegar, baixou o vidro e apertou um botão na caixa prateada ao lado de sua porta. Os portões altos — que, em vez de barras simples, exibiam escudos de ferro forjado com imagens de iaras com caudas ornamentadas — se abriram.

— Vamos fazer uma tentativa — falou meu pai, e então se ocupou em dobrar várias vezes o papel que minha mãe lhe entregara.

Minha vontade era pegar a pilha de descrições de cursos, segurá-las na frente do rosto e bloquear tudo que eu não queria ver. Mas não consegui. Meus olhos estavam vidrados nas cabeças sem rosto, nos cabelos esvoaçantes, nas barbatanas intrincadas. Eu disse a mim mesma que as iaras eram decorativas, nada mais, mas ainda procurava por algo, qualquer coisa nelas que me parecesse conhecida. Enquanto os portões se fechavam atrás de nós e continuávamos em frente, cheguei a me virar no banco para vê-las diminuir. Ou, talvez, para ser mais precisa, para me *certificar* de que elas diminuíam.

A estrada particular era íngreme e serpenteava por uma floresta densa. Quando já havíamos avançado uns oitocentos metros, minha mãe, ficando nervosa, impaciente ou uma combinação das duas coisas, pisou fundo. Nosso carro disparou por uma colina, alcançando a beira de um precipício.

Meu pai e eu agarramos os apoios de braço da porta. Minha mãe prendeu a respiração e pisou com força no freio. O carro deslizou por alguns metros antes de parar, oscilando.

— Uma cerca — disse minha mãe, recuperando o fôlego. — O que precisamos aqui é de uma cerca boa e forte.

Ela abriu a porta e saiu do carro. Meu pai se inclinou para frente lentamente e começou a se virar. Sentindo uma nova onda de preocupação se aproximando, abri minha porta e saí do carro antes que ela me alcançasse.

— Jacqueline! Fico feliz por ter vindo tão rápido.

Uma mulher vinha em nossa direção por um largo caminho de pedra à esquerda. Ela usava calças de linho branco, uma túnica branca e sandálias de couro. O cabelo estava preso em um rabo de cavalo tão apertado que os cantos de seus olhos azuis estavam puxados para cima. Eu devia estar mais afetada do que pensava pelos escudos de ferro com as nadadoras ornamentadas pelos quais tínhamos acabado de passar, porque, por uma fração de segundo, ela me pareceu exatamente igual à mulher que eu conhecera no verão anterior.

Mas isso era impossível.

Não era?

— Essa deve ser sua linda filha — a mulher apertou a mão da minha mãe e sorriu para mim, radiante —, que vai para uma universidade da Ivy League e sobre quem eu já ouvi tanto. Dartmouth, certo?

Forcei um sorriso enquanto me aproximava delas.

— Certo.

— Você é o sonho de qualquer pai ou mãe.

Baixei os olhos.

— Vanessa — disse minha mãe, rapidamente —, esta é a Anne. Nossa corretora. E Anne, sim, esta é minha linda filha.

— E eu sou o marido e pai perfeitamente comum — meu pai disse, chegando por trás de nós, arrastando os pés —, e este é um lugar e tanto.

— Eu disse a vocês, não disse?

Anne pegou minha mãe pelo braço e a conduziu pela trilha que levava até a casa, tagarelando detalhes sobre os quartos e os banheiros e como a construção tinha sido projetada para economizar energia elétrica. Meu pai seguia as duas com as mãos nos bolsos e os olhos voltados para o horizonte à nossa direita. Eu ia alguns metros atrás dele, com o celular em uma das mãos, caso alguém olhasse para trás e eu precisasse parecer distraída. Não é que eu não estivesse curiosa; só não queria influenciar a decisão mais do que já havia feito.

— Ninguém nunca morou aqui — disse Anne, enquanto nos aproximávamos da construção. — O proprietário, um arquiteto de Boston, projetou a casa para a esposa. Era para ser um presente pelo décimo aniversário de casamento deles, mas aí, na semana passada, a esposa decidiu comemorar mais cedo com um dos colegas de trabalho do marido. É horrível quando essas coisas acontecem, não é?

Sob a camisa vermelha xadrez, os músculos das costas do meu pai ficaram tensos. Minha mãe abaixou a cabeça enquanto remexia nos papéis em suas mãos.

— É — disse ela —, mas acontecem mesmo assim.

— Aquilo é uma piscina? — perguntei.

Anne, instantaneamente recuperada de sua decepção com os relacionamentos atuais, me deu um rápido sorriso.

— E tem uma banheira de hidromassagem também. Espere para ver.

Ela e minha mãe se apressaram casa adentro. Meu pai parou perto de um canteiro alto de pedra, em forma de coral. Parei ao lado dele.

— Obrigado — ele disse.

Assenti com a cabeça.

— Não é do tipo a que estamos acostumados, é? — ele perguntou, um instante depois.

Levei um segundo para entender que ele se referia à casa, que parecia um amontoado de caixas de vidro ligadas por corredores de madeira. A casa não tinha varanda. Graças às inúmeras janelas, eu conseguia ver o quintal a partir do jardim da frente, e também não havia um deque. Tinta descascando, tijolos esfarelando e calhas soltas eram outros itens em falta.

— Não — eu respondi —, mas o que é?

Entrei. A conversa entre minha mãe e Anne ecoava pela casa vinda da direita, então virei à esquerda. Passei pelas salas de estar e de jantar e por dois quartos, todos decorados em vários tons de marrom e ainda cheirando a tinta e a serragem. Um corredor especialmente longo terminava em frente a portas de vidro. Passei por elas e cheguei a um terceiro quarto... e quase fui derrubada pela força de um vento úmido e salgado. Automaticamente fechei os olhos e inspirei, saboreando o calor que descia pela garganta e acalmava meu corpo dolorido.

Quando abri os olhos novamente, eu vi água. Entrei no quarto, e o horizonte azul-acinzentado pareceu se curvar e me envolver. Mantive o olhar nivelado enquanto caminhava até um segundo jogo de portas de vidro e passava por elas, chegando a um terraço de pedra.

E lá estava ele. O oceano. Tão perto que eu conseguia sentir o borrifo de água salgada cada vez que uma onda batia contra as pedras logo abaixo do terraço.

— Não vamos achar nada melhor do que isso.

Dei um pulo e me virei. Minha mãe estava de pé no batente, os braços cruzados sobre o peito, os olhos focados além de mim.

— O único jeito de chegar mais perto seria em uma casa flutuante... E sem querer ofender, querida, meu estômago simplesmente não consegue lidar com esse modo de vida.

Pessoalmente, eu achava que ela era muito corajosa por tentar lidar com o modo atual. Não havia muitas mulheres no mundo dispostas a isso.

— Você gosta? — perguntou ela, juntando-se a mim no terraço.

Uma onda bateu nas rochas abaixo de nós. Espalhei as gotinhas nos meus braços nus.

— Gosto. Mas não sei se combina com o meu pai.

— Seu pai vai aceitar qualquer coisa que nós duas decidirmos.

Eu sabia disso. E também sabia o motivo. Se fosse possível culpar alguém por uma coisa dessas, meus pais concordavam que era por culpa dele que estávamos ali.

Minha mãe ergueu o queixo na direção da água e inspirou fundo.

— Acho que mais alguém teria aprovado. As possibilidades para tomar sol sem impedimentos são infinitas.

Não pude evitar um sorriso.

— A Justine teria adorado.

Ficamos quietas por um minuto. Então minha mãe pôs um braço sobre meus ombros, me puxou para perto e deu um beijo no topo da minha cabeça.

— Vou lá resolver os detalhes. Fique aqui o tempo que quiser.

Quando ela se afastou, caminhei até a beirada do terraço e olhei em volta. A piscina e a banheira de hidromassagem ficavam em outro terraço, cerca de quinze metros ao sul de onde eu estava. Uma escada de pedra levava do quintal até uma praia privativa.

Ou quase privativa. Enquanto eu olhava, um vulto alto apareceu, arrastando um barco a remo vermelho pela areia. Ele tinha cabelo escuro e usava jeans, camiseta... e óculos.

Meu coração martelou minhas costelas. Minha respiração ficou presa na garganta. Meus pés se moveram, me levando para fora do terraço e escada abaixo.

Como ele soube que eu estava ali? Será que Paige tinha contado? Ou será que ele havia parado no restaurante e perguntado? Mas como ele iria saber que *ela* estaria lá? Talvez ele estivesse checando de tempos em tempos, só por garantia?

Não importava. O que importava é que ele estava ali. Ele havia me achado. E nós estaríamos juntos no meu primeiro dia em Winter Harbor, como sempre ficávamos.

Tropecei na última pedra e pulei na areia.

— Simon!

Ele se endireitou e começou a se virar. Eu me apressei, imaginando o que ele faria se eu jogasse os braços em volta dele do modo como cada centímetro da minha pele implorava.

— Oi.

Meus calcanhares se enterraram na areia. Meu sorriso sumiu, enquanto o dele ficou mais largo.

— Na verdade meu nome é Colin. — Ele soltou o barco, limpou as mãos no jeans e me estendeu uma delas. — Sou filho da Anne.

Eu ouvi as palavras, mas elas não faziam sentido. Até que notei que ele usava óculos de sol, não de grau. E que seu cabelo era loiro, não castanho-escuro. E que seu barco a remo era na realidade um caiaque.

— Minha mãe adora dar uma enfeitada nas casas que exibe — disse ele, ao ver que eu prestava atenção no caiaque. — Não que este lugar precise. Você já andou?

Ergui os olhos para encontrar os dele.

— Se já andei?

— De caiaque no mar?

Neguei balançando a cabeça e dei um passo para trás.

— Então você precisa experimentar. — Ele deu um passo em minha direção. — A gente devia fazer isso juntos um dia. Eu possa de te ensinar.

Parei. Minhas pernas tremiam. Meu peito se apertou. Abri a boca para agradecer, para dizer que não havia nada que me agradaria mais do que ser ensinada por alguém tão capacitado, para perguntar se podíamos marcar um dia o mais rápido possível... e aí fechei a boca.

Quando eu estava fraca, uma única coisa me fazia sentir melhor do que ao beber água salgada, e essa coisa era despertar o interesse do sexo oposto. Mas eu não recorria a essa medida desde que ela havia me custado o único relacionamento que eu já tivera, o único que já me importara. E eu não ia começar com isso agora.

Eu não sabia se ainda havia uma chance para mim e Simon. Mas sabia que não ia me arriscar a perdê-la, se houvesse.

— Obrigada, de qualquer forma.

E me virei bem na hora em que as lágrimas começaram a cair.

— Berinjela, amora, torta de mirtilo. — Paige apoiou as amostras de tinta em um porta-guardanapos. — O que você acha?

— Eu acho que todas parecem iguais — confessei.

— Finalmente — Louis, o *chef* executivo do restaurante, subiu as escadas e veio até a nossa mesa —, a voz da razão.

— Como assim, finalmente? Foi usando a razão que cheguei até essas três cores! Tente *você* escolher uma cor perfeita entre oitocentas opções bonitas.

Louis deu um sorrisinho irônico enquanto colocava os pratos à nossa frente.

— Esta é apenas uma das muitas diferenças entre nós, srta. Paige. Eu nunca teria que escolher entre oitocentas opções bonitas, porque a cor que nós já temos é perfeita.

— Cinza? Cinza não é uma cor perfeita. Quase nem é uma cor.

— Discordo. Sob a luz certa, pode até parecer... roxo.

Paige abriu a boca para discutir, mas em vez disso preferiu espetar um morango com o garfo. Louis completou nossas xícaras com café, piscou para mim e desceu as escadas em direção à cozinha.

— Uma loja de doces — disse ela, quando ele estava fora de vista.

— Como é?

— É isso que ele acha que vai parecer se... bem, *quando* pintarmos o restaurante com uma dessas cores. Ele disse que, se mudarmos a cor, deveríamos mudar o nome. Para Marshmallows e Outras Gororobas Grudentas da Família Marchand.

Sorri.

— Não é um nome ruim.

— Não, só é totalmente errado. Nós somos um restaurante de frutos do mar. Vendemos peixes, mariscos e lagostas há sessenta anos, e sempre venderemos. Um novo visual não vai mudar isso.

— Você tem razão. O ambiente faz diferença, mas o mais importante é a comida. Assim como o famoso prato Bruxa do Mar, com o qual eu sonho há semanas. — Cortei um pedaço da minha panqueca de lagosta.

Paige estava a ponto de morder um pãozinho, mas parou. Segurei o garfo lotado a meio caminho da boca.

— O que foi agora? — perguntei.

— Este não é o Bruxa do Mar — disse ela, soando arrependida. — Quer dizer, é. Ainda é feito de ovos, lagosta, algas e panqueca. Mas agora se chama Aurora de Winter Harbor.

— Vai ser mais difícil me acostumar com isso do que com a mudança na cor das paredes.

— Eu sei — ela deixou o pãozinho no prato e pegou a amostra de tinta beringela —, mas o que eu posso fazer? Os negócios estão em baixa. E não é modo de dizer, estamos em baixa mesmo, tipo o fundo do mar. A vovó B acha que o único jeito de ficarmos com a água abaixo do pescoço é tentarmos nos distanciar o máximo possível do verão passado. E uma vez que Bruxa do Mar pode sugerir sereias assassinas para clientes em potencial... Digamos apenas que é uma pequena mudança que pode fazer uma grande diferença.

Nós não éramos as únicas pessoas na área de descanso dos funcionários. No canto esquerdo, mais distante, dois garçons tomavam refrigerante e mexiam no celular. No canto direito, um ajudante de garçom e uma lavadora de pratos bebericavam chá e olhavam os barcos que oscilavam no porto quase vazio. Talvez tenha sido minha imaginação, mas me pareceu que, quando Paige mencionou sereias assassinas, todos eles ficaram tensos e imóveis. Esperei que voltassem a conversar antes de me inclinar para perto dela, baixando a voz.

— Achei que as pessoas acreditavam que tudo o que aconteceu no verão passado tinha sido causado pelo clima esquisito.

Era esperar muito dos moradores e visitantes, já que o que tinha ocorrido em Winter Harbor era inédito. Coisas como as tempestades repentinas e isoladas. Os afogamentos. A camada de gelo sobre o porto, que até o último mês de julho nunca havia congelado, nem mesmo no meio do inverno. Mas, como Simon tinha dito na época, as pessoas acreditavam no que queriam acreditar. E, sem nenhuma outra explicação lógica, elas estavam dispostas a responsabilizar o humor instável da Mãe Natureza pelos acontecimentos estranhos.

Será que tinham mudado de ideia?

— Elas acreditavam nisso — disse Paige, respondendo à pergunta que eu estava com medo de fazer em voz alta —, pelo menos por um tempo. Mas a vovó B e o Oliver me disseram na noite passada que as pessoas começaram a desconfiar e a se apavorar quando coisas parecidas começaram a acontecer em Boston no último outono.

Imagens espocaram em minha mente. Colin Cooper, o estudante da Escola Hawthorne, boiando no rio Charles. Matthew Harrison, o entrevistador da Universidade Bates, flutuando na piscina da escola.

Parker King, o astro do polo aquático da Hawthorne, parado ao lado do meu armário na escola, correndo pelo parque, se inclinando em minha direção...

... me beijando.

~ 23 ~

Peguei o saleiro da mesa, desenrosquei a tampa e despejei metade do conteúdo em meu café. Então o ofereci a Paige. Quando ela concordou, joguei o resto na xícara dela.

— Mas o clima estava bom em Boston — falei, depois de tomar um grande e longo gole. — Um pouco chuvoso de vez em quando, mas nada fora do comum.

— Motivo pelo qual as pessoas ficaram ainda mais preocupadas quando souberam que as vítimas de lá se pareciam com as daqui.

Fiquei contente por sua descrição ter sido vaga. Os funcionários do Chowder House não precisavam ser lembrados de que os homens mortos tinham sido encontrados com os cantos da boca azul erguidos em um sorriso permanente.

— Como elas descobriram? — perguntei. — Nós duas lemos o *Globe* todos os dias. Nunca houve nenhuma menção de como as vítimas estavam quando foram encontradas.

— E importa? As notícias se espalham, e rápido. Alguém da Hawthorne provavelmente contou para alguém de outra escola e assim por diante. A maioria dos turistas de verão de Winter Harbor vem de Boston, e uma vez que eles tenham somado dois mais dois, ou tentado pelo menos, provavelmente decidiram passar as férias em outro lugar este ano. Porque não é só o restaurante que está indo mal. A cidade toda está sofrendo.

Saber daquilo acabou com meu apetite, e me deixei ficar ali, empurrando distraidamente a comida pelo prato. Se o que Paige dissera era verdade, este verão teria um começo bem diferente do anterior, quando os negócios estavam em alta e a população de turistas se multiplicava. E, mesmo que meu envolvimento só tenha começado depois da primeira vítima das sereias, eu não podia evitar me sentir responsável.

— Srta. Marchand!

Ergui a cabeça. Uma garçonete bem jovem estava no alto da escada, torcendo as mãos e olhando para baixo, na direção da cozinha, como se alguém estivesse a ponto de segui-la.

— O Louis... ele fez uma coisa. Com pimentas, tipo, especiais. Só que eu não sabia. Então um cliente comeu e quase sufocou, e agora ele está ameaçando nos processar!

Paige inclinou a cabeça.

— O Louis está ameaçando nos processar?

— Não, o cliente... — A garçonete prendeu o fôlego e olhou para baixo. — Ai, não. Ele está na cozinha. Ele está na cozinha gritando com o Louis. — Ela olhou para Paige, com os lábios tremendo e os olhos se enchendo de água. — Eu não posso ser processada. Não tenho dinheiro. É por isso que estou trabalhando aqui. E é o meu primeiro dia e só ganhei dois dólares de gorjeta até agora e...

Paige ergueu uma das mãos. A garota parou de falar.

— Está vendo aquela doca? — Paige fez um movimento com a cabeça na direção do porto.

A garota assentiu.

— Por que você não faz um intervalo e vai até lá?

— Agora? Mas eu cheguei faz uma hora. E o Louis disse que...

— O Louis cozinha — falou Paige —, eu gerencio. Tire uns quinze minutos para relaxar. Quando você voltar, vai estar tudo sob controle.

Eu não teria acreditado se não estivesse lá para testemunhar, mas a verdade é que, quando Paige a tranquilizou, a garçonete fez uma reverência. Literalmente: ela juntou as mãos, abaixou a cabeça e se inclinou para frente.

— Obrigada, srta. Marchand. Muito obrigada — disse ela, e desapareceu escada abaixo.

Eu me virei para Paige.

— Srta. Marchand?

— Eu falei para ela me chamar pelo primeiro nome, juro — ela pegou uma uva no prato e a estourou na boca. — Mas acho que eu simplesmente atraio respeito sem nem tentar. Todo o pessoal tem sido supereducado e atencioso desde que cheguei aqui. Com exceção do nosso famigerado *chef*, é claro.

∽ 25 ∽

— Isso é porque a Betty encarregou você das atividades diárias?

— Provavelmente.

Eu me aproximei mais.

— Você acha que também pode ter algo a ver com... Quer dizer, será que eles estão agindo diferente porque...

— ... pela primeira vez durante o verão, minha irmã malvada não está aqui para aterrorizar todo mundo? E a culpa por se sentirem aliviados, combinada à genuína simpatia por mim, faz com que todos fiquem pisando em ovos ao meu redor?

Não era exatamente assim que eu teria dito, se tivesse sido capaz de encontrar as palavras, mas seria algo bem próximo.

— É.

— Talvez. — Seus olhos azuis foram por um instante até os garçons, a três metros de nós. Quando ela falou novamente, sua voz estava um pouco mais alta. — Está meio frio aqui. Eu devia ter trazido minha jaqueta.

Os dois garçons se entreolharam e se puseram de pé na hora. Do outro lado da área de descanso dos funcionários, o ajudante de garçom levantou tão rápido que as costas de sua cadeira bateram contra o corrimão. A ajudante de cozinha, a única funcionária mulher ali, franziu o rosto e se inclinou para frente, mas permaneceu sentada. Em segundos, o ajudante estava ao lado de Paige, oferecendo o suéter que estava vestindo.

— Obrigada — ela sorriu, tocando o braço dele —, você é um doce. Mas eu vou entrar daqui a pouco.

O rosto do garoto ficou vermelho. Ele assentiu e recuou. Os garçons estavam postados no topo da escada, prontos para vasculhar a cozinha em busca de... não estou bem certa do quê. Casacos de *chef*? Aventais térmicos? Então se empertigaram e voltaram à mesa deles, lançando olhares curiosos em nossa direção. A ajudante se recostou na cadeira e fez bico na direção do porto.

Paige se inclinou para perto de mim, cochichando:

— Pode ter um pouco a ver com isso, também.

Antes que eu pudesse responder, ela acabou de tomar o café e se levantou.

— Hora de botar ordem no quartel. — Ela apertou meu ombro enquanto passava por trás de mim. — Se você quiser um emprego algum dia, é só me dizer. Eles podem ser respeitosos, mas eu ainda preciso de toda a ajuda possível de pessoas experientes.

Sorri. Minha única experiência em restaurantes havia sido no verão anterior, quando passei alguns dias com Paige e ocasionalmente tirava um ou outro pedido. Ela me oferecera um emprego assim que nos conhecemos e nos demos bem, pouco depois de meu retorno a Winter Harbor, e, já que a avó dela era a proprietária, ninguém tinha protestado... muito. Sua irmã mais velha, Zara, não tinha exatamente me recebido de braços abertos. Na verdade, ela havia sido tão fria que minha cabeça pulsava de dor sempre que ela estava por perto. Eu só descobriria bem mais tarde que isso não acontecia apenas porque eu ficava seriamente ansiosa na presença dela.

Era porque nós éramos ligadas. Até mesmo aparentadas, de certa forma. Assim como Paige e eu agora.

Ciente de que a atenção dos funcionários homens tinha se voltado para mim, engoli os ovos e o café e comecei a juntar os pratos. O vento mudou quando me levantei, trazendo com ele uma lufada de ar úmido e salgado.

Instintivamente, fechei os olhos e inspirei. Quando os abri, eles se fixaram no estacionamento em frente.

Ao contrário do ano anterior, quando o Betty Chowder House ficava tão cheio que havia um atendente só para checar as reservas e monitorar o estacionamento, o terreno estava praticamente vazio. Era quase meio-dia, a melhor hora para o brunch do fim de semana, e só havia meia dúzia de carros.

O utilitário BMW preto de minha mãe, que eu havia pegado emprestado depois de deixar meu pai e ela na casa do lago, era um deles.

Um Subaru verde era outro.

— Com licença, senhorita.

Desviei os olhos do estacionamento. Um dos garçons estava ao meu lado.

— Você está bem? — perguntou ele.

— É claro — forcei um sorriso, imaginando se ele conseguia ouvir meu coração batendo com força.

— Posso cuidar disso?

Segui com o olhar o gesto que ele fizera na direção do chão, onde meus pés estavam cercados de cacos de porcelana.

— Não se preocupe. — Sua voz era uma combinação de nervosismo e tentativa de me tranquilizar. — Eu faço isso o tempo todo.

Olhei para minhas mãos. Estavam vazias. Eu havia deixado meu prato e minha xícara caírem, eles haviam se estilhaçado... e eu nem tinha percebido.

— Obrigada — respondi —, mas pode deixar. Vou pegar uma vassoura.

Tentei manter o foco enquanto tirava os pratos restantes de cima da mesa e me apressei em descer as escadas. Na cozinha, depositei a pilha ao lado da pia, passei voando pelo armário de limpeza e fui direto até a porta vaivém. Do outro lado, me abaixei atrás do bar para me olhar no espelho no fundo das prateleiras de bebidas e então entrei no salão principal.

Mas estava vazio. Não completamente — uns poucos casais e famílias estavam espalhados por entre as mesas; mas, sem a única pessoa que eu havia esperado que estivesse lá, era o mesmo que estar deserto.

A garçonete que Paige mandara para a doca estava de volta. Esperei que ela me visse, então sorri e acenei para que chegasse mais perto.

— Oi. — Seus olhos estavam secos, mas sua voz ainda tremia. — A srta. Marchand quer me ver?

Fragmentos visuais, como peças de quebra-cabeça, giraram pela minha mente. Olhos prateados. Cabelos longos e escuros. Silhuetas fracas e emaciadas. A mulher mais linda que eu já tinha visto, alta, de pé no fundo de um lago escurecido.

Mas a garçonete não estava falando da mãe de Paige. Ela estava falando da própria Paige.

— Não. — Resisti à vontade de balançar a cabeça; as imagens lentamente se desvaneceram. — Pelo menos não por enquanto. Eu só queria saber se você serviu um cara mais cedo. Antes de ir lá para fora.

— Sim. O que quer nos processar. — Ela deu um passo em minha direção e passou o olhar pelo salão. — Ele voltou?

Eu estava prestes a esclarecer tudo quando luzes vermelhas, de freios, brilharam através das janelas que davam para o estacionamento.

— Não importa — falei, já saindo. — E não se preocupe, a srta. Marchand tem tudo sob controle!

Passei pela porta da frente ao mesmo tempo que o Subaru fazia uma curva, revelando o adesivo onde se lia UNIVERSIDADE BATES no vidro traseiro. Por uma fração de segundo, fiquei tentada a voltar para dentro. A logomarca conhecida trouxe de volta os eventos dolorosos do último outono e me lembrou de tudo que eu havia perdido desde então, e por quê. Mas aí o carro roncou enquanto acelerava, e eu saí andando, decidida.

Eu estava a meio caminho da entrada do estacionamento quando o carro parou. A porta do motorista se abriu.

E Caleb saiu.

— Vanessa. Você está bem?

As sobrancelhas dele estavam franzidas e a testa enrugada enquanto ele olhava para mim, para o restaurante, para o porto atrás de nós, e novamente para mim. Não demorei a entender por que ele estava preocupado.

Meus pés haviam se congelado no chão no instante em que a porta se abrira. Eu os forcei a se mover. Casualmente. Facilmente. Não como

～29～

se estivesse sendo perseguida, do jeito que eu tinha sido — do jeito que *todos* tínhamos sido — no verão passado.

— Oi. — Sorri e tentei espiar além dele, para o banco do passageiro. — Estou bem. Eu só vi seu carro e quis te alcançar antes que você fosse embora.

Seu rosto relaxou. Ele começou a retribuir o sorriso, então parou e inclinou a cabeça.

— Você viu meu carro? — perguntou.

— De dentro do restaurante. Eu estava no salão principal e olhei para fora e... — Eu me interrompi e desviei o olhar do Subaru vazio. — Ah.

— É. Eu não tenho carro.

— Certo. Eu sabia disso.

Ele assentiu com a cabeça. Eu também. Nenhum de nós falou.

Quase todos os dias nos últimos oito meses, eu havia pensado no que diria a Simon da próxima vez que o visse. Em todo aquele tempo, eu não havia pensado no que diria a seu irmão mais novo — e amor da vida de Justine — da próxima vez que o visse. Isso tinha sido um erro, porque era ainda mais desconfortável do que deveria ser um encontro eventual entre dois amigos recentemente afastados.

Provavelmente porque o afastamento aconteceu em razão de certa garota ter mentido para o amigo, e para todas as outras pessoas que ela conhecia, sobre quem, ou *o quê*, ela realmente era.

— Então, como você está? — perguntei por fim.

— Ótimo — ele soou aliviado. — Ocupado, mas ótimo.

— Ainda na marina?

— A maior parte do tempo. Eu li um bocado sobre barcos com motor de popa este ano, e o capitão Monty está me deixando praticar de verdade de vez em quando. — Ele fez uma pausa. — O Simon tem ajudado também. É por isso que estou com o Subaru

Meu coração se aqueceu.

— Ele está...? Ele tem...? Quer dizer...

— Ele está bem — disse Caleb, gentil.

Expirei.

— Em qualquer outro dia, você teria visto com seus próprios olhos. A Betty nos fisgou com almoço grátis pelo resto da vida, e o Louis tem ordens estritas de cozinhar o que quer que a gente peça, quando quisermos. O Simon só não veio hoje porque o Monty decidiu ir pescar e alguém precisava ficar na loja.

Se eu tivesse pensado ao menos uma vez sobre o que diria a Caleb quando o visse depois de quase um ano, nunca teria dito a próxima frase.

— Sinto falta dele.

Ele fez uma pausa.

— Ele também sente sua falta.

Meu coração ficou mais leve.

— Ele disse isso?

— Ele não precisa dizer.

Um carro se aproximou e ligou o pisca-pisca, indicando que ia entrar no estacionamento. Caleb e eu estávamos juntos na entrada e nos separamos para dar espaço ao veículo. Infelizmente, a separação física só aumentou nossa distância emocional.

— É melhor eu ir andando — disse ele, olhando o relógio.

— Claro. Eu também. — Prendi a respiração, esperando que ele perguntasse para onde eu ia, se estava hospedada na casa da minha família no lago, que era ao lado da casa da família dele e que não seria nossa por muito tempo mais, mas ele não perguntou. Simplesmente se virou e andou em direção ao Subaru.

Sem querer ver mais uma vez o carro indo embora sem mim, comecei a me virar também.

— Vanessa?

Girei de volta.

Caleb olhou para o chão, brincando com a manga puída de seu suéter.

— Você acabou de chegar à cidade, certo?

— Faz algumas horas.

Ele parou de mexer na manga. Nossos olhos se encontraram.

— Você vai voltar?

Ele não precisou especificar o lugar. Eu sabia do que ele estava falando.

Penhascos de Chione. O lugar aonde fomos em nosso primeiro dia no verão passado, e em todos os verões antes disso.

E também o lugar onde Justine havia morrido.

— Acho que não — respondi.

Ele concordou com um gesto de cabeça. E então disse:

— A gente se vê por aí.

Dessa vez, fiquei olhando enquanto ele partia. Pela minha irmã. Porque ela deveria estar ali. E, se estivesse, nós quatro estaríamos juntos no carro, como sempre em nosso primeiro dia de verão em Winter Harbor e quase todos os dias depois.

Quando o Subaru chegou ao fim da rua principal, virou à direita e desapareceu, eu me apressei em voltar para dentro do restaurante. Encontrei Paige na recepção, segurando mais amostras de tinta contra a parede.

— Com licença, srta. Marchand? — perguntei. — Eu queria saber se vocês ainda estão contratando.

3

DEPOIS DE UM ANO tumultuado e cansativo, o verão anterior ao meu ingresso na faculdade deveria ser dedicado a duas coisas: passar um tempo com minha família e relaxar. Mas, em menos de uma semana desde que estávamos lá, eu só via meus pais à noite e estava achando difícil encontrar tempo para simplesmente relaxar. Isso porque, em vez de não trabalhar pelos próximos meses, eu havia começado em dois empregos. O primeiro era como recepcionista no Betty Chowder House. Paige deixava que eu escolhesse meus horários, mas eu frequentemente chegava antes do café da manhã e ficava até depois do jantar— já que, quanto mais tempo passasse no restaurante, maiores seriam as chances de ver Simon. Minhas longas horas ainda não tinham valido a pena. Caleb provavelmente mencionara ter me visto por lá, porque estava sempre sozinho quando vinha buscar o almoço. Mesmo assim, eu pretendia me manter tão disponível quanto pudesse.

O segundo emprego era ajudando Anne, nossa corretora, a mostrar a casa do lago aos interessados. Esse trabalho eu tinha herdado por desistência da titular.

Se minha mãe pudesse, ela teria seguido cada movimento de Anne e se intrometido em tudo, se necessário, até que a casa fosse vendida.

Mas ela estava determinada a nos instalar em nossa nova casa de veraneio, por isso vivia ocupada demais comprando, decorando e organizando tudo, e não conseguia se concentrar na casa antiga.

E ela não confiava em meu pai para ocupar seu lugar; ele tinha comprado a casa do lago antes de os dois se conhecerem, e o lugar sempre havia sido mais dele que de qualquer uma de nós. Ele tinha jurado que estava pronto para dizer adeus, mas de vez em quando, não importava se estávamos na praia, na cidade ou em outro lugar de Winter Harbor, nós o surpreendíamos olhando fixamente na direção do lago Kantaka.

Sobrou para mim. Minha mãe presumiu que eu estava tão ansiosa quanto ela para seguir em frente, e estava certa. Ou quase.

— Deus do céu, o que foi que morreu aqui?

A porta da frente bateu e fechou. Saí de perto das janelas da sala de estar e encontrei Anne de pé no pequeno vestíbulo. Seus braços estavam cheios de sacolas de confeitaria e de pastas azuis reluzentes. Seu rosto estava congelado em uma careta.

— Como assim? — perguntei.

— Parece que criaturinhas fofas da floresta se enfiaram nas paredes da casa e nunca mais conseguiram sair.

— A casa é velha — respondi, um calor crescendo em meu peito.
— Ninguém esteve aqui em meses. Ela sempre cheira um pouco a mofo no começo do verão.

— Não importa se é mofo ou um camundongo morto. Ninguém vai pegar o talão de cheques se estiver enojado demais para tirar a mão de cima da boca e do nariz.

Ela entrou na sala de estar, deixou cair as pastas na mesinha de centro e foi na direção da cozinha.

— E, com o preço que sua mãe está pedindo, este lugar deveria cheirar como uma floricultura.

Fiquei parada, insegura quanto ao que fazer. Um segundo mais tarde, a cabeça de Anne apareceu na porta da cozinha.

— As janelas.

— Como?

— Vai começar a chegar gente a qualquer minuto. O melhor que podemos fazer agora é abrir todas as janelas e rezar por um vento forte.

A cabeça sumiu de novo. Portas de armários rangeram ao ser abertas e bateram ao ser fechadas. Adivinhando que ela estava procurando por pratos para o que quer que tivesse trazido da confeitaria, fiquei pensando se deveria lhe contar que minha mãe havia deixado todos os utensílios de cozinha na despensa... e então decidi não dizer nada. Em vez disso, me apressei em percorrer toda a sala, abrindo cortinas e escancarando janelas.

E aí subi as escadas.

A porta no final do corredor estava fechada, assim como da última vez em que eu me aventurara pelo segundo andar. Outras visitas de interessados no imóvel haviam acontecido nos últimos meses, enquanto estávamos em Boston, mas o ar agora parecia tão silencioso e parado que era difícil imaginar que alguém tivesse visitado o andar de cima desde então. Também era difícil imaginar os acontecimentos que tinham me levado até o andar de cima naquela tarde, quando eu disse a minha mãe que me inscreveria em Dartmouth, enquanto ela encaixotava o resto dos pertences de Justine.

Difícil, mas não impossível. Eu me lembrava daquilo todo santo dia.

— Vanessa, e velas? Você sabe onde...

A voz de Anne ficou abafada e sumiu, enquanto eu abria a porta e a fechava atrás de mim. Dentro do pequeno quarto que Justine e eu dividimos todos os verões desde que me lembrava, me sentei na beirada de uma das camas e deixei meus olhos vagarem até a outra. Parecia diferente. A colcha era branca demais, o travesseiro muito estufado. Minha mãe não quis levar nenhum dos antigos móveis para a casa nova, mas pegara alguns dos itens menores, como as roupas de cama. Acho que ela não quis arriscar que estranhos usassem, ou jogassem fora, os lençóis e mantas nos quais sua filha mais velha havia se enroscado em incontáveis noites frescas de verão.

A cama me parecia tão desconhecida que eu não conseguia imaginar Justine deitada ali. Eu não conseguia vê-la apoiada em um dos cotovelos enquanto conversávamos sobre o que faríamos no dia seguinte, ou deitada de costas e trançando o cabelo enquanto falávamos sobre filmes, música e garotos. Sempre garotos. Finalmente, sobre um garoto em particular: Caleb.

Pensar nisso me fez querer deitar e fechar os olhos. A cada dia ficava mais difícil vê-la, mas normalmente ajudava se eu bloqueasse outras imagens que pudessem me distrair. Eu estava a ponto de deslizar pelo colchão e me deitar, quando a campainha tocou no térreo. Ouvi portas de carro se fechando lá fora. Eu me ajoelhei e me inclinei sobre a cama, na direção da janela — e fiquei feliz por ela ainda estar fechada. Do contrário, pular, e cair no chão lá embaixo, teria sido fácil demais.

Porque ali estava ele. Simon. Meu Simon, seguindo pelo caminho de pedras que levava à casa de sua família, ao lado da nossa. Seu cabelo escuro estava mais comprido e bagunçado. Seu jeans e sua camiseta de sempre estavam respingados de graxa e tinta. Seus braços bronzeados pareciam maiores e mais fortes.

Minhas pernas tremeram. Minha garganta ficou apertada. Meus joelhos cederam. De repente, tudo o que meu corpo queria — tudo de que ele *precisava* — era estar naqueles braços.

— Estou aqui — sussurrei, colocando uma das mãos no vidro da janela. — Bem aqui. Olhe para cima... por favor, olhe para cima.

Ele não olhou. Entrou em casa sem dar nem uma olhada rápida na minha direção.

Eu me sentei de volta na cama. Será que ver nossa casa não o fazia se lembrar de mim? As coisas já teriam chegado a esse ponto?

Só havia um jeito de descobrir. Ignorando a pequena parte do meu cérebro que avisava ao resto de mim que Simon precisava de tempo e espaço, pulei da cama, atravessei o quarto e abri a porta de uma vez.

— Ei, olá.

Um casal estava de pé no corredor. Resisti ao impulso de recuar e fechar a porta novamente.

O homem sorriu. Ele tinha cabelos louros, olhos castanhos... e uma esposa bonita que fechou a cara no instante em que me viu.

— Você mora aqui? — perguntou ele.

— Sim — eu disse —, mais ou menos. Esta casa era... *é* da minha família.

— É linda — disse ele.

— É *velha* — corrigiu a esposa.

Se ele percebeu o tom de voz dela, preferiu ignorar.

— Quando foi construída?

Fiquei quieta. Este era um dos inúmeros fatos que, até dez segundos atrás, eu sabia de cor e poderia recitar automaticamente.

— Mil novecentos e quarenta — falei, por fim. Era um chute, mas estava definitivamente na média.

— Então mal chega a ser de meia-idade. — Ele estendeu a mão. — Brian Corwin.

A mulher olhou para a mão que o marido estendia para mim. Seus lábios se abriram em um pequeno sorriso rígido, mas seu olhar fixo sugeriu que eu deveria pensar bem antes de aceitar a oferta.

— Vanessa Sands. — Acenei em vez de apertar a mão dele e indiquei a escada com um movimento de cabeça. — Se vocês me dão licença, eu preciso...

— Por que vocês estão vendendo?

Meu olhar ficou preso no dele.

— Como?

— A casa está em ótimas condições. É pitoresca. Charmosa. Muito próxima do lago. Ela é tudo que esta cidade era antes de deixar de ser. — Ele deu de ombros. — Sua família deve ter um motivo muito bom para não querer mais esta propriedade.

Vários, na verdade. Boas lembranças. Más lembranças. Sua proximidade com a água doce em vez de salgada. Nossa necessidade desesperada por um recomeço. Mas eu não poderia compartilhar nada disso com um possível comprador. Pelo menos não sem despertar mais perguntas. Além disso, eu já havia passado por experiências suficientes para saber que Brian não estava perguntando porque queria verdadeiramente saber a resposta; estava perguntando porque queria verdadeiramente *me* conhecer. Ou pelo menos conhecer a pessoa que seu corpo estava lhe dizendo que eu era.

— Talvez seja toda essa madeira escura — tentou adivinhar sua esposa, quando não respondi de pronto. Sua voz era agradável, mas tensa. — Ou o papel de parede descascado. Ou o carpete desbotado. Ou os degraus se desfazendo lá fora. Ou *talvez...*

— Você disse ou não disse, três longos minutos atrás, que a casa tinha um potencial incrível? — O sorriso de Brian tinha sumido. — E que ela poderia ser a base para um projeto de reforma que você está louca para fazer?

Meu peito se apertou. Meus dedos doeram de vontade de coçar a pele, enquanto ela se ressecava em meu rosto, pescoço e braços, mas me conformei em tirar a garrafa de água do bolso do meu moletom. Bebi enquanto Brian e a esposa discutiam e esperei que meu corpo se refrescasse e relaxasse.

Situações de estresse sempre aceleravam minha desidratação e acabavam com minha energia, e ultimamente isso estava ficando pior. Eu havia aumentado meu consumo de sal na mesma proporção, mas não tinha certeza de que era o suficiente.

Por mais que eu amasse aquela casa, e por mais que soubesse que ficaria triste quando ela não fosse mais nossa, eu tinha de admitir que a propriedade de frente para o mar definitivamente tinha vantagens. O defeito principal era o preço — apesar de Anne ter insistido que, antes do verão passado, teríamos de pagar o dobro por ela. Minha mãe disse que ficaríamos bem financeiramente por um curto período, mas que precisaríamos do dinheiro da venda da casa do lago, e quanto mais cedo melhor.

Tendo isso em mente, será que não estaria tudo bem se eu fizesse uma exceção à minha regra muito rigorosa de não usar certas habilidades para meu ganho pessoal? Pelo menos desta única vez? Principalmente quando essa manobra poderia trazer não apenas uma, mas duas consequências positivas, incluindo a força de que eu precisaria para ir até a porta de Simon e lhe dizer tudo que eu vinha desejando havia meses?

Eu não sabia. Mas esvaziei a garrafa d'água, engoli e respirei fundo, de qualquer forma.

— Porão reformado.

Brian e sua mulher se viraram para mim. Continuei antes que perdesse a coragem.

— Temos um porão reformado. Minha mãe o redecorou há cinco anos. Ela o usava como escritório, mas também deve ficar ótimo como academia.

Achei que esse poderia ser um bom argumento de venda. A esposa era magra e usava uma blusa regata que mostrava braços definidos. E carregava uma bolsa-carteiro de lona, grande o suficiente para conter um tapetinho de ioga.

— Além disso — acrescentei —, o lago tem pouco mais de um quilômetro e meio de ponta a ponta. Atravessá-lo a nado é um excelente exercício matinal.

Ela me olhou de alto a baixo uma vez, lentamente, sem dúvida tentando decidir se meus motivos eram sinceros. Felizmente, um bocado de natação durante o último ano havia me dado definição muscular também. Eu não sabia se isso era visível através do meu jeans e da blusa larga, mas ela deve ter visto algo que a satisfez, porque as leves rugas em sua testa se desfizeram conforme sua expressão relaxava.

— Acho que não faria mal dar uma olhada no porão.

Ela deslizou uma das mãos em torno do braço de Brian e começou a conduzi-lo para a escada.

— Na verdade — eu disse —, tem mais alguns cômodos aqui em cima. Eles vão precisar de algumas mudanças, mas...

— Vou dar uma olhada — disse Brian enquanto se desvencilhava da mão da esposa. — Um deles pode virar um belo quarto de vestir.

Ele disse isso para ela — como algum tipo de compensação, imaginei —, mas olhando para mim.

Ela hesitou e então deu um suspiro.

— Tudo bem. Deixe o telefone ligado.

— Desculpa — disse ele, quando ela havia descido. — Ela tem um gosto bem peculiar.

Forcei um sorriso.

— Não precisa se desculpar.

Segui pelo corredor, lançando de vez em quando um olhar por sobre o ombro que eu esperava que parecesse misterioso e sedutoramente inocente. Sem dúvida eu não era inocente, e, se algum dia fui misteriosa, nem eu nem meu mais novo admirador poderíamos dizer. Mas havia aprendido algumas coisinhas sobre o que eu era capaz de fazer — e como — com a irmã de Paige, Zara, sua mãe, Raina, e minha própria mãe biológica, que eu tinha conhecido no último outono. Eu não tinha nem mesmo sorrido para um garoto desde a última vez que sorrira para Simon, oito meses antes, então estava meio sem prática naquilo... mas também sabia que isso não era necessariamente importante.

Porque Brian estava me seguindo, me observando. Sorrindo como se sua mulher não estivesse no andar de baixo, como se ele nem fosse casado. A pior parte é que ele nem sabia o que estava fazendo; não podia controlar sua reação. Só eu podia.

Era errado. Desconfortável. Se minha pele não estivesse tão seca, ela estaria arrepiada de repulsa.

Mas *estava* seca, e piorando. Esfreguei um braço com a mão e um punhado de floquinhos translúcidos flutuou até o chão. Então continuei andando. Até o quarto de hóspedes no final do corredor.

— Uau! — Por uma fração de segundo, ele prestou atenção em algo além de mim. — É uma vista e tanto.

Eu me juntei a ele perto das janelas que davam para o lago. O quarto grande estava vazio, exceto por um sofá velho e uma escrivaninha, mas nós estávamos tão próximos que as mangas de nossa camiseta se tocavam.

— Você precisa ver isso aqui no pôr do sol.

Ele se virou para mim.

— Eu adoraria.

Uma onda de energia se acendeu na minha barriga. Encorajada por isso, imaginei Justine sorrindo para Caleb, radiante, e fiz o melhor que pude para tentar imitar aquela expressão.

— Então, de onde você é? — perguntei.

— Providence. Em Rhode Island.

Dessa vez, meu sorriso foi sincero.

— Já ouvi falar.

Ele balançou a cabeça e riu suavemente.

— Claro que já. — Então me encarou e tentou mais uma vez. — Eu sou professor adjunto de economia na Universidade Brown. A Marley é instrutora de ioga.

— E a Marley é sua...?

Ele inspirou fundo quando dei um passo em sua direção. O calor na minha barriga desceu por minhas pernas, subiu pelo meu torso, pelos meus braços. Em questão de segundos, eu fui de querer cair no chão, em um sono profundo, a me sentir como se pudesse atravessar o lago Kantaka a nado uma dúzia de vezes. Eu me afastei para checar meus braços e vi que minha pele já estava mais lisa e macia.

Então olhei para Brian e me senti um milhão de vezes pior do que antes. Suas sobrancelhas estavam franzidas, seu sorriso incerto.

— A Marley... ela é... quer dizer, acho que talvez ela seja...

Ele nem conseguia se lembrar dela. Sua esposa. Com quem ele provavelmente vinha tendo um dia perfeitamente adorável olhando casas à venda antes de me encontrar.

— Então, eu só queria mostrar a você a vista deste quarto. — Dei um passo atrás. E outro, e mais outro. — Fico contente que tenha gostado. Se você tiver mais alguma pergunta, ou se quiser fazer uma oferta, a Anne, nossa corretora, pode ajudar.

De volta ao corredor, eu corri. Praticamente voei escada abaixo, desviando-me do pequeno grupo que visitava a casa, e irrompi no deque. Lá, parei por um instante para recuperar o fôlego, antes de me atirar pelos degraus que levavam ao gramado. Eu ainda queria ver Simon, conversar com ele sobre onde estávamos e aonde podíamos ir... mas, depois do que acabara de fazer, não confiava em mim mesma para falar lógica e racionalmente. Antes de dizer qualquer coisa, eu precisava me acalmar e organizar os pensamentos.

Fui para a casa de barcos, que mais parecia um galpão decadente, mas que ainda tinha uma porta que podia ser fechada. A visita de interessados na casa tinha acabado de começar, então havia poucas chances de alguém se aventurar tão cedo até tão longe no quintal.

— Isso não faz sentido.

— A coisa toda estava, tipo, fervendo?

Desacelerei o passo, escutando vozes abafadas, desconhecidas, que pareciam vir de trás do galpão.

— Foi o que ouvi dizer. O lago inteiro borbulhou e girou, feito um redemoinho.

O sangue lentamente abandonou meu rosto. Forcei meus pés a continuarem se movendo.

— Mas por quê? Como?

— Ninguém faz ideia do *porquê*. O *como* é a razão pela qual estamos aqui.

⌐42⌐

Cada grama de energia que eu havia ganhado em minha interação com Brian foi consumido pelo meu corpo. Quando vi o grupo reunido em torno do velho barco a remo vermelho, que era meu e de Justine, só permaneci lúcida o suficiente para entender a próxima coisa que um dos caras disse.

— As mais estranhas do que a ficção, porém muito reais mulheres do mar. Também conhecidas como... sereias.

Então eu entreguei os pontos.

E caí.

4

A ÁGUA ESTAVA GELADA. Cortante. Em comparação, Boston Harbor era um banho morno. Pessoas comuns não se atreveriam a avançar além dos tornozelos naquela água. Aqueles mais aventureiros, como surfistas experientes e obstinados, até poderiam tentar — mas com a proteção de roupas de mergulho grossas e por pouco tempo.

Eu não era nem comum nem aventureira. Vestindo apenas maiô, nadei e mergulhei, sem me importar se estava indo para o fundo ou por quanto tempo. Prestei atenção apenas nos meus pulmões, que se expandiam, liberando o ar; no meu corpo, que esfriava e em seguida se aquecia; nos meus músculos, que se tornavam mais firmes e alongados. No começo, engoli água como maratonistas lutam por oxigênio depois de uma corrida, mas minha respiração logo ficou mais fácil à medida que meu corpo se ajustava. Tudo parecia tão bom, tão natural, que permaneci debaixo d'água até que a superfície do oceano começou a escurecer.

E então nadei até a praia, onde minha mãe estava esperando por mim.

— Noventa e sete minutos — disse ela. — Não que eu estivesse contando.

Sorri, apanhando a toalha que ela me estendia.

— Obrigada.

— E então, como foi? — perguntou ela, enquanto caminhávamos na direção dos degraus.

— Ótimo. Um pouco frio, mas ótimo.

Cruzamos o gramado e paramos no terraço em frente ao meu quarto.

— Você se sente melhor? — ela quis saber.

Levei um segundo para responder. Eu estava distraída demais com o fogo que ardia na pequena lareira de ferro que minha mãe comprara naquela tarde, com os pratos de comida na mesa e os cobertores de flanela dobrados sobre a espreguiçadeira nova.

— Eu me sinto bem — respondi. — O que é tudo isso?

— É um pequeno presente de boas-vindas. Temos andado tão ocupados que não tivemos a chance de nos sentar e aproveitar tudo juntos. — Ela fez um gesto indicando a espreguiçadeira e começou a fazer um prato.

— Devo chamar o meu pai?

Ela olhou para além do gramado, para o outro lado da casa. Acompanhei seu olhar. Através das paredes de vidro da cozinha, pude vê-lo mexendo algo no fogão.

— Eu o encarreguei da sobremesa — disse ela. — Quando terminar, ele vem ficar conosco.

A voz dela era firme, então me sentei e estendi os cobertores sobre o colo. Meu corpo ainda estava quente depois de nadar, mas o ar estava gelado. Era apenas questão de tempo antes de o calor se dissipar e a minha temperatura baixar.

Minha mãe me estendeu um prato, apanhou um para si e se sentou ao meu lado.

— Eu conversei com a Anne hoje à tarde — disse ela.

Derrubei meu pão de hambúrguer no chão e estendi o braço para pegar outro.

— Ah, é?

— Ela disse que a exposição da casa foi um sucesso.

Olhei para ela.

— Alguém fez uma oferta? — Se fosse o caso, talvez o meu comportamento terrível tivesse valido a pena.

— Ainda não. — Ela deu uma mordida em seu hambúrguer e começou a mastigar. — Mas ela disse que apareceu bastante gente. Especialmente considerando que o turismo anda diminuindo e que tem mais vendedores do que compradores no momento.

— Tinha um cara.

Ela inclinou a cabeça e ergueu as sobrancelhas.

— Eu conversei um pouco com ele e a esposa. Eles pareceram bem interessados. Acho que o nome dele era Brian.

Ela assentiu.

— Corwin. Sim, a Anne me falou sobre ele. Parece que ele estava pronto para pagar o preço, na hora, mas a esposa não concordou. Eles chegaram a ter uma discussão séria sobre o assunto, e a Anne teve de pedir que eles conversassem do lado de fora. Então eles foram embora.

Meu coração se apertou. Apanhei um copo d'água na mesa.

— Que pena.

— Eles podem mudar de ideia. Nem todo mundo toma esse tipo de decisão tão rápido como fizemos.

— Nem todo mundo precisa.

Ela parou de mastigar. Começou de novo. Engoliu.

— É verdade.

Comemos em silêncio. Ou melhor, minha mãe comeu. Eu bebi. Eu estava fora da água fazia só alguns minutos e minha pele já estava se contraindo, minha garganta se apertando.

— Era lá que você estava? — perguntou ela, um minuto depois.

O copo começou a escorregar dos meus dedos. Eu o apertei suavemente.

— Quando?

— Durante a exibição da casa. A Anne disse que você desapareceu por um tempo. Você estava ocupada conversando com possíveis compradores? Mostrando o lugar a eles?

Meus dedos, ainda segurando o copo, ficaram brancos como papel.

— É. Uma família queria saber exatamente onde a nossa propriedade começa e termina. Passei um bom tempo com eles do lado de fora.

— Você anotou os nomes deles?

— O quê?

— Se você passou um bom tempo com eles, vocês devem ter se apresentado, não é?

Tentei pensar em nomes aleatórios, mas minha cabeça estava girando.

— Vanessa.

Olhei para baixo. A mão de minha mãe estava sobre o meu joelho.

— Eu lamento tanto — disse ela.

— O quê? Por quê?

Ela se recostou na cadeira com um suspiro.

— Por pedir para você ir até lá. Você *adora* aquela casa. Quem poderia te culpar por se esconder? Que tipo de mãe eu sou, para te pedir algo assim?

Coloquei o copo na mesa e olhei para ela.

— O tipo que vira a vida inteira de cabeça para baixo, mais de uma vez, pela filha. — Sacudi a cabeça. — Eu adoro aquela casa, e, sim, parte de mim vai sentir saudades. Mas não foi por isso que eu me escondi.

Eu esperava que aquilo fosse tranquilizá-la, mas a ruga de preocupação em sua testa aumentou ainda mais.

— Mãe, é sério, eu juro...

— O Simon.

Minhas costas bateram com força no encosto da cadeira.

— Você estava com ele, não estava? Ah, querida. Você sabe que não é uma boa ideia. Tentar reavivar as coisas, quando tudo vai ter que acabar novamente daqui a alguns meses. Relacionamentos a distância nunca funcionam, não importa quanto você queira que funcionem, e...

— Eu não estava me sentindo bem.

Ela se calou.

Escolhi minhas palavras com cuidado.

— Eu não quis preocupar você, por isso não ia te dizer nada... mas comecei a me sentir um pouco estranha quando estava lá. Então fui descansar um pouco na casa de barcos.

Ela assentiu, enquanto processava o que eu dizia.

— Como assim, estranha?

— Do jeito de sempre. Cansada. Com sede. Fraca.

— Dor de cabeça?

Meus olhos encontraram os dela.

— Não. Nada de dor de cabeça.

Ela olhou para baixo, empurrando a comida de um lado para o outro do prato.

— Mãe. — Agora, era a minha mão que estava no joelho dela. — Elas se foram. Não precisamos mais nos preocupar com elas.

— É isso que você diz, mas como pode saber? Como você pode saber *com certeza*? Porque você já disse isso uma vez no passado, e elas voltaram. — Ela estremeceu. — Talvez isso tenha sido uma péssima ideia. Talvez estivéssemos melhor em casa. Ou, não sei, talvez devêssemos nos mudar para o Canadá. Ou para algum lugar muito, muito longe.

Meus ancestrais eram, na verdade, do Canadá. Mas eu não falei sobre isso naquele momento. Ao contrário de tudo o mais que eu contara a minha mãe nos últimos meses, inclusive que eu sofria de enxaquecas insuportáveis sempre que sereias vingativas estavam por perto, eu não achei que aquela era uma informação de que ela precisava.

— Eu vi os corpos — lembrei a ela suavemente. — Eu vi como elas se desintegraram no lago. Eu tive que fazer isso, por este mesmo motivo: para saber que não haveria uma forma de elas voltarem.

Ela fungou, esfregando os olhos.

— Você passou por tanta coisa, Vanessa. Muito mais do que qualquer garota, jovem e meiga, deveria. E eu só quero fazer tudo o que puder para que você seja feliz, para te ajudar a seguir em frente.

— Hum, você viu onde nós estamos? — Fiz um gesto indicando os arredores, quando ela ergueu os olhos. — As pessoas poderiam escrever livros sobre este lugar. Revistas inteiras poderiam ser dedicadas a esta maravilha arquitetônica e a este esplendor natural.

Ela sorriu.

— Não é nada mau.

— É incrível. E eu sou a garota mais sortuda que conheço.

Ela começou a dizer alguma coisa, mas meu celular tocou. Eu o apanhei na mesa.

— É a Paige. Eu posso ligar para ela mais tarde.

— Não, não. Atenda. — Minha mãe se levantou, arrumando os cabelos embaraçados pelo vento. — Eu vou à toalete e ver como está o seu pai. Diga que mandamos oi.

Ela beijou o alto da minha cabeça e correu para dentro de casa. Eu me servi de outro copo d'água e atendi ao telefone.

— Uva envelhecida.

— Isso é algum tipo de charada? — perguntei. — Porque hoje foi um longo dia, e o meu cérebro não está exatamente funcionando a todo vapor.

— Não é uma charada — afirmou Paige. — É a nova cor oficial do Betty Chowder House.

— Então vocês escolheram roxo. O Louis deve estar à beira de um ataque.

— Teve alguns pratos quebrados e panelas voando, mas nada de muito sério. Além disso, uva envelhecida é um meio-termo. Ainda pertence à família da torta de amora, mas é mais sofisticada que doce. E é exatamente o que precisamos para atrair novos clientes.

— Parece ótimo. Mal posso esperar para ver.

— Eu também. E agora, o que há de errado?

Forcei a água que bebera a descer pela garganta.

— Como assim?

— Você disse que foi um dia longo. Por quê? Aconteceu alguma coisa na exposição da casa? — Ela soltou uma exclamação abafada. — Você o viu, não foi? Você viu o Simon.

Peguei outro copo d'água e bebi tudo de um só gole, antes de responder.

— Vi. Através de uma janela, a uns trinta metros de distância.

— Você não falou com ele?

— Nem uma palavra.

Seguiu-se um segundo de silêncio. Eu sabia que ela estava decepcionada por mim.

— Mas está tudo bem — eu disse. — Pelo menos eu sei que ele ainda está por perto, não é? Ele não fugiu da cidade quando o Caleb contou que eu estava aqui.

— Essa é a afirmação otimista mais idiota que já ouvi.

Eu não pude deixar de sorrir. E então me lembrei da outra pergunta dela, e meu sorriso desapareceu.

— Bom... aconteceu uma coisa na exposição da casa. Além disso, quero dizer.

— Espere aí. Vou para o salão de jantar para ter mais privacidade.

Do outro lado da linha, ouvi portas batendo e vozes aumentando e diminuindo de volume. Enquanto Paige se movimentava, eu fazia o mesmo. Fui para o canto mais afastado do terraço e fiquei de frente para a casa, para observar minha mãe e meu pai. Ele estava dando a ela algo para provar de uma panela no fogão, e calculei que ainda tivesse alguns minutos antes que eles voltassem.

— Tudo bem — disse Paige. — Pode falar.

— Certo. Tudo estava correndo bem, mas então... — Eu me interrompi. — Você acabou de dizer que foi para o salão para ter mais privacidade?

— Sim, ele está vazio.

— Mas é hora do jantar.

— Acho que hoje as pessoas estão jantando em casa. Mas continue. O que aconteceu?

Respirei fundo e tentei ignorar quaisquer reservas que eu tivesse a respeito de compartilhar a novidade. Aquilo era grande demais para guardar para mim mesma, e Paige era a única pessoa para quem eu poderia contar. Além disso, se aquilo significava o que eu achava que significava, ela precisava saber o mais cedo possível.

— As pessoas sabem — falei baixinho.

Houve outro segundo de silêncio.

— Sabem do quê? Que pessoas?

— Hoje, na casa do lago, fui tomar um pouco de ar do lado de fora e encontrei algumas pessoas atrás da casa de barcos. — Através da parede de janelas, vi meu pai dar um beijo no rosto de minha mãe. Ela passou os braços ao redor do pescoço dele. — Elas estavam conversando. Sobre o lago ferver.

O silêncio que se seguiu foi longo. E pesado.

— Paige?

— Estou aqui. — Quando ela falou novamente, sua voz estava mais baixa. — O que você quer dizer com ferver?

— Borbulhar. Girar. Como se estivesse sobre um enorme fogaréu.

— Mas como elas...? Como seria possível que elas...?

— Soubessem do que aconteceu no último outono? Quando tivemos tanto cuidado para que ninguém descobrisse?

— É. A Charlotte passou uma conversa nos policiais que estavam lá, certo? Então eles não diriam nada. Será que as outras casas do lago não estavam totalmente vazias como pensávamos? — Como se quisesse convencer a si mesma, ela completou: — Mas está tudo bem. Se alguém viu, provavelmente pôs a culpa no tempo esquisito. E quem quer que estivesse lá naquele dia era apenas um curioso.

Fiz uma pausa.

— Não era sobre isso que eles estavam falando.

Ela engoliu em seco.

— E sobre o que era?

Fechei os olhos, lembrando-me das vozes que murmuravam, excitadas.

— Mulheres do mar — praticamente sussurrei. — Mais conhecidas como...

Houve um ruído alto do outro lado da linha. Ela deu um grito, e eu dei um pulo.

— Vanessa, eu detesto te pedir isso, mas posso te ligar mais tarde? O Louis está nos dando o prazer de testemunhar mais um de seus famosos escândalos.

— Claro que sim — respondi um pouco aliviada. Só porque precisávamos conversar sobre o que eu ouvira, isso não significava que fosse algo que eu quisesse fazer. — Boa sorte. Me ligue quando puder.

Nós nos despedimos e desligamos. Olhei para o outro lado do gramado e vi meus pais ainda na cozinha; disquei rapidamente o número de casa e observei minha mãe apanhar o telefone sem fio na parede. Eu disse a ela que estava bem, mas um pouco cansada, e perguntei se poderíamos adiar um pouco a nossa reunião de família. Quando ela concordou, desliguei e fui para o meu quarto.

Meu quarto novinho em folha. Com sua nova cama de dossel. Seu novo armário e sua escrivaninha feita de madeira recém-cortada. Seu novo edredom, travesseiros, pintura e tapete. Seu novo banheiro de cerâmica e pedra.

Era diferente de qualquer quarto que eu já tivesse chamado de meu. Deveria ser o lugar perfeito para recomeçar, para seguir em frente. Do jeito que minha mãe queria que eu fizesse. Do jeito que *eu* queria.

A pergunta era: aquilo seria suficiente?

Tentar responder a essa pergunta era exaustivo. Então, ainda com o maiô úmido, deitei na cama, puxei os cobertores sobre a cabeça e enfiei as mãos embaixo do travesseiro.

Onde eu colocara o moletom da Bates e a garrafa d'água. Foram as primeiras coisas que vi quando acordei, sozinha, depois de desmaiar na casa do lago naquela tarde. Elas não pertenciam a mim, mas eu as apanhara de qualquer modo.

Porque pertenciam a Simon.

5

— MESA PARA DOIS, por favor.

— Betty! — Fechei a edição do jornal *Winter Harbor Herald* e saí rapidamente de trás da recepção do restaurante. — A Paige não me disse que você estava vindo para cá!

— Ela não sabia. — A avó de Paige abriu os braços e me deu um abraço apertado. — Mas o tempo estava tão bom que decidi vir dar uma olhada nessas reformas fantásticas das quais ela tem falado tanto.

Nossos olhos se encontraram quando nos afastamos depois do abraço. Os dela estavam claros e brilhantes — como um céu azul sem nuvens. Aquela expressão não se parecia em nada com a da mesma época no verão anterior, quando Raina e Zara haviam trancafiado Betty, deixando-a severamente desidratada, até seu corpo enfraquecer e sua visão começar a falhar. Eles também estavam mais claros do que no último outono, depois que ela recuperara as forças, mas ainda estava sendo manipulada pelas sereias ressuscitadas. Paige me dissera que a visão dela ainda estava comprometida, mas vê-la me fez tão feliz que lhe dei outro abraço.

— Da próxima vez, me avise que o circo chegou à cidade, para eu trazer um saquinho de amendoins — brincou Oliver, o namorado de Betty, observando as latas de tinta e as lonas espalhadas pela sala.

— Não pode ser tão ruim assim — disse Betty.

— Em comparação com a passagem de um tornado? Não. Você está certa.

Eu me inclinei e beijei a bochecha dele.

— É bom ver você, Oliver.

A expressão no rosto dele se suavizou.

— Vanessa. Oi. Não se incomode comigo, eu só estava...

— Cuidando dos interesses da família. — Paige atravessou o salão, caminhando na nossa direção. — Como sempre.

— Você pode me culpar? — perguntou Oliver.

— Nem um pouco... e não posso te agradecer o suficiente. — Paige deu abraços rápidos nos dois. — Que tal um passeio pelo restaurante? Vou mostrar o que andamos fazendo por aqui e contar um pouco sobre os meus outros planos.

Paige piscou para mim, enquanto dava o braço a Betty e a levava para o salão. Oliver as seguiu de perto. Enquanto se afastavam, ouvi um último diálogo.

— Paige, querida, está tudo tão quieto. Onde estão as pessoas? Pensei que tínhamos concordado que o restaurante permaneceria aberto durante a reforma.

— Vovó B... nós *estamos* abertos.

Olhei para o relógio enquanto voltava para o meu posto atrás do balcão da recepção. Era 12h15 de uma terça-feira. O restaurante deveria estar lotado de moradores da região, trabalhadores temporários e turistas. Deveria estar cheio dos sons de pratos e talheres, e a porta da cozinha deveria estar abrindo e fechando sem parar, enquanto os garçons iam de um lado para o ouro. Mas, com exceção de nós e dos funcionários, o lugar estava vazio. Os únicos sons que ouvíamos eram de martelos e serras.

~ 55 ~

Paige tinha me dito que o Betty Chowder House não era o único negócio local que estava sofrendo e, de acordo com o jornal, ela estava certa.

Depois de um verão de tempestades, Winter Harbor se prepara para a seca

À medida que o 4 de Julho — e o início oficial da estação — se aproxima, os comerciantes e donos de restaurantes de Winter Harbor usam todas as armas disponíveis para atrair clientes. Além dos produtos típicos do Maine e das lagostas mais frescas da costa Leste, as empresas estão oferecendo descontos, cupons e outros incentivos para atrair os visitantes de férias.

Há apenas um problema. Os visitantes, ao que parece, foram para outro lugar.

"No último verão, filas de pelo menos vinte pessoas começavam ao meio-dia e iam até a meia-noite", disse Eddie Abernathy, proprietário da Sorveteria do Eddie. "Agora, estou distribuindo casquinhas grátis a cada hora, só para atrair mais pessoas para a minha porta... e ainda assim ninguém entra!"

"É estranho", completou Nina Poole, gerente da loja de moda praia Waterside. "A esta altura, no ano passado, no minuto em que colocávamos um maiô na vitrine, alguém entrava para comprar. Agora, temos sorte se alguém olha para a nossa loja ao passar pela rua."

O mercado de imóveis local também sofreu um golpe. A inauguração, no ano passado, do sofisticado Lighthouse Marina Resort e Spa motivou alguns forasteiros a investirem no que parecia ser um rápido desenvolvimento turístico. O resultado foi o aumento de 100% nas vendas em relação ao ano anterior, bem como um saudável impulso para a economia local. Os empresários, ao mesmo tempo chocados e felizes, lutavam para manter as geladeiras e as prateleiras cheias. Para todos os efeitos, aquele verão deveria ser o mais lucrativo da história de Winter Harbor.

E então vieram as chuvas.

"Quem pode culpá-los?", perguntou o capitão Monty, proprietário da marina da cidade, de mesmo nome. "Com as tempestades insanas e os corpos aparecendo na praia dia sim, dia não, é de espantar que as pessoas tenham permanecido tanto tempo aqui. Que diabos, se este lugar não fosse o meu lar desde o dia em que minha mãe me trouxe ao mundo e me desejou sorte, eu teria procurado águas mais calmas também."

A queda na economia é um infortúnio — especialmente porque o nível de chuvas foi consistentemente mais baixo durante os últimos dez meses, e o sol tem brilhado todos os dias desde o feriado de maio. Parece que aqueles que tiveram coragem de enfrentar as tempestades serão recompensados com condições ideais neste verão.

E aqueles que não tiveram?

"Quem perde são eles", disse Paige Marchand, neta de Bettina Marchand, que fundou o Betty Chowder House, uma instituição local, em 1965. "Mesmo sob trinta centímetros de água, Winter Harbor ainda é o lugar mais lindo do mundo."

— Onde está a sua placa?

Ergui os olhos; o movimento abrupto fez minha cabeça latejar levemente. Coloquei um cardápio sobre o jornal, enquanto uma jovem mulher cruzava a recepção.

— Como? — respondi.

— A sua placa. — Ela me mostrou um mapa, do tipo distribuído pela Câmara de Comércio. — De acordo com isso aqui, o restaurante Betty Chowder House deveria estar aqui. Não uma obra.

— Este é o Betty Chowder House — falei com um sorriso. — A nossa placa de identificação foi retirada temporariamente, já que estamos em reforma. Mas estamos abertos, como sempre.

— Mais um motivo para garantir que as pessoas saibam onde vocês estão, certo?

Senti meu rosto esquentar.

— Claro.

Ela sustentou meu olhar por um instante e depois sorriu.

— Então, a sopa é tão gostosa como dizem?

— Melhor ainda. — Apanhei outro cardápio na prateleira da parede e a levei para o salão.

— Tem um bar aqui?

Diminuí o passo e olhei sobre o ombro. Ela parecia ter mais ou menos a minha idade, talvez fosse um ou dois anos mais velha. Devia ter no máximo 20 anos.

— Detesto me sentar a uma mesa e comer sozinha — explicou ela. — E onde tem um bar, normalmente tem uma televisão, que é o mais próximo de uma companhia que posso ter.

Eu conseguia entendê-la. Eu viera para o Betty Chowder House sozinha, no ano anterior, para estar entre pessoas sem ter de falar sobre mim — ou sobre o que havia acontecido com Justine. Eu me perguntei se aquela moça estava ali por motivos parecidos, enquanto a levava até o bar e lhe entregava o controle remoto.

— A garçonete já vai vir te atender.

— Obrigada. — Ela apanhou o cardápio e eu me virei, mas ela perguntou: — Qual é o seu nome?

Parei e me voltei novamente para ela, que explicou:

— Este lugar não está exatamente lotado de funcionários. E eu não sou uma cliente exigente, mas posso parecer mal-educada se gritar "ei, você!" para chamar sua atenção.

Ela parecia simpática, mas eu ainda me perguntava se deveria me desviar da pergunta. Não era uma pergunta que a maioria dos clientes fazia.

— Vanessa — respondi finalmente.

Ela estendeu a mão.

— Natalie. Obrigada mais uma vez por ser tão prestativa.

— De nada. — Apertei a mão dela. Era quente e firme.

Ela se concentrou na televisão colocada em uma prateleira perto do teto. Fui para a cozinha encontrar alguém para servi-la. Porque ela estava certa. A casa não sofria de falta de funcionários, considerando os poucos clientes, mas o serviço era definitivamente esporádico, já que não era exigido regularmente.

— Você precisa de mim. — Louis estava de pé nos degraus dos fundos, encostado na porta para mantê-la aberta, e fumava um cigarro. — *Por favor*, diga que você precisa de mim para alguma coisa.

— Preciso — falei. — Mas é só para uma cliente.

— Já é o suficiente. — Ele atirou o cigarro nos degraus de pedra e o apagou com a ponta do sapato. — Você, minha querida, é uma salva-vidas.

Eu estava prestes a perguntar por onde a nossa garçonete andava quando ouvi passos descendo as escadas que levavam para o pátio. Carla, a jovem garçonete, passou voando por mim como um borrão preto e branco e atravessou correndo as portas vaivém.

— É melhor eu ficar de olho nela — eu disse. — Já que a Paige está ocupada com a Betty e o Oliver.

Louis já estava acendendo o fogão e não pareceu me ouvir. Os únicos outros funcionários presentes, um ajudante de garçom e o *sous-chef*, folheavam revistas do outro lado da cozinha. Ninguém estava prestando atenção, mas eu ainda me sentia um pouco estranha, parada ao lado da porta vaivém e olhando pela janelinha quadrada.

O diálogo durou poucos segundos. Carla cumprimentou Natalie, que perguntou a respeito de alguns itens do cardápio, e a garçonete gaguejou uma resposta antes de anotar o pedido. Ela começou a andar na direção da cozinha, mas pareceu mudar de ideia e foi para detrás do bar, onde encheu dois copos, um de água e outro de chá gelado, e estendeu ambos para Natalie.

Continuei observando, mesmo depois que nossa única cliente ficou sozinha de novo. Eu não tinha certeza do que esperava ver — Natalie olhando ao redor para ver se alguém estava prestando atenção *nela*?

Ela não fez isso, é claro. Simplesmente continuou sentada junto ao bar, bebericando água e zapeando os canais.

Eu estava sendo paranoica. Eu sabia disso, mesmo que não tivesse certeza do motivo. Talvez fosse porque, com seus cabelos loiros supercurtos, olhos castanhos e pernas longas e bronzeadas, ela se parecesse com o tipo de garota que atrairia a maioria dos rapazes como um ímã atrai metal — ou como sereias atraem homens. Talvez fosse porque a minha cabeça tinha latejado — só uma vez, e bem de leve — quando ela entrara pela porta. As dores de cabeça frequentes e excruciantes que eu sentia quando estava perto de Zara sempre duravam muito mais tempo, mas Betty dissera que era porque Zara estava recém-transformada e era incapaz de controlar os sinais que seu corpo enviava naturalmente para outras sereias. Acho que a reação era menos intensa perto de sereias mais experientes.

Ou talvez fosse porque as coisas simplesmente seriam assim dali em diante. Depois de tudo que acontecera, eu provavelmente desconfiaria instantaneamente de qualquer mulher jovem e bonita que conhecesse, não importava quanto ela fosse simpática ou quanto eu tentasse me convencer do contrário.

Eu tinha de superar aquilo tudo logo. A faculdade já seria um desafio grande o suficiente; eu duvidava de que conseguiria passar por ela sem o apoio de uma nova amiga.

— Atenção, recepcionista.

Eu me virei no exato momento em que Louis atirava duas sacolas de papel na minha direção.

— O Carmichael-móvel está chegando. — Ele fez um gesto indicando a janela sobre a pia. — Eu estava tão entediado que os preparei faz uma hora, então as batatinhas provavelmente estão frias. Mas um homem faminto come qualquer coisa, não é?

— É o que ouço dizer. — Apertei as sacola contra o peito, do jeito que as apanhara. Eu podia sentir o coração batendo contra os sanduíches. — Já volto.

Dei um rápido sorriso para Natalie enquanto atravessava o salão e passava pelo bar. Ela mal desviou os olhos da televisão. Então, cruzei correndo a distância que me separava da recepção... onde Caleb estava esperando.

— Oi — disse ele.

— Oi. — Tentei disfarçar a decepção quando lhe entreguei as sacolas de papel. — Aqui está. O de sempre, por conta da casa.

— Está tudo...

— Bem — terminei, imaginando que não o havia enganado. — Sim, está tudo bem.

E estava mesmo. Eu só tinha esperanças de que, depois de cuidar de mim na casa do lago naquele dia, Simon quisesse buscar o almoço pessoalmente. Mas Caleb não precisava saber disso.

— Fico feliz em saber — disse ele, assentindo uma vez e apanhando as sacolas de papel. — Obrigado. Até amanhã.

— Certo. Bom almoço.

Ele partiu. Voltei para o balcão da recepção, abri o jornal e olhei para as palavras sem ler. Com o barulho das serras e minha mente distante, não percebi que alguém tinha entrado até ele ficar bem diante de mim e falar comigo.

— Será que o Louis colocou as batatinhas na geladeira por acidente, em vez de no forno?

— Desculpa, eu...

Parei. *Tudo* parou. Minha voz. As serras. O tempo.

Meu coração.

— Simon. — Eu não senti meus lábios se movendo, mas de alguma forma consegui dizer o nome dele. — Eu não... Eu pensei... Você está...?

Os cantos de sua boca se ergueram. Não era bem um sorriso, mas também não era uma careta.

— Você deixou a barba crescer.

Aquela foi a primeira coisa segura que me ocorreu dizer a ele. Comecei a me encolher assim que falei isso... mas parei quando ele riu.

— É. — Ele esfregou a palma da mão na barba castanha que lhe cobria o queixo. — Deve ser influência dos pescadores.

— Eles não se cuidam muito?

— Eles são capazes de fazer coisas incríveis com uma faca e uma truta, mas não são muito hábeis com uma lâmina e a própria pele.

Dei um pequeno sorriso e me esforcei para pensar em alguma coisa para dizer. Alguma coisa além de *Sinto sua falta. Eu te amo. Eu daria tudo, tudo mesmo, para ter só uma chance de consertar as coisas.*

Para o bem ou para o mal, ele falou primeiro.

— O Caleb está preocupado com você.

Nossos olhos se encontraram. Ele olhou para baixo.

— Está? — perguntei.

— Ele disse que você parecia... estressada. Tensa. Um pouco cansada.

Caleb tinha percebido aquilo tudo com poucas trocas de palavras? Graças ao meu trabalho, eu o via muitas vezes, mas nossas conversas nunca duravam mais do que trinta segundos nem iam além das gentilezas de costume. E quanto ao meu desmaio no lago? Eu entendia que aquilo podia parecer preocupante — para Simon, que me encontrara. Não para Caleb.

— Ele sabe que provavelmente é difícil para você estar de volta — continuou Simon, com os olhos ainda fixos em seus tênis —, especialmente nessa época do ano, e com os seus pais vendendo a casa do lago. Isso deixaria qualquer um estressado.

Eu o observei cruzar os braços sobre o peito e se apoiar em um pé e depois em outro.

— Mas ele estava pensando... — Simon ergueu a cabeça. Os olhos dele encontraram os meus e se fixaram neles. — Tem mais alguma coisa acontecendo?

Sim. Sinto sua falta. Eu te amo. Eu daria tudo...

— Eu sou a patroa, vovó. A chefona. O que você quiser. — Paige voltara à recepção com Betty e Oliver. — A Vanessa vai lhe contar.

Olhei para eles, depois para Simon — cuja presença eles não haviam notado e que não estava mais olhando para mim — e então para eles novamente.

— Contar o quê? — perguntei.

— Que, embora partes do restaurante possam parecer prestes a desabar, eu estou no comando. Está tudo sob controle.

— Mas nós só discutimos a pintura externa — disse Betty. — Não a interna. E você não disse nada a respeito de uma nova varanda, nem de uma nova iluminação, nem de novas portas.

— Tudo isso é desnecessário — completou Oliver. — Os velhos estavam perfeitamente em ordem.

Paige se virou para mim. E esperou que eu a apoiasse.

— Me desculpem. — Saí de trás do balcão da recepção. — Eu adoraria conversar, mas preciso de um minuto para...

Terminar de ajudar o Simon com o almoço. Era isso que eu pretendia dizer.

Se Simon não tivesse ido embora.

6

— Santo Bob Vila! — disse Paige.

— Quem? — perguntei.

— Bob Vila. Aquele velhote do programa de televisão sobre reformas de casas. Eu ando assistindo a vídeos do programa dele no YouTube, para ter certeza de que os meus funcionários estão fazendo tudo direito.

Estávamos no carro dela e já nos aproximávamos da entrada da minha casa. Acompanhei o olhar dela, através do para-brisa, até o homem parado na frente do portão de ferro, com um martelo em uma das mãos e uma chave-inglesa na outra.

— Ele se parece com meu pai?

— Um pouco. Mas não foi isso que me fez pensar nele. — Ela diminuiu a velocidade até parar o carro, enquanto meu pai se agachava ao lado de uma caixa de ferramentas vermelha. — Parece que o papai Sands faria bom uso de algumas dicas de um profissional.

Ela estava certa. Meu pai olhava para o conteúdo da caixa de ferramentas como se fossem peixes exóticos em um aquário.

— O que ele está tramando? — perguntou Paige.

— Não faço a menor ideia. — Desafivelei o cinto de segurança. — Quer entrar? Talvez ficar para o jantar?

— Eu adoraria, mas estou moída. — Ela descansou a cabeça no encosto do banco e me deu um pequeno e cansado sorriso. — Além disso, eu preciso da pouca energia que ainda me resta para convencer a vovó B de que as mudanças podem ser, e serão, realmente boas para o restaurante. Fica para a próxima?

— Claro que sim. — Saí do carro e acenei enquanto ela contornava a esquina.

— Vanessa! — chamou meu pai. — Graças a Deus. Eu preciso de uma segunda opinião.

Eu me aproximei dele e de sua temível caixa de ferramentas. Ele segurava um instrumento preto, longo, com a ponta prateada.

— Para que você acha que isso serve?

— Para reger uma orquestra?

Ele deu risada.

— Parece mesmo uma batuta. Ou uma varinha mágica, o que seria algo bem útil agora.

Eu me agachei ao lado dele.

— Música clássica faz muito mais o seu estilo. E para que você precisa de mágica, afinal?

Suspirando, meu pai se apoiou nos calcanhares e se sentou na calçada. Então apontou a varinha para o portão.

— As iaras? Você quer trazê-las à vida? — Eu me sentei ao lado dele.

— Detesto dar más notícias, paizão, mas essa mágica já foi feita. Bem, pelo menos com criaturas parecidas.

Ele olhou de esguelha para mim, sem mexer a cabeça. Dei de ombros.

— Muito pelo contrário — disse ele. — Eu quero destruí-las.

Comecei a perguntar o motivo, mas parei. Afinal, por que ele *não* desejaria se livrar daquela lembrança? Iaras e sereias não eram exatamente a mesma coisa, as principais diferenças sendo a ausência de rabo das sereias e sua propensão para o assassinato... Mas, na cultura popular, elas eram parecidas o bastante para ser confundidas.

— Sua mãe se encolhe toda vez que passamos pelo portão. É instintivo; eu não acho que ela percebe o que faz. Mas eu percebo.

— Ela te pediu para tirar?

— Claro que não. Se ela parasse para pensar em si mesma por um segundo que fosse, contrataria um profissional para fazer o serviço. Todos nós sabemos que não sou exatamente o sr. Conserta-Tudo. — Ele balançou a cabeça. — Mas ela não pensa em si mesma já faz algum tempo. E é por isso que eu tenho que fazer isso.

Aquele era um sentimento adorável, mas me deixava triste. Meu pai amava minha mãe. Eles estavam casados há vinte anos, e ele a adorava mais e mais a cada dia. E ela o amava também, por isso perdoara a traição dele e me aceitara em sua pequena família de três. Por dezessete anos, ela cuidou de mim como se eu fosse sua filha biológica, ainda que eu fosse uma lembrança constante do que meu pai fizera. E, mesmo assim, ela aprendeu a viver com aquilo. Ela aceitou.

Mas no último ano ela havia sido testada, passando por coisas que nenhuma esposa e mãe deveria enfrentar. Tinha perdido Justine, sua única filha biológica. Quase me perdeu também. Tudo responsabilidade de um grupo de mulheres sobre as quais, até o último verão, só havíamos lido em romances. Um grupo do qual eu era, agora, um membro involuntário.

Depois de todos aqueles fatos novos, antes inimagináveis, estar juntos ainda era uma prova de amor de um pelo outro. Mas não significava que fosse fácil. Mesmo sabendo que seu envolvimento com Charlotte Bleu não fora totalmente sua culpa, meu pai ainda se sentia responsável. Ele nunca se livraria da culpa. E eu sabia que ele tentaria fazer minha mãe feliz, para compensar tudo aquilo, todos os dias pelo resto da vida.

— O que você disse a ela? — perguntei, depois de alguns minutos de silêncio.

— Quando?

Fiz uma pausa.

— Quando pediu desculpas.

Ele ficou quieto enquanto pensava na resposta. Eu fora intencionalmente vaga, porque sabia que ele havia pedido perdão mais de uma vez e que, automaticamente, pensaria na ocasião mais difícil para ele. Quando aquilo aconteceu, não importava; eu não estava perguntando para descobrir em que altura da vida meu pai se sentira pior. Eu só queria saber o que ele tinha dito à minha mãe que os ajudara a passar por tudo aquilo.

— Eu acho... que disse o que todo mundo diz: que eu sentia muito e que nunca tive a intenção de magoá-la. Disse a ela que, se pudesse, faria tudo diferente. E que entenderia perfeitamente se ela nunca mais quisesse me ver.

— E funcionou? — Minha voz estava cheia de esperança.

— Não.

— Ah.

— Ela teria ido embora se eu não tivesse dito mais uma coisa. — Ele olhou para mim. — Antes de eu lhe contar, você precisa saber que eu contei a ela o que aconteceu antes de dizer uma palavra a seu respeito. Ela não iria a lugar nenhum depois que soubesse que você existia. Mas eu tinha que deixá-la escolher. Eu devia isso a ela, no mínimo.

Agora eu sabia que pedido de desculpas fora o mais difícil, e fazia sentido. Afinal de contas, ele só havia descoberto recentemente as verdadeiras razões pelas quais não pudera resistir à tentação que enfrentara havia quase duas décadas.

Assenti.

— Entendo.

Ele encarou o portão mais uma vez. Quando falou novamente, sua voz soou firme, mas suave.

— Eu disse que morreria sem ela. E não eram só palavras. Eu acreditava naquilo, como acredito agora. — O braço dele esbarrou levemente no meu. — Não foi o momento de maior orgulho da vida do seu velho pai. Eu não recomendaria a ninguém.

~ 67 ~

— Mas era verdade. E foi por isso que funcionou.

— Era verdade, mas não foi por isso que a Jacqueline ficou. Ela era forte demais e orgulhosa demais para deixar que o destino merecido de seu marido infiel a fizesse mudar de ideia.

— Então, o que foi que a fez ficar?

— A outra coisa que ela sabia ser verdade.

Esperei. Por uma fração de segundo, os olhos dele se encheram de água; ele os enxugou com as costas da mão.

— Que, por algum estranho e inexplicável motivo... *ela* não podia viver sem mim.

Agora, foram meus olhos que se encheram de água. Eu estava pensando em meus pais e em tudo por que eles haviam passado, mas também estava pensando em Simon.

Se eu lhe dissesse que morreria sem ele, ele diria o mesmo sobre mim?

Eu me inclinei e encostei a cabeça no ombro do meu pai. O braço dele tremia quando ele o passou pelas minhas costas. Ficamos sentados assim, no meio da calçada, sem falar, até que a respiração dele desacelerou e meu peito parou de arder.

— Você sabe do que precisamos? — perguntei.

— De uma taça de vinho tinto?

Fiquei de pé com um salto.

— De um maçarico.

Ele se endireitou, examinando a caixa de ferramentas.

— Podemos fazer aparecer um com a varinha mágica?

— Na loja de material de construção deve ter. Vou dar um pulinho lá.

— Não precisa. — Ele se levantou. — Está ficando tarde. Sua mãe já começou a preparar o jantar. Isso pode esperar até amanhã.

— E correr o risco de vê-la se encolhendo ao passar por essas figuras ridículas, quem sabe quantas vezes mais, até lá? Acho que não. — Fiz um gesto de cabeça indicando a caixa de ferramentas. — Quer ajuda antes de eu ir?

— Não, obrigado. Vou arrumar tudo e deixar a caixa ao lado do portão, por enquanto. Vai manter o portão aberto até você voltar.

Dei um abraço rápido em meu pai e saí correndo pela calçada. Entrei em casa rápido para dizer oi a minha mãe, apanhar as chaves do carro e uma garrafa d'água, e explicar que eu estava indo até a cidade para comprar sorvete de sobremesa. Ela descobriria o real motivo em breve, e provavelmente discutiria comigo e diria que aquilo não era necessário se eu lhe contasse a verdade agora.

O sol estava começando a desaparecer quando tomei a direção da rua principal, banhando os velhos chalés e as novas casas coloniais com sua luz quente e dourada. Era um enorme contraste com o verão passado, quando todas as casas, independentemente da cor, pareciam cinzentas de manhã, de tarde e de noite. A cidade mal tinha tempo de secar antes da próxima tempestade cair, inundando e escurecendo tudo novamente.

Aquela era o tipo de noite que atraía as pessoas para Winter Harbor. Mesmo depois de o sol se pôr no horizonte, o ar ainda era agradável; não fazia frio. Seria ideal para um longo e relaxante jantar, ouvindo uma ou duas bandas locais, depois simplesmente passear pela cidade com os amigos ou a família.

Levando em conta que o Betty Chowder House havia permanecido vazio o dia inteiro, eu não deveria ter me surpreendido quando vi apenas uma dúzia de carros estacionados na rua principal dez minutos depois, mas mesmo assim me espantei. Achei uma vaga bem em frente à loja de material de construção e corri para dentro.

— É um brinquedo bem grande para uma garotinha.

Eu estava em um dos corredores nos fundos da loja, tentando decidir entre dois modelos de maçarico que pareciam idênticos. Quando o rapaz se aproximou de mim, coloquei um deles de volta na prateleira e me afastei.

— O que foi que eu disse? — ele gritou para mim. Ele era alto e usava calças cargo manchadas, uma jaqueta rasgada e um gorro de lã. Não fiquei por perto tempo suficiente para dar uma boa olhada no rosto dele, mas imaginei que tivesse 20 e poucos anos. A julgar pelas roupas, provavelmente trabalhava em algum dos barcos de pesca atracados na marina.

É só um garoto, eu disse a mim mesma enquanto me dirigia ao caixa. *Paquerando alguém que pensa ser uma garota normal.*

Talvez. Mas aquilo não impediu minhas mãos de tremerem quando tirei o dinheiro da carteira. Já fazia quase um ano, e eu ainda não estava acostumada com a atenção.

— Chocolate?

— Como? — A pergunta fora tão inesperada que eu não pude deixar de responder.

Um segundo rapaz, usando calças desbotadas, um suéter grosso e um boné do time de beisebol da escola de Winter Harbor, parou atrás de mim. Ele fez um gesto de cabeça indicando o balcão, onde a atendente tentava descobrir o preço do maçarico.

— Parece que você está se preparando para um pouco de ação envolvendo chocolate e marshmallow. Os turistas adoram esse tipo de coisa... Mas normalmente preferem gravetos e fogueiras, e não lança-chamas movidos a butano.

Ele sorriu. Fiz o possível para retribuir o gesto antes de me virar novamente para o balcão.

— Tinha uma placa na prateleira — eu disse, inclinando-me sobre o balcão. — Acho que dizia 49,99 dólares.

— Eu vou verificar.

— Não, não precisa, eu vou...

Mas ela já tinha ido. Atrás de mim, o primeiro rapaz se juntou ao segundo. Eles cheiravam a sal, nicotina e salmão cru. E falavam sobre anzóis e iscas de um jeito que sugeria que peixe não era exatamente o que estavam tentando pescar.

— Você não é daqui, é? — perguntou o primeiro, erguendo a voz.

Como nós éramos as únicas pessoas na loja, além da caixa, imaginei que a pergunta era dirigida a mim.

— Não — respondi sem me virar.

— Foi o que pensei. A gente não esqueceria esse rosto, não é, Griff?

— Definitivamente não. — O cheiro deles ficou mais forte quando se aproximaram. — A gente se orgulha de conhecer todas as garotas bonitas da cidade. É a nossa especialidade.

— Legal. — Eu não sabia se deveria estar assustada ou aliviada. Eles estavam sendo um tanto agressivos; os homens geralmente ficavam encantados demais e agiam de forma tímida, a não ser que fossem encorajados a falar. Talvez aqueles dois fossem assim com todas as garotas. Talvez aquilo não tivesse nada a ver com o fato de eu ser totalmente diferente das outras meninas.

— Sabe de uma coisa? — disse o primeiro rapaz. — Foi um longo dia. Estou com fome... E acho que prefiro algo doce.

Não importava a motivação deles. A última palavra foi pronunciada junto ao meu ouvido. O medo venceu.

— Eu mudei de ideia! — gritei, recuando na direção da entrada da loja. — Obrigada mesmo assim!

Do lado de fora, forcei meus pés a percorrerem, sem correr, a curta distância até o carro. Lancei um olhar rápido para a loja enquanto entrava no veículo, e vi os dois rapazes conversando com a atendente, que havia voltado para o caixa. Ela era mais velha, e provavelmente não estavam interessados nela da mesma forma que se interessaram por mim. E, se ainda tentassem criar problemas, ela estava cercada de canivetes, chaves de fenda e outras ferramentas — certamente poderia se livrar de uma atenção indesejada, se fosse preciso. Senti apenas uma leve pontada de culpa ao ligar o carro e pisar no acelerador.

A sorveteria do Eddie era perto dali. Decidindo que eu poderia ao menos comprar a sobremesa, para justificar minha ida até a cidade, dirigi até lá e comprei três sundaes e todos os potes de sorvete que fui capaz de carregar. Embora eu não tivesse causado diretamente as tempestades do verão passado, ainda me sentia de certa forma responsável, o que me tornava parcialmente responsável também pelos negócios fracos daquele verão. O mínimo que eu podia fazer era ajudar Eddie a se livrar do estoque.

De volta ao carro, tomei as estradas secundárias para evitar passar pela loja de material de construção no caminho de casa. Eu acabara de entrar em uma estreita rua residencial quando vi faróis aparecerem atrás de mim, a distância. Meu pulso acelerou e então diminuiu novamente quando o carro, uma velha caminhonete laranja, entrou em outra rua e desapareceu.

Liguei o rádio para me distrair. Estendi a mão até a minha bolsa no banco do passageiro, peguei meu celular e o coloquei no porta-copos. Apanhei um punhado de pretzels no saquinho de emergência no console e engoli tudo com ajuda da garrafa de água salgada que trouxera comigo.

Estava prestes a checar a caixa de mensagens no meu celular quando a caminhonete laranja parou no cruzamento seguinte, de frente para mim. Tirei o pé do acelerador e o utilitário diminuiu de velocidade. Esperei que a caminhonete voltasse a se mover, mas ela ficou parada, com o motor roncando.

Está tudo bem... Eles só estão perdidos... Eles provavelmente queriam pegar esta rua, mas ela é muito estreita, e você tem que passar primeiro...

Pisei no acelerador. O sol já havia se posto àquela altura, mas, quando me aproximei da caminhonete, havia luz suficiente para ver as varas de pescar na carroceria e a aba de um boné de beisebol na cabine. Eu me afundei no banco, apoiando um cotovelo na janela, e tentei esconder o rosto com a mão. Olhei diretamente para frente enquanto passava.

A caminhonete não se moveu.

Prendi o fôlego enquanto continuava a dirigir, observando o capô empoeirado diminuir de tamanho no espelho retrovisor. Quando alcancei a placa de "pare" no final da rua, eu não via mais o carro.

Respirando fundo, virei à esquerda, na direção do oceano.

Atrás de mim, os faróis reapareceram.

Eles chegaram mais perto, cada vez mais brilhantes. Acelerei, mas aquilo só os impeliu a fazerem o mesmo. Pisei mais fundo. O ponteiro do velocímetro se aproximou de 65 quilômetros por hora. Setenta e cinco. Oitenta. O limite dentro da cidade era de trinta quilômetros por hora e estritamente controlado, mas eu não me importei.

Ao que parecia, nem os jovens pescadores.

Chegando ao próximo cruzamento, virei à esquerda sem parar. Meu carro voava, fazendo curvas e manobras que a velha caminhonete tinha dificuldade de acompanhar. Relaxei um pouco, confiando que, àquela velocidade, eu estaria em casa, com o portão de ferro fechado às minhas costas, antes que a caminhonete me alcançasse... E então percebi o que aquilo significava.

Eles descobririam onde eu morava. Mesmo que estivessem muito atrás e não conseguissem ver em que casa eu entrara, ainda teriam uma boa ideia. Aquela rua, embora longa, não tinha muitas residências. E era uma rua sem saída. O que significava que eu estaria a salvo naquela noite... Mas e amanhã? Os dois pescadores poderiam estar apenas brincando agora, mas e se decidissem seguir meu rastro e fazer algo mais sério contra mim mais tarde?

Pisei com força no freio. O utilitário deu uma guinada para o lado, e usei a velocidade para virá-lo, mudando de direção. Passei pela caminhonete depois de uns quinhentos metros; o veículo diminuiu a marcha imediatamente e começou a virar.

O ponteiro do velocímetro atingiu noventa quilômetros por hora. Noventa e cinco. Cento e cinco. Mantendo uma das mãos firme no volante, apanhei o celular com a outra. Comecei a discar o número de que me lembraria até dormindo, embora não o usasse havia meses... E desliguei antes de chegar ao último algarismo.

Meu instinto fora telefonar para Simon. Contar-lhe que talvez eu não estivesse bem, porque um dia ele se importara em saber. Para ele vir me ajudar. Ele cuidara de mim na casa do lago naquele dia, mas só porque provavelmente sentira que não tinha escolha; eu estava bem ali, na porta ao lado. E, se nós tínhamos alguma chance de ficar juntos, a escolha sempre teria que ser dele. Como fora para minha mãe.

Atirei o celular no banco do passageiro e acelerei o carro na direção da cidade. A caminhonete me alcançou logo que diminuí a velocidade, ao chegar às placas de sinalização e perto dos outros carros. Entrei em ruas aleatórias, esperando que a falta de direção indicasse que eu estava tentando escapar deles, despistá-los, e assim eles não pensariam em voltar para a rua sinuosa com vista para o oceano.

Aquilo durou minutos, mas pareceram horas. Eu acabara de passar pela Biblioteca de Winter Harbor quando luzes vermelhas e azuis piscaram no meu espelho retrovisor. Eram tão brilhantes que eu não conseguia ver nada além delas, nem se a caminhonete estava atrás do carro da polícia, mas parei mesmo assim.

— Desculpe — eu disse, quando o policial se aproximou de minha janela aberta. — Eu estava indo rápido demais, e sei disso, e sinto muito mesmo. Mas uns caras numa caminhonete me seguiram desde a loja de material de construção e estavam me perseguindo...

Parei de falar. Por que me importar? O policial era jovem e já estava sorrindo. Ele parecia estar me ouvindo, mas eu sabia que não estava realmente escutando o que eu dizia. Além disso, com exceção dos nossos carros, a rua estava vazia.

Os pescadores, pelo menos por enquanto, haviam ido embora.

7

V! Reunião de emergência da equipe hoje de manhã. Vc consegue chegar ao restaurante às 9? Bj, P. A propósito, sei que está em cima da hora. Desculpe!

Senti sua falta na reunião! Espero que esteja tudo bem. Conto as novidades qdo vc chegar. PS: Não se apresse. Isso aqui está morto.

Uau, que escolha ridícula de vocabulário. Eu: idiota! Você: perdoa? :-)

Eu já disse que vc é minha pessoa favorita? Tipo, da vida inteira?

Terminei de ler as mensagens de Paige, joguei os cobertores para longe e me sentei — ou tentei me sentar. Meus ombros se ergueram, mas meu peito não se movia. Meu torso inteiro parecia pesado, como se os pulmões tivessem sido substituídos por blocos de concreto. Estiquei os braços e pressionei os cotovelos contra o colchão para tentar me apoiar, mas meu torso se ergueu apenas alguns centímetros antes de desabar novamente na cama. O esforço fez minha cabeça girar; fechei os olhos quando estendi a mão para apanhar a garrafa d'água na mesinha de cabeceira.

Eu sempre acordava fraca e sentia tanta sede que poderia beber um galão de água salgada em menos de um minuto, mas aquilo era diferente. Era como se eu estivesse com gripe ou qualquer outra doença séria. Eu não ficara doente desde a transformação do meu corpo no último verão, e me perguntei como aquilo poderia me afetar fisicamente.

A luzinha vermelha do meu celular que indicava uma nova mensagem de texto estava piscando. Ainda bebendo, abri a caixa de texto.

Piripaques do Louis batendo recorde. Vem logo!!! Bjs

Respondi, usando apenas uma das mãos:

A caminho. V.

Terminei de beber a garrafa d'água e esperei alguns minutos para o líquido chegar aos membros. Meu peito ainda estava pesado quando tentei me sentar novamente, mas o resto do meu corpo já estava forte o suficiente para eu me levantar. Apanhei mais duas garrafas d'água na pequena geladeira que minha mãe colocara no meu banheiro, e que eu sempre mantinha cheia, e bebi as duas antes de colocar o maiô e me aventurar lá fora.

Já era fim da manhã, mas o sol ainda não dissipara o frio do ar. Esfreguei meus braços nus enquanto atravessava o terraço correndo e descia os degraus de pedra. A meio caminho da praia, meu peito ficou pesado novamente e meus joelhos ameaçaram ceder. Pensei em voltar para dentro de casa, mas decidi rapidamente não fazer isso. Eu me sentia mal agora, mas me sentiria um milhão de vezes pior se não desse meu mergulho matinal.

Minha energia começou a voltar no instante em que meus pés tocaram o oceano. Atravessei a rebentação e mergulhei, deliciada com a sensação instantânea de ausência de peso. Respirei fundo e me entreguei à corrente, deixando as ondas me carregarem na direção do horizonte e me trazerem de volta à costa. Finalmente, testei meus braços e pernas; quando um único movimento bastou para me impulsionar vários metros, comecei a ir em direção à praia.

— Você está bem?

Vendo o garoto parado ali, vestindo shorts cargo e nada mais, parei no raso. Meu corpo não se movia enquanto a água batia nas minhas pernas.

— O que você está fazendo aqui? — perguntei.

Colin olhou para mim e apontou atrás de si.

— Eu vim para buscar os caiaques, já que a casa foi vendida. Minha mãe perguntou para a sua mãe, e ela disse que eu podia vir a qualquer hora, e... — Ele piscou, sacudindo a cabeça. — Você está *bem*?

Eu me senti tentada a fugir para debaixo d'água, até ele desistir e ir embora. Mas havia uma boa chance de ele voltar com assistência médica profissional, portanto cruzei os braços sobre o peito e corri para a areia. Quando passei por ele, notei a camiseta, o moletom e o par de tênis no chão. O fato de que ele estava prestes a entrar no mar para me salvar me impeliu a responder.

— Estou bem — eu disse.

— Mas você ficou debaixo d'água, tipo, durante muito tempo — disse ele. — A maioria das pessoas não conseguiria... Quer dizer, como você... sem um tanque de oxigênio ou...

Parei novamente, dessa vez perto das pedras que levavam ao terraço do meu quarto. Não porque eu quisesse continuar conversando, mas porque, logo que saí da água, minha energia começou a desaparecer. Um mergulho como o que eu acabara de dar normalmente bastava para me manter forte até o fim da tarde. Seria a surpresa? O estresse porque um estranho havia me visto fazer o que ninguém mais conseguia? A ideia aterradora de que ele poderia contar a outras pessoas?

~77~

Qualquer que fosse a razão, meu corpo estava desligando. Meus joelhos se dobraram na direção das pedras. Apoiei a palma das mãos nelas.

— Está tudo bem — eu disse, lutando para manter a voz normal. — Eu estou bem. Eu só preciso...

A mão dele tocou as minhas costas — de leve, como se ele tivesse medo de me machucar —, mas o contato disparou uma corrente de força que explodiu em meu peito. Perdi o fôlego com a sensação, o que o fez recuar.

— Desculpe — sussurrei. — Você pode... Você se importaria...

Eu nem sabia o que estava pedindo. Felizmente, Colin sabia. Ele me segurou firmemente pelos braços e me ajudou a sentar na pedra. Então se sentou ao meu lado e ficou tenso. Eu também fiquei, mas só por um instante. A vontade de fechar os olhos e me apoiar nele era forte demais.

No instante em que nossa pele nua se tocou, os braços dele contornaram minha cintura.

Está tudo bem... É apenas o Simon... Meu Simon, cuidando de mim como sempre...

— Seus pais estão lá dentro? Você quer que eu...

— Não. — Segurei os antebraços dele, apertando de leve. — Eu só preciso de um minuto. Por favor, não vá.

Ele me segurou com mais força, até que eu sentisse seu coração batendo contra as minhas costas. Depois de um minuto, ergueu uma das mãos para afastar meus cabelos molhados do rosto. Eu me sentia mais forte — e mais culpada — a cada segundo que passava. Logo que me senti capaz, quis sair correndo e subir os degraus. Mas, para estar segura, eu sabia que precisava fazer uma coisa antes.

— Colin?

Ele abaixou a cabeça, aproximando-a da minha, dando outro choque de energia no meu corpo. Eu me virei em seus braços até nossos olhos se encontrarem, e então lutei para não desviar o olhar.

— Obrigada por ficar.

— Você está brincando? Não havia nenhuma chance de eu ir embora depois que você...

Encostei a palma da mão no rosto dele. A boca de Colin ficou imóvel, e ele pareceu ter esquecido o que estava dizendo.

— Eu não fiz nada. — Tentei sorrir, enquanto meu polegar acariciava o queixo dele. — Nada que valha a pena mencionar para alguém, de qualquer modo. E eu ficaria muito, muito feliz se você... se a gente... mantivesse esta manhã em segredo, só entre nós dois. Tudo bem?

Ele engoliu em seco. Assentiu. Baixou os olhos, fixando-os em meus lábios. Quando seu rosto se aproximou do meu, virei a cabeça e me concentrei no brilho do sol sobre a superfície do oceano. Os lábios dele pousaram na minha têmpora e permaneceram ali. Por segurança, esperei alguns segundos antes de me endireitar e explicar a ele que precisava me arrumar para o trabalho.

De volta ao meu quarto, eu o observei indo embora. Ele caminhou pela praia por alguns minutos, como se estivesse confuso e não soubesse por que estava ali, depois se concentrou nos caiaques e começou a arrastá-los pela areia. Quando ele desapareceu de vista, corri para tomar um banho e me vestir. Eu havia conseguido manter minha energia, o que ajudou a diminuir, mas não a eliminar, o sentimento de culpa.

Dez minutos depois, eu corria pela casa, procurando meus pais. Apesar das muitas paredes de vidro, ainda era possível nos perdermos de vista ao passarmos de um cômodo para o outro, e tentei ligar para os celulares dos dois ao chegar à cozinha vazia. Quando as ligações caíram na caixa postal, fui para a garagem verificar o carro deles — e encontrei um bilhete e um envelope presos na porta.

Querida Vanessa,
Seu pai e eu esperamos pelo momento perfeito para lhe dar seu presente de formatura. Sabíamos que você o

recusaria, a menos que precisasse muito, muito dele...
E que você teria que ir trabalhar enquanto estivéssemos
ocupados com nossos compromissos hoje. Portanto, por
favor, faça o melhor para aproveitá-lo. Se você tiver
mesmo que protestar, estaremos à sua disposição para
uma discussão mais tarde.
Temos tanto orgulho de você, e a amamos mais do que
você pode imaginar.

Abaixo da letra caprichada de minha mãe, meu pai havia adiciona-do uma mensagem separada, em seus garranchos habituais.

Vidros elétricos e um desembaçador em pleno
funcionamento exigirão algum tempo de adaptação,
mas sei que você consegue. Porque você pode fazer
qualquer coisa.
Além disso, lembre-se de usar o cinto de segurança.
Sua mãe não queria estragar a carta dela com
conselhos superprotetores, portanto eu estragarei a
minha em nome dela. Segurança em primeiro lugar!

Vidros elétricos? Um desembaçador que funcionava? Cinto de se-gurança?

Eu tinha que dar o crédito a eles. Porque, se eles estivessem em casa quando abri a porta e dei de cara com o Jeep Wrangler verde-escuro no-vinho em folha na garagem, não teria entrado nele. Ou apanhado a cha-ve no envelope e ligado a ignição. Mas, como eles não estavam lá e eu tinha de chegar ao trabalho de alguma forma, foi isso que fiz.

Sorri quando o motor começou a roncar. Eu nunca tivera meu pró-prio carro antes; o mais perto que chegara disso fora o Volvo jurássico de meu pai, que usei até o dia em que ele parou de funcionar, na última primavera. Como tínhamos que passar um bom tempo juntos naquele verão, o plano era dividirmos o utilitário — ou pelo menos era o que eu pensava. Eu percebia, agora, que meus pais haviam tomado a decisão meses antes. Talvez logo depois de eu ter sido aceita em Dartmouth. Afinal de contas, eles não iam dirigir até New Hampshire para me buscar e me levar de volta a cada feriado ou início de semestre, não é?

Mas carros novos não eram baratos. Eles tinham condições de comprar um presente tão caro, especialmente com minha mãe tirando uma licença tão longa do trabalho? E quando estavam preocupados em vender a casa do lago para podermos pagar a casa da praia?

Desencana. Justine me diria isso, se estivesse aqui. Ela me diria que a decisão fora deles e que não fariam aquilo se não tivessem condições. Para maior tranquilidade, eu disse a mim mesma que o presente não era extravagante, era prático. Um meio de transporte seguro e confiável ajudaria meus pais tanto quanto a mim. Então, depois de ligar para o celular deles e deixar longas mensagens de agradecimento, apertei o cinto de segurança e saí da garagem.

Meus pais tinham deixado o jipe com a capota abaixada, e, enquanto eu acelerava pelas ruas na direção do Betty Chowder House, o ar úmido e salgado me dava uma nova infusão de energia. Eu me sentia tão bem que consegui não pensar em tudo o que acontecera antes de encontrar o bilhete preso na porta da garagem. Aquilo havia sido um acaso, uma situação incomum. Agora que Colin pegara o que viera buscar, eu não teria mais que sair da água e encontrá-lo esperando por mim. O que significava que eu nunca mais me sentiria chocada, instantaneamente ressecada e precisando desesperadamente da atenção dele.

— Vanessa! — Paige acenou e correu para mim quando entrei no estacionamento do restaurante. — Que bom que você chegou!

Parei o carro perto da entrada e saltei.

— Bela caranga. — Paige sorriu enquanto examinava o jipe. — O BMW está na oficina?

— O BMW está com os meus pais. Na verdade, este é...

Fui interrompia por um estrondo. Paige girou nos calcanhares. Olhei por sobre o ombro dela e vi um dos funcionários da reforma dar de ombros, envergonhado, e levantar a prancha de madeira que derrubara sobre a nova varanda.

— Eles fizeram bastante progresso — eu disse. A varanda parecia estar finalizada, exceto pelos corrimãos que ainda estavam faltando, e a fachada do restaurante ganhara uma nova demão de tinta roxa.

— É — assentiu Paige. — Acho que um dos caras novos tem uma paixonite por mim. É impressionante o que uma paquera à moda antiga pode fazer.

Olhei para ela, que começou a andar na direção do restaurante.

— Então, tivemos uma pequena catástrofe logo cedo — disse ela, enquanto eu me apressava para alcançá-la. — A Carla chegou vinte minutos antes da hora e o Louis deu um ataque.

— Porque ela chegou mais cedo? Isso não é uma coisa boa?

— Normalmente é. — Chegando à varanda, Paige deu um sorrisinho para o jovem e bonito trabalhador. Ele derrubou a prancha de madeira novamente e correu para abrir a porta. — Infelizmente, o nosso *chef* favorito ainda não tinha tomado sua dose matinal de cafeína e deixou isso bem claro para todos.

O rapaz segurou a porta para mim também. Mantive os olhos baixos, agradeci a ele e segui Paige para o interior do restaurante.

— De qualquer modo, a Carla teve um colapso. Tentei fazer o controle de danos, mas eu estava em casa quando tudo aconteceu, e quando cheguei aqui já era tarde demais.

— O Louis a demitiu?

Paramos perto da porta do salão. Paige se virou para mim e ergueu uma sobrancelha.

— Certo — eu disse. — Este é o seu trabalho.

— E eu não fiz isso. Ela estava emocionalmente abalada, mas eu achei que tinha potencial.

— E o que aconteceu?

— Ela se demitiu. E nos deixou sem nenhuma garçonete momentos antes do movimento do café da manhã.

— Tinha movimento?

— Bom, não. Mas eu estava esperando que tivesse. — Ela ergueu o celular. — Daí a reunião de emergência e as incontáveis mensagens de texto. Eu tive que reorganizar os horários e acalmar os funcionários que restaram. As gorjetas não andam muito boas, e eles já estavam no limite. Eu estava com medo que todos fossem dar no pé, alguns deram mesmo, e que a gente tivesse de acumular funções.

— Você sabe que eu fico feliz em ajudar no que precisar.

— Sei, sim, obrigada. Mas, felizmente, não vai ser necessário.

Ela virou a cabeça para trás. Olhei para a esquerda, na direção do bar... onde uma loira bonita estava polindo copos.

— Natalie? — perguntei.

Os olhos de Paige brilharam.

— Você a conhece?

— Conheço. Ela veio almoçar aqui outro dia.

— Bom, ela apareceu para o café hoje, quando a Carla estava desamarrando o avental e saindo pela porta. Tinha uma família já sentada a uma das mesas, mas que ainda não tinha feito o pedido, e um casal esperando para sentar, e ninguém parecia preocupado com eles. Então a Natalie os ajudou.

— E e o Louis? — perguntei. — E os outros funcionários? Eles não poderiam ter ajudado?

— Claro que poderiam. E, se o Louis não estivesse tão ocupado berrando que ninguém tinha o direito de abandonar o emprego daquela forma, e se o resto dos funcionários não estivesse se escondendo atrás da porta da cozinha, talvez tivessem ajudado.

Observei Natalie arrumar as taças de vinho e os copos de uísque. Ela se movimentava rapidamente, com segurança, como se tivesse passado a vida inteira atrás de um balcão de bar.

— Ela trabalhou num restaurante em Vermont durante cinco anos — disse Paige, como se estivesse lendo a minha mente. — Está passando o verão aqui porque o pai dela insistiu em uma última aventura entre pai e filha antes de ela ir para a faculdade no outono.

— Então por que ela veio sozinha ao restaurante duas vezes?

Paige olhou para mim.

— Porque ele tinha ido nadar? Porque estava dormindo? Lendo o jornal? E ela estava com algum tempo livre? — Ela examinou o meu rosto, que ficou vermelho com a atenção. — Vanessa... Tem alguma coisa errada?

Comecei a dizer que não, mas parei. Eu também ouvira a suspeita na minha voz, e negar que algo estava errado só provocaria mais perguntas que eu não sabia responder. Paige me conhecia bem demais para deixar para lá.

— Desculpe — eu disse. — Está sendo uma manhã estranha, só isso.

Ela se endireitou e seus olhos se arregalaram.

— Você está assim por causa da caminhonete laranja, não é? Eles te seguiram até aqui?

— Não, graças a Deus. Eu não os vejo desde aquela noite. — Eu tinha contado a Paige sobre a perseguição porque precisava falar com alguém e não queria deixar meus pais preocupados. Além disso, com exceção do ano passado, ela havia morado a vida toda em Winter Harbor; pensei que pudesse ter alguma ideia sobre o dono da caminhonete. Ela não tinha, mas disse que manteria olhos e ouvidos abertos. — Eu não estava me sentindo muito bem, só isso, e levei mais tempo do que o normal para começar o dia.

— Ainda bem. Sobre a caminhonete, não sobre...

— Eu entendi. — Dei um sorriso. — E você? Como está?

— O que você quer dizer?

Esperei que um dos ajudantes de garçom passasse por nós, antes de baixar a voz e continuar.

— Fisicamente, desde que voltamos. Você se sente diferente do que se sentia em Boston?

Ela pensou um pouco.

— Na verdade, não. Talvez um pouco mais cansada, mas é porque pensar nas coisas do restaurante me tira o sono à noite. Todo o resto parece bem normal. — Ela fez uma pausa. — Por quê? Você se sente diferente?

Eu não queria dar a ela mais motivos para se preocupar sem necessidade e sacudi a cabeça.

— Também só estou cansada. Mas acho que é normal, levando em consideração a casa nova, a mudança e tudo o mais.

— Sem dúvida. — Ela me puxou pela mão. — Venha. Eu sei o que pode ajudar.

Ela me levou até o salão. Quando passamos pelo bar, a cabeça de Natalie estava escondida atrás da porta de um dos armários. Paige, aparentemente decidindo que as apresentações formais podiam esperar, passou direto por ela.

Na cozinha, pediu para eu me sentar em um banquinho ao lado do congelador das carnes, enquanto driblava Louis, que estava calado, mas ainda mal-humorado, e apanhou um pouco de comida. Dois minutos depois, ela me entregou uma bandeja plástica e se sentou no banquinho ao lado do meu.

— Bagel com requeijão de algas, batata frita, água gelada e um café tamanho família. Tudo coberto ou recheado de sal.

Segui a direção do dedo de Paige, enquanto ela apontava para os diferentes pratos.

— Esta deve ser a refeição mais intragável e menos apetitosa que já me serviram.

— Mas...? — perguntou Paige.

— É perfeita.

Ela me fez companhia enquanto eu comia, e ficou de olho em Louis para ter certeza de que ele não aterrorizaria mais ninguém o suficiente para a pessoa ir embora. Mantivemos a conversa leve, falando sobre o meu jipe e os planos dela de pintar a recepção e construir jardineiras. Já fazia dias, e ainda não tínhamos falado novamente sobre o que eu entreouvira na exibição da casa, mas por mim estava tudo bem. Eu esperava que fosse tudo um engano, algo que pudéssemos esquecer.

Eu me sentia bem quando chegara, mas, depois de comer e conversar com minha melhor amiga, me senti ainda melhor. Na verdade, Colin poderia entrar correndo na cozinha e declarar seu amor por mim naquele momento... e meu coração nem perderia o ritmo.

No fim das contas, Colin não entrou correndo na cozinha. Quem entrou foi Natalie.

— Tem uma pessoa perguntando sobre um pedido — disse ela. — Um cara bonito, de óculos.

Abaixei a xícara de café. Louis atirou duas sacolas de papel para Natalie, que desapareceu pela porta vaivém.

— Um cara bonito — disse Paige, depois de uma pausa. — De óculos.

Assenti e tomei um gole do café.

— Você não quer ir dizer oi?

Eu queria. Tanto que estava usando cada caloria que acabara de consumir para não pular do banco e sair voando pela cozinha. Mas não pude deixar de pensar no que meu pai dissera sobre minha mãe, e não sabia se deveria.

— A bola está nas mãos dele — expliquei. — Não posso saltar sobre a rede.

— Mas ele sabe que você está aqui. Se ele não quisesse ver você, não teria vindo. — Paige deu de ombros. — Eu não sou nenhuma atleta... mas isso me parece um ponto a favor.

Abaixei a xícara novamente e entreguei a bandeja a ela.

— Eu já volto.

Corri para o salão. Quando passei pela parede espelhada atrás do bar, cometi o erro de checar minha aparência. Dirigir com a capota abaixada havia transformado meus cabelos castanhos, na altura dos ombros, em um emaranhado de nós. E eu estava com tanta pressa de chegar que não parara para aplicar rímel e *gloss*, os dois itens básicos de maquiagem de toda garota antes de sair em público — ou pelo menos era o que Justine sempre dizia. Tanto a minha escova quanto o meu estojo de maquiagem estavam em casa, e o melhor que eu podia fazer era beliscar as bochechas e passar os dedos pelos cabelos enquanto me dirigia à recepção.

Eu não precisava ter me esforçado. Quando consegui avistar a porta da frente, Caleb, e não Simon, passava por ela. Através da janela, eu o observei tirar os óculos de sol, e não de grau, do alto da cabeça e colocá-los no rosto enquanto caminhava para o Subaru.

— Eu conheço esse olhar.

Eu me virei para Natalie. Em meio a minha decepção, eu havia esquecido que ela estava lá.

— Na verdade, esse olhar é *meu* — ela disse.

Tentei sorrir.

— Não sei o que você quer dizer.

Ela se encostou ao balcão da recepção e me mostrou uma corrente fina que usava no pescoço. Havia um pequeno círculo prateado com um diamante solitário escondido sob sua blusa.

— Meu namorado me pediu em casamento há dois meses — disse ela.

— Uau. — Eu não sabia se sentia mais espanto, já que tínhamos quase a mesma idade, ou inveja. — Meus parabéns.

Ela enfiou o anel na ponta do polegar, girando-o com o indicador.

— Nós já estamos juntos há três anos, mas eu ainda acho que devíamos esperar. Ele não acha, e eu o amo demais para provocar uma briga. O argumento dele é que nós sabemos que vamos ficar juntos para sempre, então que diferença faz quando vamos tornar tudo oficial?

Assenti, tentando imaginar por que ela estava me contando tudo aquilo, mas curiosa demais para perguntar e correr o risco de que ela parasse.

~ 87 ~

— Enfim, a gente decidiu se casar no fim do verão. Um casamento grande: duzentas pessoas, esculturas de gelo, uma recepção na casa da família dele no lago Champlain.

— Parece ótimo — eu disse.

Ela ergueu os olhos, até então fixos no anel.

— Parece mesmo, não é? E teria sido... se ele não tivesse cancelado tudo há três semanas.

— Por quê? — perguntei. Não consegui evitar.

— Por todos os motivos que eu dera a ele antes: somos jovens demais, não é preciso ter pressa, namorar é suficiente por enquanto... e mais uma coisa.

Esperei. Ela deixou que o anel escorregasse do polegar, caindo-lhe no peito.

— Ele está apaixonado por outra.

Pensei em um barco a remo vermelho. Em uma linda garota de olhos prateados e cabelos pretos curtos. Em Simon se inclinando, fechando os olhos... beijando-a.

— Talvez ele não esteja — sugeri rapidamente. — Talvez ele apenas pense que está apaixonado por outra, porque ficou apavorado.

Ela deu um sorriso triste.

— Obrigada. Mas, acredite em mim, eu o conheço e saberia se isso fosse verdade. Se houvesse alguma chance de ser verdade, eu não teria deixado meu pai me convencer a tirar estas fugérias.

— Como?

— Fuga e férias. Nós misturamos as sílabas para ganhar tempo e evitar lembranças dolorosas.

Quando Natalie começou a se afastar, pensei que sua história explicava por que ela estava em Winter Harbor. Também explicava por que ela estava ali, no restaurante da Betty; no último verão, eu também havia me apressado a aceitar um trabalho para me distrair. Só não explicava por que ela havia me contado tudo aquilo.

～ 88 ～

— Meu namorado... Meu ex-namorado... Ele nunca me pediu em casamento — eu disse.

Ela se virou.

— Mas você ainda quer ficar com ele?

A resposta era fácil, automática, mas eu não consegui dizer em voz alta.

Felizmente, Natalie preencheu os espaços vazios.

— Então é melhor você deixar isso bem claro. Porque senão... outra pessoa vai fazer isso.

8

MAIS TARDE, NAQUELA NOITE, eu estava na cozinha da casa do lago, olhando fixamente para o meu celular. Não importava quanto eu desejasse, as palavras não se escreveriam sozinhas, mas tudo o que eu tentara escrever durante a última hora me pareceu errado. Eu precisava soar casual, mas séria. Charmosa, mas sincera. Nada exigente, mas irresistível. E, quanto mais tempo eu levasse tentando ser todas essas coisas, menos tempo teria para desfrutar dos resultados do meu trabalho. Presumindo que meu trabalho rendesse frutos, o que poderia não acontecer. E aquela possibilidade só tornou mais difícil decidir o que dizer.

Você é uma sereia, eu disse a mim mesma. *Goste ou não, isso deve ser fácil.*

Olhei para o telefone por mais um minuto e o coloquei sobre a mesa. Apanhei-o novamente. Abri a geladeira. Fechei-a. Liguei o rádio. Girei o botão de sintonia.

Eu estava tentando decidir entre jazz e clássicos, as duas únicas estações que não soavam como se fossem transmitidas do meio de uma nuvem de chuva, quando ouvi uma batida na porta.

Meus olhos se fixaram na silhueta escura por detrás da tela que eu abaixara para ter mais privacidade. Estendi a mão instintivamente até o faqueiro e, quando percebi que ele não estava lá, lembrei a mim mesma que o visitante-surpresa era provavelmente Anne, a corretora, ou alguém que vira a placa de VENDE-SE na rua e resolvera dar uma olhada de perto.

Enquanto eu caminhava até a porta, apertei o celular em uma das mãos e fiz uma anotação mental para falar com minha mãe sobre aquilo. Afinal de contas, eram oito horas da noite. A casa ainda era nossa. Só porque não vivíamos mais nela, não significava que qualquer pessoa podia aparecer a qualquer hora da noite.

— Vanessa. Oi.

A menos, obviamente, que essa pessoa fosse Simon.

— Ela tem um Audi — disse ele.

Eu me encostei na porta, para me apoiar.

— Quem?

— Desculpa. — Ele sacudiu a cabeça, indicando a rua. — A sua corretora. Ela tem um Audi. Preto, com bagageiro no teto. Quando vi o jipe, eu não sabia... Quer dizer, eu não tinha certeza... Só achei melhor vir verificar e...

— O jipe é meu — expliquei rapidamente. — Foi um presente de formatura dos meus pais.

— Ah. Legal. — Um dos cantos de sua boca se ergueu. — Verde-folha. Acho que tenho uma ideia sobre quem escolheu a cor.

Eu também sorri.

— O adesivo e a bandeira de antena de Dartmouth devem chegar qualquer hora dessas. E o banco de trás é grande o suficiente para a minha nova mochila de Dartmouth, quando estiver cheia com os meus novos suéteres, moletons, toalhas e fronhas de Dartmouth.

— Fronhas?

— Fui eu mesma que escolhi. São de flanela e surpreendentemente confortáveis.

O sorriso dele se esvaiu e então desapareceu.

— Parabéns, aliás. Pela formatura. E por Dartmouth e tudo o mais. São conquistas enormes.

As palavras dele eram alegres, mas ele parecia triste enquanto as dizia. E eu sabia o motivo. Era o mesmo pelo qual eu aceitara meu diploma com lágrimas nos olhos, e porque discara automaticamente o código de área do Maine, desligando o telefone em seguida, quando recebi a carta de Dartmouth.

Era para ele estar lá. E, se o último outono não tivesse acontecido, ele teria estado.

— Quer entrar? — perguntei.

Ele respirou fundo.

— Se eu *quero*? — Os olhos dele encontraram os meus e permaneceram fixos neles. Prendi o fôlego, temendo que, se me movesse um centímetro sequer, ele decidiria ir embora. — Sim. Mas será que devo?

E, sem nenhum aviso, as palavras me escaparam novamente. Como eu poderia convencê-lo a entrar, sem realmente convencê-lo? O que eu poderia dizer para ajudá-lo a tomar a decisão sozinho? Desde a minha conversa com Natalie, eu sabia que tinha que fazer alguma coisa para mostrar a Simon como me sentia, mas, depois da conversa com meu pai alguns dias antes, decidira que ainda queria que ele tivesse todas as escolhas possíveis. E era por isso que meu plano para aquela noite era apenas deixá-lo saber que eu estava ali. Se ele quisesse me ver, viria. Se não quisesse, não viria. O que acontecesse depois disso seria escolha dele.

— Tem uma cortina nova no boxe — eu disse, finalmente. — No banheiro de baixo.

— Quer dizer que a cortina de plástico com o mapa-múndi...

— Já era. Quinze anos de uso foi um tempo impressionante, mas a corretora achou que nossos potenciais compradores guardariam a carteira ao ver a cortina, e minha mãe se recusou a levá-la para a casa nova. Então nós jogamos fora. A cortina substituta tem listras em vez de países.

Ele assentiu lentamente.

— Bom, isso... acho que eu preciso ver.

Meu coração bateu com esperança. Falar sobre a decoração do banheiro não era exatamente um método de persuasão... portanto aquela era uma escolha dele, não era?

Eu me afastei para o lado e abri a porta. Ele deu um passo para dentro e parou.

— Ah. Você está esperando alguém.

Os olhos dele estavam fixos na mesa posta para dois. Eu havia trazido pratos da outra casa e arrumado a mesa enquanto adiava escrever meu pequeno texto.

— É melhor eu ir embora.

— Não. — Minha mão estava sobre o braço dele, e meu coração na garganta. — Não vá. Por favor.

— Vanessa — disse ele, com a voz entrecortada —, eu sei que já faz algum tempo... mas eu não consigo. Eu não consigo ver você com...

Enquanto ele lutava para dizer o que nenhum de nós queria ouvir, percebi três coisas. A primeira foi que, para ele, eu estava me preparando para um jantar romântico — sem ele. A segunda, que ele não tinha me esquecido, pelo menos não completamente, se não queria me ver com outra pessoa, nove meses depois de me ver com Parker King, o astro do polo aquático da Escola Preparatória Hawthorne.

A terceira foi que eu perderia minha chance se não fizesse alguma coisa — e rápido.

— É para você — eu disse. — Ou pelo menos eu esperava que fosse.

Os olhos dele pularam da mesa para mim. Apanhei o celular e o ergui para que ele pudesse ver a tela, que mostrava o texto que eu tentara escrever. O número do telefone dele estava no topo da mensagem.

— Eu estava tentando decidir como convidar você sem realmente convidar. Porque pensei que, se simplesmente convidasse, você não viria. — Abaixei o telefone e os olhos. — E eu... queria muito te ver.

~ 93 ~

Ele não disse nada, mas também não fez nenhum movimento para ir embora. Encorajada, continuei.

— A nossa casa nova tem vista para o oceano. Meu quarto fica bem perto, e, quando o vento está a favor, a água bate na minha janela. — Fiz uma pausa, remexendo o telefone. — Posso ouvir as ondas, e quando a maré está subindo ou descendo. Devagar. Estável. Não se parece em nada com o último verão.

Ele estava totalmente imóvel. Meus olhos se ergueram até seu peito, que não se mexia.

— Toda noite, eu deito na cama ouvindo a água e penso em como seria bom sentar ali, na praia... com você. Quando o sol está brilhando e a maré se move exatamente como deveria. A gente podia simplesmente ficar juntos como antigamente, antes de tudo se tornar tão complicado.

Parei de falar e esperei. Aquilo era tudo o que eu podia dizer. Qualquer outra coisa seria o mesmo que agarrá-lo pelo braço e puxá-lo.

— Não dá para voltar ao passado — disse ele, baixinho, um instante depois. — Muita coisa aconteceu.

— Eu sei. — Eu estava apenas vagamente consciente do sangue martelando em meus ouvidos. — Mas ainda temos o futuro.

Ele olhou para mim. Eu me encostei na porta novamente, para não correr para ele.

— Como amigos? — ele disse.

Meu pulso desacelerou.

— Sim, claro. Como amigos.

Ele apertou os lábios e deu um pequeno sorriso.

— Estou sentindo cheiro de pão de alho? — perguntou.

Dei um passo para trás e escancarei a porta. Lágrimas de alegria encheram meus olhos, vindas do fundo da minha alma, e eu as enxuguei antes que ele percebesse.

Eu havia pedido comida no restaurante italiano da cidade e a deixado no forno para não esfriar. Usamos pratos de plástico que eu encontrei em uma prateleira na despensa em vez da porcelana que eu trouxera, e bebemos água em copos de papel no lugar do vinho que eu tinha pegado na casa de praia. Em vez de nos sentarmos à mesa da cozinha, fomos para o lado de fora e nos sentamos nos degraus da escada.

Uma das minhas coisas favoritas sobre estar com Simon era o modo como podíamos simplesmente ficar juntos, sem conversar sobre nada. Não importava o que fizéssemos; podíamos fazer uma trilha, assistir a um filme ou passear pelo lago e não dizer uma palavra, literalmente por horas. O silêncio entre nós era sempre fácil, sempre confortável.

Mas naquela noite nós conversamos. Sobre o meu último semestre na escola. As aulas dele na Bates. Dartmouth. Os pais dele. Os meus pais. Caleb. Paige. Música. Filmes. Os benefícios do câmbio manual e do automático, e outros assuntos relacionados a carros. Só evitamos aquele assunto que nos teria feito lembrar por que tínhamos tanto o que colocar em dia, e por mim tudo bem. Eu já passara tempo suficiente revivendo mentalmente o exato momento em que parara de beijar Parker e vira o Subaru de Simon se afastar velozmente, e o segundo em que ele me dissera que precisava de espaço para descobrir como se sentia depois de saber quem eu realmente era, e todos os outros pontos em que tudo deu errado. Naquele momento, eu só queria ter uma conversa normal e esperar que talvez, algum dia, tudo pudesse ficar bem de novo.

E parecia que eu não era a única. Porque, duas horas depois, quando finalmente confessei que estava com frio e perguntei se ele queria entrar — o que eu estava evitando, porque tinha medo de que ele percebesse que era tarde e fosse embora —, ele disse sim sem hesitar.

Entrar em casa interrompeu o fluxo da conversa, mas não de modo desconfortável. Ficamos em silêncio enquanto arrumávamos a cozinha juntos, certificando-nos de que tudo estivesse brilhando como se não houvéssemos jantado ali, e voltamos para a sala de estar. O silêncio não me deixou nervosa até que me sentei em uma ponta do sofá e ele na outra. Então me senti desconfortável, estranha, como a distância física entre nós.

— Está melhor agora? — perguntou ele, um longo momento depois.

— Melhor?

— Mais quente?

— Ah. Sim, muito. Obrigada.

Ele assentiu e olhou em volta, pela sala de estar. Aproveitei a oportunidade para observá-lo como ansiara durante meses. Ele estava de jeans escuros, jaqueta cinza e um par de velhos tênis Nike. Seus cabelos escuros estavam mais compridos, encaracolando levemente sobre as orelhas e a gola da jaqueta. Uma barba suave, cortada bem rente, contornava o lábio superior e o queixo. Ele usava óculos sem armação, que destacavam seus olhos.

Ele parecia diferente. Mais velho.

E mais bonito do que eu me lembrava.

— É tão estranho — disse ele.

Meu coração deu um salto no peito.

— O quê?

— A sua família vender este lugar.

Meu coração se acalmou novamente.

— Quer dizer, ninguém mais viveu aqui. — Ele cruzou os braços sobre o peito e descansou a cabeça no encosto do sofá. — Não achei que outras pessoas morariam nessa casa.

Olhei em volta, para a sala. Para as cortinas xadrez, a lareira de pedra, os patinhos de madeira sobre a prateleira. Coisas que havíamos deixado para trás, para que os potenciais compradores tivessem uma ideia de como era a vida à beira do lago.

— Nem eu — eu disse. — Mas acho que os meus pais pensaram que as coisas seriam mais fáceis assim. Poder voltar aqui, enquanto seguimos em frente.

Ficamos em silêncio por mais um momento. Então Simon disse, tão baixinho que quase não ouvi:

— Só porque você não pode ver uma coisa todos os dias... não significa que a esqueceu.

Ainda com a cabeça descansando no encosto do sofá, ele se virou para mim. Baixei os olhos, com medo do que pudesse dizer ou fazer se os fixasse nele. Eu disse a mim mesma que não importava o que eu fizesse ou dissesse, já que, segundo Charlotte, minhas habilidades não afetavam Simon, que havia se apaixonado por mim antes de eu estar totalmente transformada, e cujos sentimentos por mim, bons e maus, eram verdadeiros.

O que significava que a escolha ainda era dele.

Ele se levantou. Imaginando que quisesse ir embora antes que entrássemos em um território ainda mais perigoso, eu me levantei também. Mantendo os olhos baixos, fiz um movimento na direção da cozinha, para levá-lo até a porta — e tive que parar subitamente para não esbarrar nele.

— Desculpe — eu disse.

Esperei que ele continuasse. Dei um passo para o lado, o que ele não fez. E quase caí para trás quando os dedos dele pousaram em meu pulso.

— Simon...

— Eu sei. — Seus dedos deslizaram pela minha pele, seu polegar acariciando levemente meu punho. — Eu sei o que eu disse. Mas, se estiver tudo bem pra você... eu só queria ver uma coisa.

Eu não tinha ideia do que aquilo significava, mas a voz dele, embora baixa, estava firme. Resoluta. Tanto que resisti ao impulso automático de tentar dissuadi-lo do que ele estava prestes a fazer, fosse o que fosse, esperando que ele não se arrependesse depois.

Fiquei perfeitamente imóvel quando ele deu um passo na minha direção e mantive os olhos fixos a minha frente, no zíper da jaqueta dele. Minha respiração acelerou quando ele se aproximou. Logo, ele estava tão perto de mim que eu conseguia distinguir cada dente do zíper, cada ponto da linha branca da costura.

Eu sentia o cheiro dele, também — do sabonete, do sal em suas roupas, depois de trabalhar ao ar livre o dia inteiro. Eu podia sentir o calor dele. Sua respiração suave contra a minha testa.

Seus braços enlaçando a minha cintura.

Fechei os olhos e me preparei para o súbito choque de energia.

Que não veio. Ao invés de ficar mais forte, meu corpo inteiro pareceu enfraquecer, derreter.

Os braços dele me apertaram com mais força. Ergui os meus e encostei as mãos em seu peito. Percebendo o coração dele bater mais rápido, deslizei as mãos por seus ombros e pescoço. Sentindo uma leve pressão nas costas, avancei até que nossos corpos se tocaram. Quando ele estremeceu, tentei me afastar, mas ele não deixou.

Nós nos abraçamos, o queixo dele apoiado na minha cabeça e meu rosto encostado em seu peito. Pensei que era isso que ele queria ver — embora ainda não estivesse certa do que exatamente ele procurava —, mas ele se moveu mais uma vez. Simon ergueu o queixo, e levantei a cabeça enquanto sentia sua respiração na minha orelha, no meu rosto.

Você não fez nada de errado... Isso está acontecendo porque ele quer...

— Vanessa — ele murmurou, sua boca se aproximando da minha.

— Eu...

Ele se interrompeu, me empurrou um pouco e manteve as duas mãos nos meus ombros, como se eu pudesse atacá-lo. O que, com a dor que senti em cada centímetro do meu corpo no instante em que nos separamos, não estava fora de questão.

— O que foi? — perguntei. — O que há de errado?

Ele sacudiu a cabeça, olhando para a janela da sala de estar. Com as luzes acesas dentro da casa e apagadas do lado de fora, eu não podia ver nada além do nosso reflexo.

— Achei que eu tinha ouvido alguma coisa — disse ele, um instante depois. — Desculpa.

— Tudo bem. — Permanecemos assim, com as mãos dele em meus ombros e as minhas em seus braços, por mais alguns segundos. Não havia nada para ouvir além das cigarras cantando e do barulho das folhas, então perguntei gentilmente: — Talvez você tenha imaginado? Para não fazer algo que não tinha certeza se queria fazer?

Ele olhou para mim e me ofereceu um pequeno sorriso. Suas mãos desceram para meus quadris, e eu estava enlaçando seu pescoço com os braços quando uma luz branca e forte iluminou toda a sala.

Gelei.

— Isso foi...? Pareceu...

Um relâmpago. Era isso que eu ia dizer — e então aconteceu de novo. E mais duas vezes. Os clarões ofuscantes vieram tão rápido que não consegui enxergar por vários segundos, mesmo depois que pararam. Quando minha visão clareou, eu estava sozinha e a porta dos fundos estava escancarada.

— Simon? — Acendi as luzes enquanto corria para o lado de fora. O deque e parte do jardim estavam iluminados com um brilho amarelo. Mas estavam vazios. Olhei para o lago. A água estava calma, tranquila. Parecia faiscar sob a luz da lua crescente, que brilhava no céu claro.

Não importava o que tínhamos visto, não era um relâmpago. Eu disse a mim mesma para me acalmar, quando me vi fazendo algo que não fazia desde que Simon e eu fôramos aprisionados no fundo daquele mesmo lago, nove meses antes.

Eu estava tentando ouvir. Tentando ouvir Raina. Zara. As outras sereias que as acompanharam na morte, como haviam feito na vida. Eu as imaginei nadando, nos encurralando, com seus membros frágeis e seus olhos prateados sem expressão.

Mas minha mente permaneceu em silêncio. Não havia nada para ouvir.

E então, passos. E vozes baixas, urgentes. O barulho vinha do outro lado da casa. Saí correndo naquela direção, ciente de que poderia ser qualquer pessoa — um invasor, um ladrão, os pescadores da outra noite — e que eu não tinha nada com que me defender, se fosse necessário.

Mas eu não me importava. Só conseguia pensar em encontrar Simon.

Corri pelo gramado, tendo o cuidado de permanecer nas sombras. Esgueirei-me pela extremidade do deque e espiei o canto da casa. Vi dois vultos fugindo na direção da rua e comecei a correr atrás deles... mas a lateral do jardim era uma subida. E acho que meu corpo estava começando a ressecar, porque meus músculos estavam cansados. Eu ainda estava a uma boa distância do ponto onde o terreno se tornava plano quando tive de me agachar para recuperar o fôlego.

Ouvi o barulho da ignição de um carro. Faróis apareceram a distância.

Senti a mão de alguém tapando a minha boca e um braço ao redor de meu abdômen. Lutei quando fui arrastada na direção do deque, mas aquilo só me deixou mais fraca.

— Vanessa — sussurrou uma voz familiar. — Sou eu.

Meu corpo relaxou. Simon me abraçou com força enquanto os faróis iluminavam o jardim. Um motor roncou e ouvi pneus cantando no asfalto. O carro, que não conseguíamos ver, disparou pela rua, na direção da cidade.

— Quem eram eles? — perguntei, quando ele finalmente me soltou.

— Não sei. Mas deixaram isso aqui cair.

Um pequeno quadrado iluminava a escuridão. No centro, havia a imagem de um casal. Eles se abraçavam como se precisassem do beijo que estavam prestes a trocar assim como as pessoas precisam de oxigênio.

O quadrado era a tela de uma câmera digital.

O casal éramos Simon e eu.

9

— Vocês definitivamente vão ficar juntos de novo.

Entreguei uma pilha de papéis roxos a Paige.

— Você ouviu alguma coisa que eu disse?

— Sobre as pessoas espionando vocês? E as fotos do perseguidor psicopata? E o carro disparando pela sua rua como se tivesse um motor de avião sob o capô? — Ela apanhou um cardápio da pilha à sua frente e o abriu. — Sim. Como poderia não ter ouvido, quando tudo isso levou ao momento mais importante da noite?

— Quando o Simon me acompanhou até em casa?

Ela sacudiu a cabeça.

— Aquilo foi ótimo, mas estou falando de quando ele convidou você para passar a noite. Com ele.

— Não foi um convite — corrigi. — Não como você está pensando. Estava tarde, eu estava assustada, e ele me ofereceu o quarto de hóspedes da casa dos pais, para que eu não tivesse de voltar para casa sozinha.

— Ele pode ter *falado* quarto de hóspedes, mas estava *pensando* no quarto dele. Era lá que vocês teriam acabado depois de conversarem durante horas e se sentirem tão confortáveis, dormindo ou fazendo o que quer que fosse. — Ela deu de ombros. — Você sabe disso, eu sei disso, e o Simon definitivamente sabia disso.

Ela parecia convencida, e eu até havia omitido alguns detalhes sobre o que acontecera antes de os *flashes* da câmera iluminarem a sala — inclusive quão perto Simon e eu estivemos de um beijo. Com a interrupção, não tive tempo nem clareza mental para descobrir o que aquilo significava, e ainda não estava pronta para compartilhar tudo com Paige. Não ajudava em nada o fato de Simon não ter me oferecido nenhuma explicação; o cérebro dele logo começou a operar em modo analítico depois que o carro se foi, e ele nem mencionou o que quase aconteceu antes de me acompanhar até a casa da praia.

A única indicação de que ele não havia esquecido completamente aquele momento foi quando chegamos ao portão e ele saiu do carro para se despedir. Enquanto ele se aproximava do jipe, desviei o olhar para desligar o rádio. Foi apenas uma fração de segundo, mas o suficiente para ele se inclinar pela janela aberta, afastar meus cabelos para trás da minha orelha e sussurrar seis palavras.

"Eu vi o que precisava ver."

E depois ele foi embora.

— Podemos nos concentrar por um segundo na parte do perseguidor psicopata? — perguntei a Paige. — Por favor?

Ela fechou o cardápio e olhou em volta, para o salão, para se certificar de que os três fregueses do restaurante não estavam ouvindo. Quando se virou para mim, o brilho zombeteiro em seus olhos azuis havia desaparecido.

— Desculpa — disse ela, baixinho. — Não tem nada que eu queira mais do que te ver voltando com o amor da sua vida... Mas também gosto de pensar que, em comparação com o verão anterior, este verão pode ser normal. Falar sobre perseguidores psicopatas dificulta um pouco as coisas.

— Eu entendo. Pode acreditar.

Ela cruzou os braços sobre a pilha de papéis roxos e se inclinou para mim.

— Tinha outras fotos? Além das que eles tiraram na noite passada?

— Tinha. Não estávamos nelas, graças a Deus, mas também não tinha mais ninguém. Era apenas uma série de fotos de natureza, bem comuns: a praia, trilhas, pedras. Sem as fotos da noite passada, a câmera poderia pertencer a qualquer pessoa visitando Winter Harbor.

— Você acha que ela pertence às pessoas que você viu há algumas semanas? Na exibição da casa?

— Talvez. Faz sentido. Mas, se for isso, por que eles estavam lá tão tarde da noite? Quando a casa geralmente está vazia?

Paige abriu a boca para responder. Antes que pudesse, um bule de café apareceu sobre a mesa entre nós.

— Vocês duas parecem estar trabalhando duro — disse Natalie, colocando na mesa duas xícaras e um açucareiro. — Achei que precisavam de um combustível extra.

— Obrigada! — Paige sorriu e se endireitou na cadeira, claramente grata pela distração. — Você é o máximo. Ela não é o máximo?

Considerando há quanto tempo conhecíamos Natalie, pensei que aquela era uma avaliação generosa. Mas, decidindo que eu ainda estava um tanto paranoica depois do nosso primeiro encontro e que sentia uma preocupação provavelmente desnecessária de que ela estivesse ouvindo minha conversa com Paige, tentei colocar as dúvidas de lado.

— Ela definitivamente sabe o momento certo de chegar — eu disse, sorrindo, enquanto Natalie enchia minha xícara. — Obrigada.

— Sem problemas. Então, do que estamos tratando hoje? Protetores de cerâmica? Molduras de gesso? Torneiras de cobre?

Paige inclinou a cabeça para o lado.

— Cobre. Hum. Eu não tinha pensado nisso.

Mostrei a Natalie uma capa de couro.

— Cardápios novos.

— O que tem de errado com os velhos? — ela perguntou.

— E exatamente isso que tem de errado com eles — disse Paige. — São velhos. Jurássicos, na verdade. E são feitos de papel laminado que já foi vermelho um dia, mas desbotou e virou cinza há pelo menos uns cinquenta anos.

— E teve alguma mudança no cardápio? — perguntou Natalie.

— Não nos pratos — disse Paige —, só nos nomes.

Natalie olhou para o papel que ela lhe mostrava.

— Por quê?

— Pelo mesmo motivo que mudamos a cor das paredes. Para dar nova vida ao Betty Chowder House e atrair mais fregueses.

Natalie assentiu. Lentamente.

— O que foi? — perguntou Paige.

— Nada. Vida nova é uma coisa boa.

Observei os olhos de Paige se fixarem no cardápio e seus lábios se torcerem.

— É só que... — continuou Natalie — não sei se papel roxo vai fazer alguma diferença.

— Rosa seria melhor? — perguntou Paige.

— Não faria diferença se você usasse todas as cores do arco-íris. As pessoas não se importam com a aparência do cardápio.

Eu concordava em parte, mas Paige parecia tão chateada que tive de intervir.

— Se elas não se importam, vão começar a se importar assim que virem como esses cardápios são legais.

— Talvez — disse Natalie. — Mas eu duvido.

— O que você sugere? — perguntei. — Você trabalhou em outro restaurante, não é? Como eram os negócios lá?

— Tão bons que as pessoas apareciam na porta às três da tarde, esperando que abríssemos para o jantar às cinco. — Ela olhou para Paige, que encarava o açúcar que estava despejando em sua xícara de café. — Mas era um tipo de lugar bem diferente.

Esperei que Paige respondesse, ou que pelo menos erguesse os olhos.

~ 104 ~

— Algumas dicas não fariam mal, não é? — falei, quando ela não fez nenhuma das duas coisas.

Paige bebeu um gole do café e forçou um sorriso.

— Claro.

— Sabem de uma coisa? Esqueçam o que eu disse. Desculpa. — Natalie começou a se afastar. — Isso não é da minha conta, sou só uma garçonete. O que eu sei?

O pedido de desculpas pareceu amolecer Paige, que finalmente ergueu os olhos de seu café.

— Provavelmente tanto quanto a gente. Se você souber de algum segredo para o sucesso de um restaurante, eu adoraria ouvir.

Natalie olhou por sobre o ombro. Quando viu que os fregueses pareciam satisfeitos, correu de volta para a nossa mesa e se sentou.

— O lugar se chamava Mountaineers, era uma espelunca — disse ela, com voz baixa, mas animada. — Uma espelunca do tipo que as pessoas atravessavam a rua só para não passar na frente.

— E o resto da área era legal? — perguntou Paige. — Os comerciantes locais sempre disseram que temos a melhor localização: na cidade e perto da água.

— Era a pior área da cidade. Nada perto da água, nem da universidade, nem de qualquer lugar que as pessoas tivessem um bom motivo para visitar com frequência. A melhor atração das redondezas era uma lavanderia que se transformava em cassino clandestino durante a noite.

— Parece adorável. — Paige me lançou um olhar cúmplice.

— Era um horror. Meus pais nunca teriam me deixado trabalhar lá se não conhecessem o dono... e se as gorjetas não fossem ótimas. E eram mesmo. Todas as noites. — Ela enfiou a mão no bolso do shorts e tirou um quadrado de papelão amassado. — Este era o cardápio.

— Parece um descanso de copo — disse Paige.

— *É* um descanso de copo, com direito a manchas de cerveja e molho — disse Natalie, virando o objeto nas mãos de um lado e do outro. — Eu o levo comigo para todo lugar. Sou um pouco sentimental.

— Segunda-feira, costeletas de porco — disse eu, apertando os olhos para conseguir ler a caligrafia bagunçada. — Terça-feira, asinhas de frango. Quarta-feira, nuggets.

— Comida de bar? — perguntou Paige. — E só um tipo por dia?

— Isso era tudo de que eles precisavam. De tempos em tempos, o dono alternava os dias em que servia esses pratos, mas a comida foi basicamente essa nos cinco anos em que trabalhei lá.

— Devia ser uma excelente comida de bar — disse eu.

— Não era ruim... Mas você podia comer tão bem quanto, se não melhor, em uma dúzia de restaurantes da cidade.

— Então por que o lugar fazia tanto sucesso? — Paige apanhou o descanso de copo quando Natalie o estendeu, e o examinou como se as manchas de molho tivessem o poder de revelar pistas secretas. — O que fazia as pessoas esperarem duas horas para entrar?

Natalie fez uma pausa.

— O entretenimento.

— Tipo, uma banda? — perguntou Paige.

— Não exatamente.

As sobrancelhas de Paige se juntaram e se ergueram em seguida.

— Ah. De jeito nenhum. Definitivamente, não somos esse tipo de lugar. A vovó B pode não estar tão envolvida nos negócios quanto antigamente, mas este ainda é o restaurante dela. Esse tipo de coisa a faria ter um ataque cardíaco.

Natalie levou um segundo para perceber exatamente a que tipo de coisa Paige se referia. Quando percebeu, ela desatou a rir.

— Se eles tivessem entretenimento para adultos, meu pai teria morrido de vergonha há muito tempo. E o Will era tão fofo que...

Ela se deteve, ergueu a mão, e seus dedos tocaram o círculo sob sua camiseta.

— Tem um café bem popular na minha cidade — eu disse rapidamente — onde você pode cantar no karaokê vinte e quatro horas por dia, sete dias por semana. O Mountaineers tem algo do gênero?

Natalie abaixou a mão enquanto continuava a falar.

— Não oficialmente, embora os clientes assíduos comecem a cantar às vezes, quando passam tempo demais por lá.

— Então o entretenimento não tem nada a ver com música — disse Paige. — O que resta?

Natalie sorriu.

— Pescaria no gelo.

Paige olhou para ela.

— Não entendi.

— Tem uma pequena comunidade de pescadores no gelo no norte de Vermont. Assim que o lago congela, todos os anos, eles vão para lá, abrem buracos, instalam as varas e ficam vendo o que aparece. É um esporte meio isolado, e, depois de passarem várias horas sozinhos, eles vão para Burlington em busca de calor e diversão.

— Sei... — Paige sacudiu a cabeça. — Ainda não entendi.

— Há oito anos, quando o Mountaineers tinha sorte se aparecesse uma dúzia de fregueses no dia, um cara chamado Tuck Hallerton parou para tomar um drinque depois de um longo dia de pescaria. Estava tão frio do lado de fora que ele não se deu ao trabalho de estocar o que pescou no dia em isopores; simplesmente encheu a carroceria da caminhonete de neve e jogou os peixes por cima. Quando ele foi para o restaurante, estacionou a caminhonete em frente, e o que havia nela chamou a atenção dos outros poucos fregueses.

— Porque eles nunca tinham visto peixe armazenado daquele jeito? — perguntei.

— Porque eles nunca tinham visto peixes tão *grandes*, principalmente no meio do inverno. — Natalie olhou por sobre o ombro. Notando que suas mesas ainda estavam ocupadas, ela se virou novamente para nós. — Parece que aquelas coisas eram enormes, do tamanho de tubarões. Naquela noite, as pessoas perguntaram ao Tuck onde ele tinha pegado aqueles peixes, e ele respondeu que aquilo só dizia respeito a ele e aos peixes. Os fregueses locais, a maior parte homens, ficaram tão impressionados que contaram aos amigos, que por sua vez contaram aos amigos. Ninguém tinha ouvido falar do Tuck antes, mas estavam tão curiosos sobre aquele misterioso pescador no gelo, que pegava peixes que ninguém mais conseguia, que começaram a ir ao restaurante todas as noites para ver se ele estaria lá com mais criaturas monstruosas das profundezas do mar. E, como ele voltava de tempos em tempos, eles também voltavam.

Olhei nos olhos de Paige. Com a menção de criaturas monstruosas das profundezas do mar, aquela conversa estava começando a entrar em um território perigoso para ela também.

— Adiantando o filme — disse Paige casualmente —, como a caminhonete cheia de peixes do Tuck levou a um sucesso tão grande nos negócios?

— As pessoas começaram a falar. Logo, outros pescadores no gelo começaram a aparecer, para ver como o resultado de suas pescarias se comparava com os do Tuck. Então, mais fregueses curiosos apareceram para ver o estoque dos caras novos e fazer suas próprias comparações. Agora, eles fazem concursos todas as noites para ver quem pescou o maior e o mais estranho peixe do dia. — Natalie deu um tapinha na pilha de papéis roxos. — Propaganda boca a boca é a melhor promoção que qualquer negócio pode desejar... E desculpa dizer isso, mas ninguém vai comentar sobre os lindos cardápios novos do Betty.

— Tudo bem — disse Paige —, mas eles *vão* falar sobre a comida. Sempre falaram, e o que servimos não mudou.

— E quanto à sua clientela? — perguntou Natalie.

— Está menor. Daí os novos cardápios, a reforma e tudo o mais.

— Números à parte — Natalie fez um gesto de cabeça para um casal idoso em uma mesa próxima —, as pessoas que vêm tomar café da manhã são do tipo que vão voltar várias vezes e trazer os amigos?

Paige pensou um pouco enquanto observava o casal.

— Talvez.

— E no verão? — perguntei. — Quando os lagos não estavam congelados? O que fez as pessoas continuarem indo ao Mountaineers?

— A reputação do restaurante. — Natalie se levantou. — Porque, depois de um único inverno, ela já era muito boa. Mesmo que as pessoas não conseguissem perceber como o lugar tinha conquistado essa reputação, ainda queriam ver onde as coisas loucas de que ouviam falar aconteciam. E ser parte da experiência, mesmo que de modo muito simples.

Quando ela saiu para verificar como estavam as coisas com o casal, olhei para Paige.

— Parece a história do pub Bull & Finch.

— Onde todos sabem o seu nome?

— Onde todos *sabiam* o seu nome, até que a notícia de que ele tinha sido a inspiração para o bar de *Cheers*, aquela antiga série de TV, se espalhou. Agora ele é um ponto turístico de Boston.

— Sem peixes esquisitos.

— Mas com o tipo de reputação de que a Natalie estava falando. Os atores nunca estão lá, mas as pessoas fazem fila na calçada, de qualquer modo.

Ela suspirou.

— O Betty já tem uma reputação. Está na ativa há mais de cinquenta anos. Já foi matéria de diversas revistas de turismo. As pessoas já deviam saber a respeito dele e vir a Winter Harbor só para provar a nossa famosa sopa.

— Mas não estão vindo — falei gentilmente.

— Talvez seja só uma fase ruim. Se nós a atravessarmos, talvez tudo volte ao normal, finalmente. — A voz dela era alegre, mas a ruga em sua testa se aprofundou.

— Você não acha que isso vai acontecer? — perguntei.

— Pode ser. Coisas mais loucas já aconteceram, como sabemos. — Ela tentou rir. — É só que... Lembra daquele programa de treinamento em gerenciamento e hospitalidade que eu estava procurando? Em San Francisco?

Assenti. Antes de decidir ficar perto de casa, no último semestre, ela passava horas, todas as noites, consultando *sites* e programas de cursos.

— Bem, eu estive pensando sobre o assunto e realmente gostaria de ir...

Soltei uma exclamação de surpresa.

— Isso é ótimo!

— Sim, é ótimo. Obrigada. Mas também é muito caro. E, depois de pagar as mensalidades da Hawthorne no ano passado, consertar a casa após o Oliver a destruir no último outono e despejar um rio de dinheiro nessa reforma, a bolsa de moedas da vovó B está bem mais leve. Ela fica dizendo que podemos pagar, mas, se o movimento no resto do verão for tão fraco como nas últimas semanas... vamos ter problemas.

Por um instante, minha mente se fixou na imagem de Oliver, no porão da casa de Betty e Paige, recortando fotografias e artigos de jornal enquanto uma dúzia de sereias — inclusive eu mesma — estavam submersas em tanques improvisados. Sob o comando de Raina, Oliver destruíra os móveis e rasgara o carpete para construir os tanques. Eu não estivera lá desde que voltara a Winter Harbor e, segundo Paige, não reconheceria a casa da próxima vez que a visitasse.

Pisquei e a imagem se desvaneceu. Então, prevendo uma queda de energia causada pelo estresse, apanhei minha xícara de café.

— E então, o que faremos? — perguntei, adicionando uma colherada de açúcar.

Paige trocou o descanso de copo por um caderno.

— Acho que precisamos descobrir como entreter Winter Harbor.

Enquanto ela começava a pensar, dei um gole no café e fiz uma anotação mental para cumprimentar Natalie por suas habilidades de barista. Aquela era a mistura perfeita de amargo e salgado, e o gosto era tão bom que me servi de uma segunda xícara depois de terminar a primeira.

Eu estava na metade da segunda xícara quando percebi que havia algo de errado. Bebi outro gole só para ter certeza, apanhei a colher, coloquei-a no açucareiro e a levei aos lábios.

~ 110 ~

O pó branco não era açúcar.

Era sal.

Com o coração disparado e a boca seca, me inclinei sobre a mesa.

— Paige, você por acaso disse alguma coisa para a Natalie sobre...

Parei de falar e me recostei na cadeira.

— Me disse alguma coisa sobre o quê? — perguntou Natalie, parada ao lado da mesa.

Pensei rápido.

— A máquina de fazer gelo. No bar. A alavanca está emperrando, e você precisa sacudir para não deixar o balde transbordar.

— Bom saber. — Ela fez um gesto de cabeça para a recepção. — Vanessa, tem uma pessoa procurando por você.

Olhei sobre o ombro dela. Não vi ninguém e me levantei.

— Obrigada, eu volto já.

Enquanto atravessava o salão, olhei para o relógio. Não eram nem onze da manhã, o que significava que Simon e Caleb ainda não estavam no intervalo. Teria Simon saído mais cedo? Porque não podia esperar para me ver?

Aquele pensamento me deixou tão feliz que apressei o passo. Quando vi o balcão da recepção, me ocorreu que Simon não era a única pessoa que poderia querer me fazer uma visita surpresa. Havia os pescadores da semana anterior. Os invasores da noite passada. Todos haviam me seguido em algum momento e poderiam ter me seguido até ali.

Estamos em pleno dia, eu disse a mim mesma. *Este é um lugar público. Se alguém quisesse causar problemas, não viria até aqui, agora.*

Era um argumento lógico. Ainda assim, minhas pernas tremiam tanto que, quando cheguei à porta, tentei me encostar na parede para me apoiar...

... e fui amparada antes que meu ombro tocasse a parede.

Não por Simon. Nem por um dos pescadores ou invasores.

Por minha mãe. Charlotte Bleu.

10

— O que você está fazendo aqui?

Ela segurou o meu braço até eu conseguir me manter de pé novamente, então me soltou.

— Me desculpe por ter assustado você. Na verdade, eu não tinha certeza de que você estaria aqui.

Mas ela sabia que eu trabalhava ali às vezes. Não nos falávamos havia meses, e aquilo significava que alguém tinha contado a ela... Ou que ela andava me ouvindo sem meu conhecimento. Com isso em mente, lutei para silenciar meus pensamentos.

— Você tem um minuto para conversarmos? — perguntou ela.

Eu me virei e observei o salão. Natalie se sentara em minha cadeira, e ela e Paige estavam conversando seriamente.

— Sim — respondi. — Mas não aqui.

Ela deu um passo para o lado, para deixar que eu mostrasse o caminho. Ansiosa para conseguir uma resposta real à pergunta que eu acabara de fazer, me apressei porta afora, descendo os degraus da varanda e contornando o prédio. Presumi que ela me seguiria de perto, mas, quando cheguei à doca e a prancha de madeira não oscilou uma segun-

~ 112 ~

da vez sob o peso dela, eu me virei e vi que ela ainda estava vários metros atrás.

Minha cabeça era como um escudo, e meus pensamentos eram uma chuva de flechas enquanto eu a observava se aproximar. Eu não a via desde um dia depois que ela salvara Simon e a mim de Raina, Zara e das outras sereias no fundo do lago Kantaka, no último outono. Fora então que ela me dissera que, embora quisesse muito me ver todos os dias e compensar os dezessete anos de tempo perdido, a natureza do nosso relacionamento seria uma decisão minha. Se eu quisesse vê-la sempre, poderia. Se quisesse passar algum tempo longe dela, para processar e aceitar tudo o que acontecera, tudo bem. E se eu achasse que era melhor que as coisas voltassem a ser como eram antes de eu descobrir que ela existia, e de encontrá-la por acidente em uma cafeteria em Boston, tudo bem também. Charlotte compreendia que sua presença seria outro ajuste enorme para minha família e para mim, e que talvez eu não quisesse nada além de esquecer a outra mudança que os últimos seis meses haviam trazido. Ela estaria disponível se eu precisasse dela, mas, de outro modo, eu continuaria a viver minha vida sem sua presença.

Eu escolhi a última opção naquele dia. Uma parte de mim queria saber tudo sobre ela e, consequentemente, sobre mim mesma, mas uma parte maior queria fingir que nunca havíamos nos encontrado. Eu não sabia se podia lidar com qualquer outra verdade. Além disso, eu sempre poderia mudar de ideia. Cheguei perto disso algumas vezes, quando não me sentia bem ou não compreendia a reação de algum garoto na escola, mas então observava minha mãe, a mulher que havia me criado, abraçar meu pai. Ou meu pai beijar a ponta do nariz dela. Ou os dois juntos na cozinha. E resistia.

Se eu não tivesse resistido, a chegada de Charlotte naquele momento talvez não fosse um choque tão grande. Fiquei atônita demais para dar uma boa olhada nela na recepção do restaurante, mas, enquanto ela se aproximava da doca, não havia como negar a mudança. Seis meses atrás, ela era alta e magra. Os olhos azul-esverdeados brilhavam, e os cabelos escuros eram longos e espessos. Sua pele clara era perfeita, sem um traço sequer de manchas ou rugas. Ela não apenas era linda, mas também se movia lindamente: no lago, ela nadara e mergulhara sem esforço, como uma jovem atleta no auge da carreira.

A mulher que se aproximava de mim agora mancava um pouco e tinha as costas curvadas. Os olhos ainda brilhavam, mas as pálpebras estavam caídas. A pele era macia, porém flácida. Os cabelos estavam curtos, e os fios brancos eram bem mais numerosos que os castanhos. Ela vestia jeans escuros, um longo suéter de *cashmere* e sandálias de couro prateadas, e tinha mais estilo que quase qualquer mulher em Winter Harbor... mas, a julgar pelo que as roupas não podiam esconder, parecia também que havia assaltado o guarda-roupa de sua filha.

Sua filha. Eu não sabia se um dia me acostumaria com o fato de que essa era eu.

— Eu sei o que você está pensando — disse ela.

Estendi a mão quando ela chegou à doca. A dela tremia quando tomou a minha.

— Claro que sabe — respondi.

Ela sorriu, e por um segundo seu rosto inteiro se iluminou.

— Não desse jeito. Eu prometi que não te escutaria, e não fiz isso.

Tentei retribuir o sorriso, mas não pude deixar de me perguntar se aquilo era verdade.

De pé ao meu lado na doca, ela apertou minha mão e a soltou.

— Você está pensando que não me telefonou. Não me chamou, e aqui estou eu, quebrando o nosso acordo. Eu não preciso ouvir, eu estou vendo. Em cada centímetro do seu rosto.

— Eu só estou surpresa — respondi, grata porque as suspeitas dela não passavam daquilo. — Mas mesmo assim estou feliz em ver você. Já fazia muito tempo.

Ela desviou os olhos e começou a descer pela doca.

— É verdade.

Lancei um olhar para o restaurante enquanto a seguia. O estacionamento ainda estava quase vazio. Dois funcionários estavam sentados no pátio, mas conversavam animadamente e não prestaram atenção em nós.

— Como você está? — perguntou ela.

Pensei em uma resposta. Se ela não andava me escutando, não esperaria uma resposta específica.

— Está tudo bem. Estou bem. Ocupada, mas bem.

— Deve ter sido um ano e tanto. O último semestre da escola, a formatura, os testes para as universidades.

— Universidade — corrigi. — Só uma. Dartmouth.

— Para onde a Justine ia.

Fiz uma pausa. Ela não sabia a verdade — que Justine havia apenas fingido se inscrever e ser aceita, já planejando sua fuga com Caleb. Aparentemente, meu pai omitira alguns detalhes em seus *e-mails* recentes.

— Certo — eu disse, já que aquilo era mais fácil do que esclarecer os fatos. — E eu fui aceita. Vou embora no fim de agosto.

Ela começou a passar um braço pelos meus ombros, então pareceu pensar melhor e uniu as mãos atrás das costas.

— Isso é maravilhoso — disse ela. — Parabéns.

— Obrigada.

Chegamos ao fim da doca e olhamos para o porto. Como o estacionamento, estava quase vazio. No verão anterior, o porto estava cheio de lanchas, veleiros, *jet skis*, caiaques, canoas — basicamente qualquer coisa que flutuasse. Nesse verão, parecia mais uma avenida de barcos pesqueiros, e o trânsito não aumentaria até a volta dos pescadores naquela tarde.

— Como você está se sentindo? — perguntou ela, baixinho.

Cansada. Fraca. Com sede. Mais do que o normal, e por períodos bem mais longos.

— Estou ótima. A nossa casa nova fica praticamente dentro do oceano, o que ajuda. — Olhei para ela sem mover a cabeça. — Tenho certeza que o meu pai te contou que nos mudamos.

— Tenho certeza que ele teria me contado, se ainda tivéssemos algum contato. Mas, como não temos, não, ele não contou.

Os olhos dela se fixaram nos meus. Desviei o olhar. O fim da comunicação entre eles também fora parte do nosso acordo. Eles mantinham contato regular desde que ela pedira que ele cuidasse de mim, mas pararam de se escrever depois que fomos oficialmente apresentadas. E, como eu mesma poderia mantê-la informada, concordamos que não havia motivos para eles continuarem se falando. Especialmente porque minha mãe deve ter ficado arrasada ao saber que meu pai tinha uma correspondente secreta — e por tantos anos.

— Como *você* está se sentindo? — perguntei um instante depois. Eu não estava simplesmente tentando mudar de assunto; sinceramente queria saber.

Uma brisa fria soprava da água. Ela apertou o suéter contra o corpo, e pude ver o contorno de suas costelas.

— Vanessa — disse ela com uma voz suave, mas séria —, eu não vou demorar muito.

Eu me virei para ela.

— Mas você acabou de chegar.

Ela provavelmente ouviu a decepção na minha voz, porque inclinou a cabeça para o lado ao olhar para mim.

— Eu parei em Winter Harbor no caminho para Montreal. Tem algumas pessoas lá que eu preciso ver...

— As Ninfeias? — Segundo Charlotte, as Ninfeias eram um grupo de sereias muito bem-sucedidas que acumularam tanto poder com o passar dos anos a ponto de desenvolver habilidades que outras sereias não tinham. Nós éramos descendentes delas, e esse era o principal motivo pelo qual meu pai fora incapaz de resistir a Charlotte, mesmo estando completamente apaixonado por minha mãe.

— Sim — disse ela. — Tenho algumas questões a resolver com várias parentes.

— Pensei que você tivesse parado de falar com elas anos atrás. Quando saiu de lá e se mudou para cá.

— É verdade. Mas, da mesma forma que já era hora de ver você, já é hora de vê-las.

— Mesmo que elas tenham matado mais homens do que qualquer outro grupo de sereias no mundo? Não foi por isso que você foi embora? — Percebendo o que eu estava dizendo, e que parecia julgá-la, desviei o olhar.

— Sim — disse ela. — Mesmo assim.

Assenti, sem ter certeza de como me sentia a respeito. Apesar de sermos parentes, éramos praticamente estranhas, e aquilo não era da minha conta. Por outro lado, Charlotte também havia matado no outono passado; aquela fora a primeira vez em que ela participara do tipo de comportamento que a levara a abandonar seu lar décadas antes, e só fizera isso para obter a energia necessária para derrotar Raina e as outras sereias de Winter Harbor. Ela dissera, mais tarde, que tinha se sentido ainda pior do que imaginara e que jurara nunca mais tirar outra vida.

Então, que questões ela poderia ter para resolver agora com as sereias mais perigosas do mundo?

— De qualquer forma — continuou ela —, eu não tinha certeza de que faria uma parada na cidade até passar pela entrada na rodovia, e foi por isso que não entrei em contato com você antes. Mas eu não sei... — Ela abaixou os olhos e sua voz se calou. Um segundo depois, ergueu a cabeça e tentou novamente. — Eu não sei quanto tempo vou ficar longe. Então quis pelo menos dizer oi e ver se você precisa de alguma coisa, antes de não poder mais me encontrar.

— E o seu celular? — perguntei. Aquele era o único número que eu tinha para entrar em contato com ela. — Você não vai levá-lo?

— Eu só vou encontrar a minha prima em Montreal. Depois, vou para algumas regiões bem remotas do país. A conexão do celular vai ser imprevisível, para dizer o mínimo.

— Mas...

— Vanessa! — uma voz me chamou ao longe.

Eu me virei, levando a mão à testa para proteger os olhos do sol.

— Aquele não é o Simon? — perguntou Charlotte.

Meu coração saltou para a garganta quando percebi que era. Ele estava parado no limite do estacionamento, olhando para a água. O Subaru, com Caleb dentro, estava atrás dele.

— Então vocês ainda estão juntos. Tive a impressão de que estariam.

— Na verdade, não estamos. — Acenei para ele, erguendo um dedo para avisá-lo de que precisaria de um minuto. — Ele terminou comigo em outubro, depois...

Dessa vez foi a minha voz que se calou. Eu não precisava explicar.

— Confie em mim — disse ela, soando meio satisfeita, meio decepcionada —, vocês podem ter terminado... mas ainda estão bem juntos.

Eu me virei. Ela deu um sorriso.

— Vá. Vá falar com ele.

— Está tudo bem, eu posso...

— Vanessa. — Ela tocou meu braço. — Estarei aqui quando você terminar.

Eu não me movi enquanto ela se sentava na beirada da doca, arregaçava os jeans e tirava as sandálias. Esperei até ela mergulhar as pernas nuas na água, como se o sal fosse segurá-la ali até eu voltar, e finalmente me afastei. Enquanto corria para Simon, tentei organizar meus sentimentos. Charlotte morava em Boston. Eu também, então podia vê-la diariamente se quisesse, mas não o fiz. E, agora que ela não estaria mais tão disponível, de repente desejei ter aproveitado a oportunidade.

Para o bem ou para o mal, aquelas emoções misturadas deram vez a apenas uma, quando me aproximei de Simon.

Felicidade.

— Oi — disse ele.

— Oi. — Parei a dois passos de distância, querendo abraçá-lo, mas sem saber se deveria.

— Desculpa, espero não ter interrompido...

— Você não interrompeu — respondi rapidamente. — Mas, só para referências futuras, por favor sinta-se livre, a qualquer hora e em qualquer lugar.

— Entendido. — Ele fez um gesto na direção da doca. — Aquela é a Betty?

Olhei sobre o ombro. Eu não podia dizer que sim, porque Simon conhecia Betty e poderia querer ir cumprimentá-la. Fiquei tentada a dizer que era uma amiga dos meus pais, ou uma candidata a uma vaga de trabalho no Chowder House, porque não queria fazê-lo lembrar tudo o que eu desejava que esquecêssemos... mas também não podia mentir. Se Simon e eu tínhamos alguma chance de seguir em frente, tínhamos de fazer isso do jeito certo. O que significava sermos honestos, não importava quão desconfortável pudesse ser.

— É a Charlotte — eu disse, virando-me novamente para ele. — Ela está indo para o Canadá e passou aqui para me ver.

— Ah. — O rosto dele ficou tenso por um instante, então relaxou. — Não vou atrapalhar, prometo... Só queria ter certeza que você estava bem.

Meu coração se aqueceu.

— Estou.

— Alguma coisa fora do comum?

— Não, não que eu tenha notado.

— Ótimo. — Ele deu um passo na minha direção e abaixou a voz. — Tem mais uma coisa.

Meus olhos se fixaram nos lábios dele, a centímetros dos meus.

— Você gostaria de jantar hoje à noite?

Ergui os olhos e sorri.

— Eu adoraria.

— Ótimo. E a Paige?

Fiz uma pausa.

— O que tem ela?

— Você acha que ela pode ir também? Porque, pelo que vimos na noite passada, aquelas pessoas estão obviamente dispostas a correr alguns riscos para descobrir o que querem. Quanto mais massa cinzenta tivermos para entender quem elas são e por que estão aqui, melhor.

Três pensamentos me ocorreram imediatamente. O primeiro foi que, com base no que eu entreouvira na exibição da casa, tinha uma boa ideia de por que os invasores estavam nos observando na noite passada. O segundo foi que eu não queria que Simon soubesse daquilo, porque não queria que ele se preocupasse. Eles provavelmente eram curiosos viciados em adrenalina que acreditaram em um boato de internet e não tinham más intenções, mas eu sabia que isso seria suficiente para fazer Simon agir.

O terceiro foi que ele já estava preocupado. Como sempre.

— Vou perguntar a ela — eu disse.

— Ótimo. — Ele soltou o fôlego e deu um passo para trás. — Temos que voltar para a marina, mas que tal às sete horas? No Murph's Grill?

Assenti. Ele deu um pequeno sorriso para mim, antes de se virar e correr para o carro.

Enquanto eu voltava para a doca, pensei sobre como aquele não era o verão que eu esperava que fosse. Eu sabia que não havia como negar o que eu era, ainda que frequentemente desejasse isso. Mas, se aquilo continuasse a ser o foco de cada momento que Simon e eu passássemos juntos, será que conseguiríamos seguir em frente algum dia?

E pelo menos ter uma amizade normal, ou o mais próxima possível do normal?

Aquele pensamento foi tão perturbador que, quando meus pés alcançaram a doca, eu mal podia senti-los. Minha boca estava seca e minha garganta queimava. Quando meu corpo começou a oscilar para o lado, apressei o passo e quase corri, meio que tropeçando pela distância que faltava.

No final da doca, eu me sentei, arregacei as calças e mergulhei as pernas na água. O alívio não veio rápido o suficiente, portanto me inclinei e joguei água nos braços e no rosto. Levou um minuto inteiro para que eu me sentisse forte o suficiente para me sentar ereta, sem cair imediatamente de novo.

Naquele ponto, Charlotte, que ainda estava lá, como prometera, finalmente falou. Sua voz era suave e séria.

— Então, Vanessa... Tem alguma coisa que você precise de mim?

— Sim. — Respirei fundo e soltei o ar devagar. — Preciso que você fique aqui mais um tempo. Por favor.

11

— ESTOU SOLTEIRA HÁ 242 dias, nove horas e três minutos — disse Paige.

— E...? — perguntei.

— E eu não sei se isso é tempo suficiente. Para sarar e estar pronta para namorar de novo.

Estacionei o jipe e me virei para ela.

— Primeiro, foi você quem terminou com o Riley, e não o contrário, então tenho certeza que você está completamente recuperada.

— Foi muito mais difícil do que você pensa. Eu nunca tinha terminado com ninguém antes. E eu nem queria terminar com ele de verdade. Só fiz isso porque senti que tinha de fazer.

— Eu entendo. — E entendia mesmo. Depois que Paige se transformou em sereia para ajudar a acabar definitivamente com Raina no último outono, ela quis se familiarizar com suas novas habilidades sem usar de cobaia alguém de quem gostava de verdade. Por isso, terminou o namoro com Riley, amigo e colega de quarto de Simon na Bates. — Mas, antes de hoje à noite, você não tinha mencionado o nome dele em 242 dias.

— Talvez porque fosse muito doloroso.

— Ou talvez porque você estivesse distraída com as dúzias de alunos bonitinhos da escola preparatória que de repente começaram a competir pela sua atenção.

— Bom... — ela deu de ombros — Dava *muito* trabalho mandá-los embora.

— E segundo — continuei, dando a ela um rápido sorriso — isso não é um encontro.

— Certo. É um encontro duplo.

— É uma saída entre amigos.

— Com comida, bebidas... e umá roupa bonita que eu nunca tinha visto você usar.

Olhei para a saia turquesa que comprei no meu intervalo naquela tarde.

— Eu só fiz minha parte. Para ajudar o comércio local.

Ela deu um tapinha no meu joelho.

— Você é uma cidadã modelo.

Olhei para ela.

— É demais? Talvez eu devesse correr para casa e me trocar. Porque isso realmente não é um encontro e eu não quero que o Simon pense que estou tentando transformar a coisa toda em um encontro. É a última coisa que preciso.

— Tá brincando? Você ama esse cara. Precisa tirar vantagem de cada oportunidade que tiver para lembrar ao Simon que ele sente o mesmo por você. Confie em mim, e gente podia simplesmente esbarrar neles no posto de gasolina e isso — ela fez um gesto que englobava minha blusa de babados, minha jaqueta jeans e meu colar de contas — ainda não seria demais.

A mão dela ainda estava no meu joelho e eu a apertei.

— Obrigada.

— Disponha. Agora vamos fazer nossa parte para ajudar a lanchonete vagabunda favorita de Winter Harbor.

Quando saímos do carro e atravessamos a rua, imaginei, não pela primeira vez naquele dia, por que Simon havia escolhido aquela lanchonete para nos encontrar. Se fôssemos conversar, não iríamos querer que alguém ouvisse. Não seria melhor ter marcado em um lugar um pouco mais discreto, como a casa de um de nós? Não faria mais sentido?

E, quando entramos, entendi menos ainda. O lugar estava cheio. Cada mesa e cada banco do bar estavam ocupados.

— Não acredito! — declarou Paige, acima do barulho de rock clássico, conversa e risadas. — O sanduíche deles vem com dinheiro em vez de batatas fritas?

— Boa noite! — Um homem corpulento, segurando uma caneca de cerveja pela metade, virou-se da mesa de bilhar na qual ele assistia ao jogo e nos encarou. — Posso pagar uma bebida para as moças?

— Não, obrigada! — Agarrei o braço de Paige e a puxei pela multidão.

— Vocês querem lugar para sentar? — gritou outro cara lá do bar. — Tenho dois.

Paige se encolheu.

— Ele acaba de nos oferecer o colo dele!

Eu a puxei mais forte.

— Direção errada! — gritou um terceiro cara de um grupo de rapazes que aparentavam 20 e poucos anos. Eles estavam plantados ao redor de uma mesa de pebolim. — Estamos aqui!

Uma dúzia de comentários parecidos nos acertou como balas enquanto nos dirigíamos para os fundos do restaurante. Os caras que estavam ou bêbados demais ou não bêbados o suficiente para fazer comentários idiotas enquanto a gente passava nos observavam de cima a baixo. Até os sujeitos usando aliança pararam de falar para olhar para a gente. Esse tipo de atenção não era desconhecida — mas receber tudo isso de uma vez só era. Fiz o melhor que pude para evitar contato visual, mas ainda assim desejei estar usando jeans e moletom, em vez da minha linda roupa nova.

— Vanessa!

Aquela voz era familiar. Diminuindo o passo, vi Colin. Ele estava sentado com três garotas — as únicas no bar, além de Paige e de mim.

— Sente aqui na nossa mesa! A gente dá um jeito!

Enquanto ele acenava e deslizava pelo banco para abrir lugar para a gente, a multidão abriu espaço, o que me deu uma visão melhor das garotas que estavam com ele. Eu nunca tinha visto duas delas, mas definitivamente reconheci a terceira.

— É a Natalie! — gritou Paige, agarrando meu braço. — Vamos lá dizer oi!

Ela se apressou na direção deles enquanto eu sentia meu coração ficar pesado. Ela parecia ansiosa para estreitar sua amizade com Natalie, mas eu ainda não estava totalmente convencida. Entre a sensação estranha que tive quando nos encontramos pela primeira vez, o café salgado que ela me serviu e alguma coisa mais que eu não conseguia entender, achei que o melhor era ser cautelosa com ela.

E era por isso que eu não queria cumprimentá-la. Não agora. O outro motivo era que não queria deixar os *nossos* amigos esperando — ou ter que explicar mais tarde por que Colin parecia mais animado do que o esperado ao me ver. Então, quando Paige me agarrou e me puxou com mais força, finquei o pé no chão. Ela me encarou e eu gesticulei na direção do outro ambiente do bar.

Era uma sala menor, mas também estava cheia. Simon e Caleb estavam sentados lá, a uma pequena mesa no canto.

Paige assentiu, então se virou na direção de Natalie e fez sinal com a mão de que ligaria para ela depois. Acenei para Colin quando Natalie se inclinou em direção a ele e falou em seu ouvido. Algo passou pelo rosto dele, mas a multidão nos empurrou antes que eu pudesse decifrar o que era.

— Isso é um *laptop*? — perguntou Paige quando nos aproximamos de Simon e Caleb.

Entrando naquele ambiente, notei que era uma área de refeição e estava muito mais silenciosa que a área do bar. E sim, aquilo que vimos de longe era mesmo um *laptop*. Estava sobre a mesa, entre Simon e Caleb, rodeado por blocos de anotações, canetas e cartões. Era como se tivéssemos marcado nosso encontro na biblioteca.

— Me enganei — ela murmurou para mim. — Um computador descaracteriza um encontro.

Talvez, mas aquilo não me fazia menos feliz por ver Simon. Ele se levantou, puxou a cadeira e esperou até que eu estivesse presa no pequeno espaço entre ela e a mesa antes de se sentar. Caleb fez o mesmo por Paige.

— Obrigada — sorriu ela. — É bom saber que algumas mães ainda ensinam boas maneiras aos filhos.

— Desculpa — disse Simon. — A gente não imaginou que o lugar estaria tão cheio.

— Na verdade, a gente nem imaginava que tinha tanta gente assim na cidade — adicionou Caleb.

— Ora, vocês não têm que se desculpar por isso — disse Paige. — Pra falar a verdade, é bom ver que tem tanta gente por aqui. Como vão as coisas na marina?

Eu não sabia dizer se ela tinha dirigido a pergunta intencionalmente a Caleb (se bem conheço Paige, provavelmente foi isso que ela quis fazer), mas ele começou uma tediosa conversa sobre seu chefe, o capitão Monty, e o estado atual dos negócios na marina. Totalmente consciente de que Simon estava sentado a centímetros de distância, eu ouvia apenas trechos da conversa, sem realmente prestar atenção. Então, ele se inclinou para perto e pediu desculpas novamente.

— Tudo bem, de verdade — garanti. — Mas por que a gente não foi para a casa de alguém? Por que aqui?

— Pensei que seria melhor evitar os pais. Minha mãe ficaria tão feliz em ver você que não te deixaria sair da cozinha sem dividir um bule de chá com ela primeiro. E eu não estou bem certo, mas pensei que seus pais se sentiriam exatamente da mesma forma se vissem o Caleb e eu.

— Você tem toda razão. E, mesmo que a gente desse algum jeito de escapar das perguntas intermináveis sobre escola e família, eles encontrariam um milhão de motivos para interromper a conversa: chocolate quente, lanchinhos, mais chocolate quente. — Sentindo uma estranha timidez, sorri para ele. — Você está certo.

Seus lábios se curvaram para cima enquanto ele abaixava brevemente os olhos para meu colar, levantando-os em seguida de volta para mim.

— Você está muito bonita.

Meu rosto se aqueceu.

— Obrigada. Você também.

Eu tinha decidido que tentaria não analisar demais cada palavra e gesto na esperança de entender o que Simon estava realmente pensando e sentindo, mas não deixei de notar que ele tinha se barbeado e cortado o cabelo. E que vestia uma calça cáqui em vez de jeans, e um suéter marrom de algodão em vez da camiseta de costume. Ao contrário da nossa visita à casa do lago, ele sabia do encontro... será que por isso tinha caprichado na aparência, assim como eu?

— Olá. — Uma garçonete parou atrás de nós. — O que eu posso trazer para vocês?

Peguei o cardápio, e Paige me deu uma cotovelada. Quando olhei, ela estava erguendo o queixo discretamente na direção da moça. Não entendi o que ela queria que eu visse — que a garçonete usava tanta maquiagem que parecia estar de máscara e uma saia tão apertada que não dava para imaginar como ela respirava? Ou que, apesar de ter que atender sozinha a todas as mesas ali, ela parecia completamente relaxada, como se tivesse feito aquilo todas as noites de sua vida?

— *Carla* — sussurrou Paige, depois de termos feito nossos pedidos.

— Quem? — perguntei.

— A garçonete novata que eu contratei e que pediu demissão depois que o Louis a fez chorar. — As palavras voavam da boca de Paige. — Era ela!

— Sem chance. — Eu me virei para olhar novamente. Carla não podia ter mais que 18 anos, e essa garçonete tinha, definitivamente, bem mais que 20.

— Tenho certeza. Ela estava usando uma pulseira de prata com as iniciais do nome e flores gravadas, a mesma que a Carla usou todos os dias enquanto trabalhou no Betty. — Paige balançou a cabeça. — Você viu que ela pegou nosso pedido sem anotar? Essa é a marca de uma profissional experiente, mas algumas semanas atrás ela não conseguia nem segurar um lápis e um bloquinho ao mesmo tempo sem deixar cair um deles.

— Você ensinou bem.

— Eu sou boa — disse Paige —, mas não faço milagres.

Carla desapareceu na multidão do outro ambiente. Eu me virei e encontrei o *laptop* de Simon aberto e virado para mim e para Paige.

— O cabo da minha câmera digital é compatível com a câmera que vocês acharam — disse Caleb. — A gente baixou as fotos para ver se deixamos de perceber alguma coisa.

Ele repassou lentamente as fotos, cada uma delas tomando toda a tela do computador. Procurei por pistas, como a quem a câmera pertencia, mas as imagens ampliadas não revelavam nada que as pequenas, na tela da câmera, não tivessem mostrado.

— Para mim, ainda parecem fotos comuns de turistas — falei.

— Para mim também — disse Simon, com um suspiro.

— Não é bem assim — disse Paige.

Olhamos para ela, depois para a tela novamente.

— O que você quer dizer? — perguntou Simon.

Ela apontou para o *trackpad*.

— Posso?

Ele deslizou o computador pela mesa. Paige voltou para o começo da galeria de fotos.

— Algumas dessas podem passar por fotos de turistas, como o farol, o mar, até o píer se projetando para dentro do porto. Mas, se essa câmera realmente pertencesse a um mero visitante, também deveria ter fotos da placa BEM-VINDO A WINTER HARBOR em forma de veleiro, da lagosta inflável de três metros de altura na frente da Harbor Sports, da estátua de bronze do capitão no final do píer. Passei um bom tempo conversando com turistas no Betty para saber que tipo de coisa eles adoram registrar.

— Aquela lagosta chama muita atenção — admitiu Caleb.

— Além disso, cadê as pessoas? — perguntou Paige. — Turistas adoram tirar fotos de quem está viajando com eles. Principalmente para que possam rir uns dos outros mais tarde, quando lembrarem do passeio.

Eu me lembrei de um álbum antigo, bem grosso, que ficava em uma das prateleiras de vidro na sala de estar da casa de praia. Minha família e eu não éramos turistas ali há um bom tempo, e ainda tínhamos incontáveis fotos posando e sorrindo exatamente nos lugares que Paige mencionara.

— Mas isso é o que realmente me faz acreditar que algo está errado. — Ela nos mostrou a fotografia de uma rocha. — É uma pedra enorme. Na praia. Talvez alguém que tenha passado a vida toda em terra firme quisesse documentar uma pedra na praia, mas, se fizesse isso, registraria também o ambiente em volta da rocha. Assim, na volta para casa, as pessoas que vissem a foto teriam uma noção do tamanho exato da pedra. Alguém que adorasse tirar fotos da natureza também registraria essa pedra enorme, mas provavelmente não deixaria os arredores de fora. Essa foto mostra o topo da rocha, com uma faixa minúscula de areia e mar ao fundo. Qual é o sentido disso?

Paige tinha razão. E aquela foto era a primeira de uma série de registros semelhantes. Algumas mostravam pequenas pedras arredondadas, do tipo que cobria as praias locais. Outras mostravam pedaços de granito. Outras ainda eram de pedras vermelhas e cinzentas do tipo usado para pavimentar a fonte das casas. E então vinham closes de troncos, toras e da vegetação costeira.

— Espere aí! — Cobri a mão de Paige com a minha para impedi-la de prosseguir. — Isso parece familiar.

— Sério? — perguntou ela, estudando a imagem. — Para mim é só mais uma foto de pedras aleatórias.

Puxei o computador para mais perto e apertei os olhos.

— Acho que já estive aí. — Olhei para ela. — Isso não parece algum lugar que você já visitou?

— Parece todos os lugares que já visitei. Esse é o problema.

Virei o computador para que Simon e Caleb vissem melhor.

— O que vocês acham?

Caleb balançou a cabeça.

— Concordo com a Paige.

Vi Simon examinar a imagem, esperando que um lampejo de reconhecimento atravessasse o rosto dele. E o que vi não foi reconhecimento, mas uma mistura de excitação e seriedade. Já tinha visto Simon com aquela expressão, quando, no verão anterior, com a ajuda de um velho professor de ciências, ele descobriu como congelar Winter Harbor. Ver Simon com a mesma cara me fez ter esperanças — e ficar nervosa.

Simon deslizou o dedo pelo *trackpad*. O cursor voou pelas pedras e pousou no topo da tela. A próxima série de cliques aconteceu tão rapidamente que não pude acompanhar quais arquivos e pastas foram abertos.

Segundos depois, a imagem das rochas tinha sido substituída por um mapa. Do Acampamento Heroine.

— Não foi onde...? — A voz de Paige falhou. — Vocês não...?

— Sim. — Engoli em seco, enquanto Simon aproximava a imagem. — Sim, foi aí.

130

— Tom Connelly — disse Simon calmamente. — Foi aí que encontramos o corpo dele no dia daquela tempestade repentina, quando estávamos procurando o Caleb.

— Tem certeza? — Paige perguntou.

— A câmera é equipada com GPS — explicou Simon. — Grava a longitude e a latitude de cada foto. O cenário pareceu familiar, mas, usando esses números, pude localizar exatamente onde foi tirada.

— E por que isso pareceu te familiar? — Paige me perguntou.

Balancei a cabeça, incapaz de desviar os olhos do ponto vermelho no mapa digital. Fazia quase um ano, e eu ainda podia ver cada parte do corpo de Tom Connelly de forma tão nítida que era como se ele tivesse sido trazido para terra firme ontem. O peito inchado, o relógio apertado no pulso inchado... o sorriso congelado no rosto.

— Não entendo — disse Caleb um momento depois. — Quem esteve na sua casa ontem à noite esteve lá para ver *você*, Vanessa. Sabemos do seu envolvimento com tudo que aconteceu no verão passado, mas a maioria das pessoas não sabe de nada. Mesmo quando você e o Simon encontraram aquele corpo no Acampamento Heroine, você ficou no carro enquanto ele falava com a polícia na praia. Eles nunca souberam que você esteve lá. — Ele tomou fôlego. — Além da Justine, não há meio de ligar você com tudo aquilo.

— E já que todas as outras vítimas foram homens, provavelmente a morte da Justine não seria associada a isso tudo de qualquer forma — completou Simon gentilmente.

Olhei para Paige. Ela concordou.

— Eles sabem... — odiei as palavras assim que as disse e escolhi as próximas com cuidado — ... quem foi responsável. Não sei como, mas ouvi algumas pessoas falando sobre elas... sobre nós... quando a casa do lago foi aberta para visitação. E, vendo essas fotos, imagino que aquelas pessoas são as mesmas que apareceram ontem.

A mesa ficou quieta por um momento.

— Eles realmente usaram a palavra? — Caleb perguntou. — Aquela que, até o último verão, só tínhamos lido em livros?

Todos sabíamos a qual palavra ele se referia, mas não podíamos dizer em voz alta. Era a mesma que eu ainda encontrava dificuldade em dizer, mesmo quando não estava em um lugar público, rodeada de bisbilhoteiros em potencial.

Sereia.

— Sim — respondi.

— Você viu quem disse isso? — perguntou Caleb.

Balancei a cabeça e em seguida olhei sorrateiramente para Simon, que encarava a tela do computador.

— Não tive chance.

Mais silêncio. Eu não tinha certeza se meus amigos estavam processando a informação, esperando que eu dissesse mais alguma coisa ou os dois. Eu estava começando a sentir que não deveria ter dito nada, quando Caleb falou novamente.

— Vamos checar as outras fotos.

Simon avaliou a imagem da rocha mais um tempo e então concordou e começou a digitar números e coordenadas de mapa. O resto de nós observou sem falar nada enquanto lugares familiares iam aparecendo. Três fotos depois, Caleb abriu um caderno e começou a escrever.

Finalmente, quando eu tinha bebido toda a água da mesa e senti minha garganta fechar de novo, Simon chegou à última foto.

— Uau — disse Paige.

Concordei, embora não pudesse falar. Não só porque minha boca parecia cheia de algodão, mas também porque fiquei paralisada instantaneamente ao ver a foto que mostrava Simon e eu. Tinha sido essa foto que interrompera a gente na noite anterior, e, embora eu a tivesse visto em tamanho menor na câmera, parecia totalmente diferente agora. Com a imagem ocupando toda a tela, pude ver como os braços de Simon apertavam minha cintura. E como meus dedos se enterravam profundamente em seu pescoço. E o modo como nossos corpos estavam pressionados, como se estivéssemos atados e prestes a pular de um avião a seis mil metros de altura.

— Estou surpresa de vocês terem percebido o *flash* — provocou Paige. Estiquei o braço por cima da mesa e fechei o *laptop*.

— Então, o que isso significa? — perguntei.

— Significa — disse Simon calmamente — que essas pessoas não estão de brincadeira. Elas fizeram uma boa pesquisa.

— Mas ainda assim pode ser qualquer um, certo? — perguntou Paige. — O *Herald* cobriu os afogamentos com muito cuidado no ano passado. Eles provavelmente leram sobre isso na internet.

— O *Herald* deu as localizações de uma forma generalizada — disse Caleb. — O farol, o píer. Nunca foi dito nada específico sobre a segunda rocha à esquerda, ou um caminho de troncos podres perto da torre do salva-vidas.

— Mas isso é impossível. Além da polícia e de outras equipes de emergência, as únicas pessoas que sabiam exatamente onde os corpos foram encontrados eram... — Paige balançou a cabeça, se interrompendo. Um segundo depois, ela afastou a cadeira e se levantou num pulo. — Vou checar nosso pedido.

Quando ela desapareceu na multidão, Caleb também se levantou.

— Vou checar nossa Paige — disse ele.

E então éramos apenas eu e Simon, sozinhos, do modo como esperei que ficássemos quando ele me convidou para jantar. Só que, em vez de conversar, rir e tentar nos reaproximar, segurei meu copo de água vazio com as duas mãos enquanto ele rasgava lentamente seu guardanapo de papel.

— Por que você não me contou nada? — ele finalmente perguntou.

— Não queria preocupar você.

— Eu já estava preocupado.

— Eu sei, mas... — Suspirei e olhei para ele. — Eu não queria fazer isso.

Ele me encarou.

— O quê?

— Focar em quem... no que eu sou. E deixar isso entrar no caminho de novo.

— Vanessa, mesmo sem essas fotos e sem o que você ouviu... você ainda seria quem é. Ainda teríamos de lidar com isso.

Isso. Como se quem eu era fosse um problema. Uma doença. Algo irritante e desconfortável, algo que não tinha solução ou cura conhecida.

— Você está certo — eu disse. — Claro que está certo, mas...

Fui interrompida por um som familiar e repentino vindo do outro ambiente. Simon olhou para cima com o rosto tenso, e eu sabia que ele tinha ouvido também. Uma por uma, as pessoas próximas pararam de conversar para ouvir aquela voz.

Paige.

Era ela quem estava lá na frente do bar... cantando.

12

O que foi aquilo??

Aquilo o quê?

Paige. Tenha dó.

Era REO Speedwagon, adoro essa banda. Como resistir?

Era só dar uma olhada para o rosto das pessoas te encarando.

Recostei-me no banco do carro e esperei. Quando a tela do celular continuou escura, mandei outra mensagem.

Vc sabe o que a nossa voz faz com eles. Por que brincar com isso?

Ainda nada. Eu queria ligar para Paige e fazer essas perguntas diretamente, porque sabia que ela não era uma sem noção. Sem levar em conta todo o resto, ela sabia que Raina, Zara e as outras sereias tinham cantado para atrair seus alvos para o porto durante o Festival do Esplendor do Norte, no ano anterior. Então, por que ser tão descuidada no uso de uma de suas maiores fontes de poder?

Infelizmente, a ligação teria de esperar. Simon e Caleb estavam levando Paige para casa, já que ela morava perto deles. E, antes disso, tinham me seguido por todo o trajeto até minha garagem, para se certificar de que ninguém estava atrás de mim. Isso queria dizer que Paige não poderia falar livremente comigo por mais pelo menos vinte minutos.

Me ligue quando puder. Bjs, V.

Apertei enviar e desci do carro. Felizmente, o Murph's Grill não economizava no sal. Se economizasse, eu não teria passado pelo jantar sem desmoronar em cima das batatas fritas. Tínhamos até parado de falar sobre assassinos e perseguidores e mudado de assunto depois que Paige voltou para a mesa, já que supostamente era por isso que ela tinha saído. Eu ainda sentia minha garganta fechando e minha pele se esticando, como se estivesse deitada na praia, torrando ao sol. Se Simon não estivesse dirigindo três metros atrás de mim, eu teria desrespeitado os limites de velocidade e ignorado as placas de pare de toda a cidade para chegar em casa o mais rápido possível.

Porque eu queria nadar. *Precisava* nadar.

— Cheguei! — Fechei a porta da frente, joguei minha bolsa no chão e chutei minhas sandálias para longe. — Venho falar com vocês em um segundo. Só preciso dar um rápido mergulho antes!

Segui pelo corredor que levava ao meu quarto e parei quando meus olhos vislumbraram o reflexo na janela à minha esquerda.

Era a porta da cozinha. Através da qual eu podia ver a mesa... e quem estava sentada nela. A visão não mudou quando me virei e olhei para a porta de verdade.

Atravessei o corredor, notando vários itens conforme ficavam mais próximos. Três xícaras de café. Um cheesecake pela metade. Uma mala. Chinelos.

— Eu não sabia que íamos fazer uma festa do pijama — eu disse, entrando na cozinha.

A colher de minha mãe, com a qual ela estava mexendo sua bebida, parou. Meu pai engasgou com o café.

Charlotte sorriu.

— Olá, Vanessa.

— Oi. — Olhei dela para meus pais, que faziam o melhor para se recuperar. — O que está acontecendo?

— Estávamos apenas comendo sobremesa. — Minha mãe se levantou e apertou meu braço quando passou por mim para chegar aos armários. — Sente-se. Vou pegar um prato para você.

— Não precisa. Não estou com fome. — Parei próxima ao balcão. Esperei.

— Como foi o fabuloso encontro de casais? — perguntou meu pai finalmente, depois se virou para Charlotte e falou como se eu não estivesse lá. — A Vanessa saiu para jantar com alguns amigos. A Paige, aquela garota meiga que ela conheceu no verão passado, passou o ano escolar conosco em Boston. E os meninos Carmichael...

— Ela sabe quem são.

A boca de meu pai se fechou com um estalo. Atrás de mim, minha mãe derrubou um garfo. O utensílio bateu contra os ladrilhos do chão.

— O que está acontecendo? — perguntei.

— A Charlotte só estava passando pela cidade. — A voz de minha mãe era agradável, como se minha mãe biológica fosse uma prima distante que ela não conhecesse muito bem, mas ainda estivesse feliz em ver.

— Eu sei. Mas o que ela está fazendo aqui? Na nossa casa?

Olhei para Charlotte enquanto perguntava isso. Ela abriu a boca para explicar, mas minha mãe a impediu.

— A gente se esbarrou no mercado. Quando a Charlotte disse que ia ficar no Lighthouse por alguns dias, eu a convidei para ficar aqui.

— E ela aceitou? — Mantive o olhar em Charlotte.

— Sim. — A voz de minha mãe era suave, próxima ao meu ouvido. — Está tudo bem, querida. De verdade.

Eu queria acreditar nela, mas era difícil. Elas tinham se encontrado apenas uma vez, no dia em que as sereias arrastaram Simon e a mim para o fundo do lago. Dado o que acontecera entre Charlotte e meu pai, como minha mãe conseguia bancar a anfitriã como se nada ali fosse estranho ou errado? Será que ela achava que eu queria Charlotte o mais perto possível? Embora acreditasse que eu não a via desde o dia no lago?

— Seu pai estava me contando sobre a sua praia particular — disse Charlotte. — Eu adoraria vê-la.

— Tenho certeza de que a Vanessa vai adorar mostrá-la a você — disse minha mãe.

A dor surda que tinha permanecido no meu peito desde o jantar repentinamente piorou. Eu não havia mentido antes, realmente tinha ficado feliz em ver Charlotte. Essa era uma das razões pelas quais eu lhe pedira para estender sua estada. Mas minha lealdade pela mulher que me criou triunfava sobre a lealdade àquela que lhe tinha causado tanta dor. Sempre triunfaria.

Por isso eu disse:

— Claro. Que tal agora?

— Não sei... — Meu pai olhou para as janelas, encarando a água. — Está tarde e escuro. Por que não esperar até de manhã?

— Porque — disse Charlotte, empurrando a cadeira para trás — acho que a Vanessa e eu já esperamos tempo demais.

Eu não estava certa do que ela quis dizer, mas isso impediu meu pai de protestar mais. Ele olhou para baixo e mexeu em seu cheesecake, enquanto ela se levantava. As pernas dela tremiam levemente e ela se agarrou na lateral da mesa para se equilibrar. Eu quase esperei que meu pai saltasse e lançasse um braço ao redor dela para dar suporte, e fiquei aliviada quando, em vez disso, ele se ofereceu para ajudar minha mãe a limpar a cozinha.

E Charlotte estava bem. Ela ainda se movia com a velocidade de uma mulher com o dobro de sua idade e artrite, mas ainda era perfeitamente capaz de andar da cozinha até a porta dos fundos sem ajuda.

A escadaria de pedra que levava para a praia, no entanto, era outra história.

— Vá na frente — disse ela, parando no topo da escada.

Parei no degrau diante dela e estendi a mão.

— A escada parece mais íngreme do que é. É só a gente descer devagar.

Ela balançou a cabeça.

— Você precisa nadar, sinto o cheiro do sal evaporando da sua pele. Vou estar lá embaixo quando você terminar.

— Você não quer nadar também? Não se sentiria melhor? Menos cansada?

— Talvez eu fique no raso. Se fizer isso vou ficar bem, prometo. — Ela inclinou a cabeça. — Por favor, Vanessa, vá.

Quanto mais tempo perdíamos ali, mais pesado meu corpo parecia. Eu estava dividida entre fazer o que Charlotte me mandava e insistir em ajudá-la a descer os degraus, mas a verdade era que, se eu esperasse mais alguns segundos, provavelmente ficaríamos as duas presas ali.

— Tudo bem — cedi. — Não vou demorar.

Corri pelos degraus, olhando para trás duas vezes para ter certeza de que ela estava bem. Ela não tinha se movido na primeira vez em que olhei, mas, na segunda, estava no degrau seguinte. Mais tranquila, corri o resto do caminho até a praia. Considerei correr pelo outro lado da casa e passar pelo meu quarto para colocar o maiô, mas vi que não tinha forças. Em vez disso, esperei até estar fora de visão, encoberta pelas rochas, antes de tirar o casaco e a saia. Depois, só de calcinha, sutiã e top, mergulhei no oceano.

Eu estava mais estressada do que pensara, porque demorou bastante para que sentisse o fluxo familiar de energia correr dos dedos das mãos para os dedos dos pés. Pensar sobre aquilo me estressava ainda mais, o que só aumentava a demora. Abri a boca e engoli água salgada enquanto nadava, na esperança de acelerar o processo, permitindo que a água agisse por dentro e por fora do meu corpo.

Vários minutos depois, minha cabeça rompeu a superfície da água e meus pés alcançaram a areia. A luz do luar brilhava em minhas pernas nuas enquanto eu chutava as ondas, e sem querer pensei em Simon. Sentindo-me imediatamente culpada porque uma parte de mim queria convencê-lo a ficar comigo não importavam os meios necessários, voltei a atenção para a praia — para Charlotte.

Ela desceu a escada como havia prometido e se sentou na areia, deixando que a água cheia de espuma envolvesse suas pernas estendidas. Ela desviou o olhar enquanto eu atravessava a praia, dando-me tempo para vestir a saia e a jaqueta, e esperou até eu me sentar ao seu lado antes de falar.

— Desculpe por assustar você novamente. Eu não tinha a intenção de aparecer sem avisar, mas quando a Jacqueline... a sua mãe... e eu começamos a conversar, ela insistiu que eu ficasse aqui.

A voz dela falhou quando disse o nome de minha mãe e se corrigiu, e por um segundo tive uma vontade imensa de explicar a diferença entre elas e tranquilizá-la. Mas então a água gelada atingiu meus pés e a urgência passou.

— Eu sei — eu disse. — Minha mãe resolveu que a missão dela é tornar minha existência o mais confortável possível. E parece que, para ela, incluir você na minha vida faz parte disso.

— Tudo isso deve ser muito difícil para ela.

— Provavelmente um milhão de vezes mais do que ela deixa transparecer.

— Se você acha que ela ficaria mais confortável, eu ficaria feliz em inventar uma desculpa para ir embora. Posso me hospedar no hotel.

Pensei um pouco.

— Obrigada pela oferta... mas, agora que você está aqui, ela se sentiria ainda pior se fosse embora.

— Porque para ela seria como se estivesse privando você de passar um tempo comigo?

— Exatamente.

Ela concordou, pensativa. Um momento depois, meu celular tocou. Puxei-o do bolso da saia para ver o nome de Paige piscando na tela.

— Ligo para ela depois — falei, antes que Charlotte dissesse para eu atender. Não era hora de conversar com Paige sobre o que tinha acontecido no Murph's. Eu já ia colocar o telefone no bolso de novo quando ele apitou com uma nova mensagem de texto.

V, tentei ligar. Moída, indo pra cama. Conversamos amanhã??

Um momento depois, outra mensagem apareceu.

Aliás, S. tá 100% apaixonado. Vocês VÃO voltar!!

Meu coração se acelerou quando digitei.

Agradeço a confiança, como sempre. Conversamos sobre tudo amanhã. Durma bem.

— Deve ser legal — disse Charlote. — Ter uma amiga com quem você quer falar dez minutos depois de se despedirem.

Eu sorri.

— É mesmo.

— Você e a Justine eram próximas assim?

A pergunta me pegou de surpresa, mas consegui responder.

— Mais ainda. — O que era difícil de imaginar, já que Paige e eu, de muitas formas, tínhamos mais em comum agora do que eu e minha irmã jamais tivemos... mas ainda assim era verdade. — Posso lhe fazer uma pergunta?

— Claro. — Ela pareceu satisfeita.

Olhei para ela.

— É pessoal.

— Não me importo.

Formulei a pergunta com cuidado.

— Você já esteve em um relacionamento? Um relacionamento de verdade? Com alguém que você não...

— Com alguém em quem eu não tenha usado meus poderes? Suspirei.

— É.

— Não.

Meu coração afundou no peito.

— Ah.

Lentamente, ela trouxe os joelhos até o peito e os envolveu com os braços.

— Eu tinha apenas 13 anos quando me transformei. Muito jovem, infelizmente, para poder amar e ser amada de verdade.

— Mas e depois? Você nunca teve um namorado? — A palavra *namorado* soou boba, especialmente comparada ao que Simon e eu tínhamos, mas foi a única em que pude pensar.

— Não no sentido comum. Uma vida de sereia, particularmente uma sereia não praticante, costuma ser solitária.

Voltei os olhos para a casa. Ao ver a cozinha apagada e a luz da televisão piscando na sala de estar, continuei.

— Mas e o meu pai? Você não tinha sentimentos por ele?

— Tinha. Sentimentos fortes. Seu pai era e ainda é um homem maravilhoso.

— Então, se as circunstâncias tivessem sido diferentes, se vocês tivessem se conhecido quando ele ainda era solteiro... você acha que vocês teriam tido algo mais?

Tirando os olhos do horizonte, ela me encarou.

— Eu acho que teria dado o melhor de mim para que isso aconte-cesse.

— Fazendo o quê?

Charlotte não respondeu de imediato, e fiquei preocupada que ela não respondesse. Talvez sua boa vontade em responder qualquer pergunta minha, *qualquer uma*, tivesse um limite que eu havia acabado de ultrapassar. Mas então ela olhou novamente para a água e disse:

— Eu o convenceria de que era outra pessoa. — Minha cabeça pensou em uma dúzia de novas perguntas. *Como? Por quê?* Quem ela diria ser? Será que teria funcionado? Mas Charlotte falou novamente, antes que eu pudesse decidir o que perguntar primeiro. — Presumo que o que realmente está perguntando é como você e o Simon podem superar o que aconteceu no verão passado e ter o tipo de relacionamento que outros jovens têm. Certo?

Era apenas uma palavra, mas estava difícil de sair.

— Sim.

Uma onda grande quebrou na costa. Charlotte se inclinou para trás quando o recuo vigoroso da água a envolveu e esperou que passasse, antes de continuar.

— Vanessa, se não fôssemos tão intimamente ligadas, minha resposta seria simples: você não pode fazer isso.

— Mas...

— Você ama o Simon. E ele ainda ama você, apesar de tudo.

— A primeira parte sim. Não tenho certeza sobre a segunda.

Ela esticou o braço sem se virar para mim e colocou a mão sobre meu joelho.

— Eu tenho.

Bem, então já eram duas pessoas. Ela e Paige pareciam tão certas a respeito do amor de Simon por mim que provavelmente começariam a encomendar as flores e a escolher a banda em breve.

~ 143 ~

— Isso devia ser o bastante, certo? Esse sentimento verdadeiro, intenso, eterno de um pelo outro? Quando o amor é mais forte que tudo, devia ser capaz de superar todos os obstáculos. — Era exatamente isso que eu esperava, mas, quando ouvi Charlotte, percebi como soava ingênuo. — Mas não é o bastante — ela disse.

— Como você sabe? Se nunca experimentou isso por si mesma? — Respirei fundo e cobri a boca com a mão. — Desculpa. Isso foi uma coisa horrível de se dizer.

— Não se desculpe. É uma boa pergunta. — Charlotte trouxe os joelhos para ainda mais perto do peito. — Infelizmente, sei disso porque já vi acontecer várias vezes. Vezes demais. Uma sereia pensa exatamente como uma mulher comum: o amor verdadeiro pode vencer qualquer coisa. Até que ela aprende que não é bem assim. Um relacionamento conosco pode até começar bem, mas simplesmente não consegue sobreviver aos desafios que fatalmente terá que encarar.

— Você se refere à sede? À fraqueza? À necessidade constante de nadar? — Balancei a cabeça. — O Simon ficaria bem com tudo isso. Ele até tentaria me proteger, tomar conta de mim. — Eu tinha certeza disso, apesar de não ter certeza se ele ainda queria ficar comigo.

Os olhos dela encontraram os meus.

— Isso é maravilhoso... mas também não é o bastante.

— Mas...

— Essas coisas não são tudo, Vanessa. — A voz dela estava afiada. — A sede, a fraqueza, as outras necessidades do seu corpo são apenas uma parte do problema. Especialmente em se tratando de sereias como nós, Ninfeias. Somos capazes de muito mais do que outras sereias, mas também precisamos de muito mais.

— O que você quer dizer?

— Comparadas às sereias normais — disse ela, e sua voz ficou ligeiramente mais suave —, nosso corpo se ajusta muito rapidamente depois da transformação. Somos como esponjas, não apenas com a água do mar, mas com sinais enviados e recebidos. Nosso corpo parece saber o que podemos fazer com os homens e umas com as outras, bem antes de estarmos completamente conscientes. Pode não parecer, mas sempre estamos dez passos à frente de outras sereias, mesmo quando não estivemos praticando ativamente ou aperfeiçoando nossos talentos.

Pensei sobre o que ela acabara de dizer.

— Então neste momento eu tenho poderes que não conheço? E que nem sei como controlar?

— Ah, é claro que sim. E seus poderes podem ser bem maiores e diferentes dos meus ou dos de outras Ninfeias. Varia muito de uma sereia para outra. Posso oferecer alguma orientação, mas para o bem e para o mal você deve aprender sozinha, com experiências e descobertas pessoais, entende? E frequentemente as lições vêm quando menos esperamos.

Imagens de Raina e Zara passaram pela minha cabeça. Para elas, a ideia de um poder não planejado teria sido excitante. Para mim, razão de me afundar na cama e me esconder sob as cobertas para sempre.

— Sob certas circunstâncias — continuou Charlotte —, esse poder pode ser uma vantagem enorme. Mas algumas vezes, especialmente naquelas em que capacidades especiais não são necessárias ou desejadas, é algo muito desgastante. Porque nosso corpo está em constante atividade, exige cuidados constantes. Com mais frequência e em quantidades muito maiores do que com sereias que não pertencem à nossa linhagem.

Minha cabeça não parava de funcionar enquanto eu tentava processar essa informação.

— Mas... e se a gente não puder atender a essas exigências?

Charlotte se obrigou a sorrir.

— Por que a gente não se preocupa com uma coisa de cada vez?

Eu a encarei por um momento e desviei o olhar. Sentindo que o aperto em meu peito tinha alcançado minhas pernas e braços, pressionei as mãos na areia molhada, deixando minha pele absorver a mistura.

~145~

— Se você fosse apenas uma jovem sereia querendo o conselho de alguém mais vivido e experiente — continuou ela —, eu diria, tão gentilmente quanto possível, que ter um relacionamento romântico normal é impossível. Sugeriria que você terminasse o relacionamento antes que as coisas ficassem ainda mais complicadas. E asseguraria que, por mais difícil que seja desistir do amor, é fácil comparado à dor que você e seu parceiro sentiriam mais tarde. É uma dor que você não consegue imaginar, Vanessa, e da qual você provavelmente nunca se recuperaria.

Fiz minha próxima pergunta cinco vezes em silêncio. Quando ela não deu uma resposta, respirei fundo e a falei em voz alta.

— Mas como eu sou sua filha...?

Estávamos rodeadas por sons. O vento, as ondas quebrando, a água batendo nas rochas. Eu conseguia ouvir a respiração pesada de Charlotte acima disso tudo.

— Mas, como você é minha filha — disse ela em voz baixa, hesitando, como se testasse se tinha ouvido mal —, sugiro que faça o que eu não fiz. Convença o Simon de que você é outra pessoa.

Olhei para ela.

— Quem?

Seus olhos brilharam.

— A pessoa que você era antes de se transformar no que é.

— Como eu faço isso? Minhas habilidades não funcionam com o Simon. Você mesma disse.

— Você não precisa delas. Apenas fiquem juntos. Se divirtam. Conversem sobre o que vocês costumavam falar antes de tudo isso acontecer. Façam todas as coisas que fizeram vocês se apaixonarem.

— Mas ele é tão questionador, tão cético... Não sei se ele é capaz de apenas se divertir. Especialmente sem falar primeiro sobre todo o resto... todas as coisas relacionadas à transformação e a sereias. O Simon não quer apenas entender tudo que aconteceu, ele realmente se importa comigo. E toda essa discussão iria tomar muito tempo.

— Vanessa, confie em mim... Vai chegar um ponto no qual vocês dois desejarão não ter perdido um único segundo.

Tentei digerir o que ela disse enquanto observava as ondas quebrarem na praia, enquanto a água corria em nossa direção. Minha saia estava ensopada e minha jaqueta jeans colada nos braços, mas eu mal percebia. Depois de vários minutos, fiz duas perguntas finais.

— Se o relacionamento tem que terminar do modo como você diz que todos os nossos relacionamentos terminam... ainda assim vai doer?

Ela pressionou os lábios como se quisesse trancar sua resposta.

— Sim — disse finalmente. — Vai doer.

— Então, por que não abrir mão disso agora mesmo?

— Porque o Simon te faz feliz, e você merece cada pedaço de felicidade que esta vida puder lhe dar. — Devagar, Charlotte tirou a mão do meu joelho. — E porque eu sei que você não consegue.

13

DECIDI SEGUIR O CONSELHO de Charlotte. Era o que uma parte de mim queria fazer de qualquer forma, mas o mais importante era que Justine *também* teria sugerido a mesma coisa. Certa vez, vendo que eu estava assustada demais para dormir, minha irmã me disse para fingir que a escuridão era, na verdade, luz, quando eu me deitasse à noite. E eu estava certa de que ela me diria agora para fingir que essa situação não era tão séria quanto parecia. Justine saberia que esse era o único meio de impedir que meu medo me paralisasse — e me fizesse perder minha chance com Simon.

E ela estaria certa.

O problema era que seria difícil fazer com que Simon esquecesse — ou pelo menos parasse de se preocupar com — os eventos dos últimos doze meses. Ele era o Garoto Ciência e sempre questionava mais do que aceitava. Mas, com base na nossa longa sessão de reaproximação na casa do lago, eu estava cheia de esperança de que uma pequena parte dele quisesse a mesma coisa que eu, e que, com o encorajamento certo, ele relaxaria o bastante para que pudéssemos conversar ou não, rir ou não, como sempre fizéramos.

Tudo que eu precisava era descobrir como encorajá-lo a agir assim. Eu nunca tinha planejado um encontro de verdade (Simon e eu nunca havíamos sido um casal oficial tempo o bastante para isso acontecer), mas, quando escolhesse como nos encontraríamos de novo, eu teria que levar em conta dois critérios essenciais.

O primeiro: teria que ser em algum lugar onde nunca estivemos.

E o segundo: não poderia ser em nenhum lugar próximo ao oceano.

Por isso, uma semana depois da minha conversa com Charlotte na praia, Simon e eu nos dirigíamos para Crawford, uma cidadezinha duas horas a oeste de Winter Harbor. De acordo com minha extensa pesquisa *online*, Crawford era uma cidade elegante, tranquila e cercada por montanhas, o que fazia dela um lugar perfeito para uma reaproximação romântica.

E isso começava com o café da manhã.

— Você não mencionou que a aventura de hoje incluiria as melhores panquecas do mundo. — Simon engoliu uma garfada cheia.

— Não? E que tal o mais doce e delicioso xarope de bordo do Maine?

— Feito aqui mesmo — acrescentou nossa garçonete, enquanto enchia novamente nossos copos de água —, das árvores sob as quais vocês estão sentados.

Olhei para cima, para os galhos robustos. O sol penetrava através deles, aquecendo meu rosto. Havia algumas mesas vazias no restaurante, que, à primeira vista, parecia mais um velho celeiro vermelho. Alguns fazendeiros também estavam lá, apreciando o café da manhã. A maioria mal olhou para nós quando entramos, mas um deles deixou cair a faca e teve problemas em pegá-la de volta, já que estava olhando para mim em vez de olhar para o chão. Aquilo foi o suficiente para fazer com que eu pedisse uma mesa do lado de fora, aparentemente muito frio para os outros frequentadores.

Baixei os olhos. Simon estendeu o saleiro para mim.

— O xarope de bordo não está tão doce assim — garanti.

— Você não quer colocar um pouco na água?

~ 149 ~

Peguei um pedaço de torrada do meu prato, concentrada em comer.

— Não. Estou bem.

— Mas isso não ajuda a te manter hidratada?

— Claro — dei de ombros. — Algumas vezes.

Meu coração acelerou e eu esperei que ele fizesse mais perguntas. Mas ele não fez e, um momento depois, quando ergui os olhos, Simon colocava o saleiro de volta ao lugar, próximo à pimenta.

— Então, como você encontrou este lugar? — ele perguntou. — É bem escondido.

— Ouvi alguém falando sobre ele no Betty. — Essa era a resposta que eu havia ensaiado para que Simon não descobrisse quantas horas gastei procurando pelo lugar perfeito para nosso encontro. — A pessoa disse que era um passeio maravilhoso e que a viagem de carro era espetacular.

— Bem, a tal pessoa tinha toda razão. Depois de viajar pelas estradinhas locais por vinte anos, elas acabam parecendo todas iguais. Mas essa aqui, com o sol surgindo acima das colinas? E todas aquelas flores? Com a capota arriada, você pode sentir o cheiro delas como se tivesse um buquê nas mãos.

— Nada mau, não é?

Ele sorriu.

— Nada mau mesmo.

Retribuí o sorriso, sentindo o corpo relaxar. Até ali a viagem estava indo melhor do que o esperado. No dia anterior, quando Simon foi pegar o almoço no Betty, perguntei se ele queria passar o dia comigo hoje e ele respondeu que sim, sem hesitar. Nem questionou onde ou por quê; simplesmente concordou e me disse para mandar os detalhes por mensagem de texto mais tarde. Na mensagem, sugeri um pequeno passeio fora da cidade, ao que ele respondeu segundos depois, dizendo que parecia ser um ótimo programa para a manhã. Depois, quando fui buscá-lo, tão cedo que o céu estava apenas começando a ficar rosado, ele já estava na varanda de casa me esperando e entrou no jipe antes que eu pudesse parar direito. Conversamos durante a viagem, principalmente sobre nosso trabalho e sobre as músicas que tocavam no rádio. Fora isso, ficamos em silêncio, apreciando a vista, sentindo a brisa nos cabelos.

Foi tão fácil, tão natural e gostoso, que eu estava começando a acreditar que aquele arranjo poderia mesmo funcionar.

— Ah, preciso te contar — Simon disse. — O Caleb e eu colocamos um anúncio no *site* do *Herald*. Na lista de achados e perdidos. Esperamos que quem tenha perdido a câmera a queira de volta o suficiente para responder.

Ou não.

— Bem pensado. — Inclinei-me por sobre a mesa e baixei a voz. — Você acha que a placa naquela caminhonete é séria?

Ele se inclinou para o lado e ergueu os olhos, observando a caminhonete parada às minhas costas no estacionamento de terra. Uma grande placa sanduíche branca estava aberta na carroceria. Simon leu a mensagem em voz alta:

— "Siga você-sabe-o-quê dos cavalos até a fazenda mais mágica do Maine." — Depois de ler, ele se endireitou. — Bom, tem uma carreta atrelada à caminhonete. E ela parece oscilar, mesmo com a caminhonete parada. Então, sim, acho que a placa é séria.

Esperei que os olhos dele encontrassem novamente os meus.

— Quer ir? — perguntei.

— Para a fazenda mais mágica do Maine?

Assenti e respirei fundo. Havia incontáveis razões pelas quais ele poderia dizer não. Não sabíamos exatamente onde ficava o tal lugar nem a distância. E podia ser apenas alguma armadilha para pegar turistas desavisados. Além disso, a coisa certa a fazer depois do café seria voltar para Winter Harbor o mais rápido possível, para que Simon e Caleb pudessem procurar mais pistas. E ele demorou tanto para responder que acreditei que estivesse considerando as possibilidades.

Mas, em vez disso, ele colocou outro pedaço de panqueca na boca, mastigou, engoliu e disse:

— É melhor a gente correr. Se a terra é mágica, quem sabe do que essa caminhonete é capaz?

Eu ri. Nós nos levantamos, então ambos sacamos a carteira ao mesmo tempo.

— Você paga a próxima — disse ele.

Meu sorriso se alargou.

— Combinado.

Acenamos e agradecemos à garçonete, que retribuiu através de uma das janelas abertas do restaurante, e corremos para o carro. O motorista tinha voltado para a caminhonete e já estava manobrando para pegar a estrada. A caminhonete não era um tapete voador, e, assim que a alcancei, tive que controlar o jipe no freio durante o trajeto para que não colidíssemos com a carreta e também para que não fôssemos atingidos pelo você-sabe-o-quê dos cavalos, que eram dois. Simon e eu passamos os próximos vinte minutos brincando e rindo, e decidi, antes mesmo de chegarmos aonde quer que estivéssemos indo, que o lugar era de fato mágico.

E era lindo, como descobrimos assim que entramos em uma passagem de cascalho e dirigimos por um campo aberto. Cerca de oitocentos metros depois, a caminhonete estacionou ao lado de um grande celeiro branco. Fomos um pouco além e nos juntamos a uma dúzia ou mais de carros estacionados em um lote de terra. Descemos do carro.

— Olá — disse o motorista quando nos aproximamos. — Bem-vindos à Fazenda Langden. Sou Jack. Um terço motorista, dois terços comerciante.

— Oi — Simon aceitou a mão estendida de Jack e olhou ao redor. — É um lugar bonito.

— De fato é. E é por isso que sinto dizer que estou atrasado.

Olhei para Simon.

— Para quê?

— Para anunciar o passeio da manhã. — Jack passou bem rente ao lado da caminhonete e, apoiando os pés em um dos pneus traseiros, subiu na caçamba. — Houve um problema com o engate e, na hora em que foi consertado, o primeiro passeio já tinha começado. Deixei a placa visível para o caso de alguém querer se juntar a nós para o passeio da tarde, mas ainda vai demorar seis horas. — Ele pegou a placa com as duas mãos e a deitou na caçamba da picape. — De onde vocês são?

— Winter Harbor — disse Simon. — É uma pequena cidade em...

— Sei onde é. — Ele desceu e nos encarou. — Que verão vocês tiveram ano passado.

Simon assentiu. Desviei o olhar.

— Sim, senhor — Simon concordou. — Foi mesmo.

— Minha esposa e eu levamos nossos netos para esquiar em Winter Harbor depois que o lago congelou. Estava vinte e sete graus quando saímos daqui, e quando chegamos lá a temperatura tinha caído para cinco graus. Nunca vimos nada parecido.

— E espero que não vejam novamente — disse Simon.

— Eu também, meu filho. — Jack fez um gesto na minha direção. — Vocês trouxeram outras roupas?

A conversa deles tinha deixado meu rosto da mesma cor da minha nova saia de linho: vermelho-vivo. Além da saia, eu vestia blusa branca, jaqueta jeans e rasteirinhas de couro.

— Não — respondi.

— Tudo bem. — Ele abriu a carreta e deu tapinhas nas ancas dos cavalos até que os animais começassem a recuar. — Esperem aqui um minuto. Vou ver se podemos arranjar alguma coisa.

Jack levou os cavalos para o celeiro. Simon se encostou à caminhonete. Fiquei próxima a ele.

— Ainda é estranho ouvir outras pessoas se referirem ao que aconteceu — disse ele baixinho. — Sei que a maior parte do país sabe pelo menos alguma coisa sobre os acontecimentos do verão passado... mas ainda assim parece que só a gente entende realmente o que foi tudo aquilo, sabe?

Eu sabia. Mas não queria falar sobre aquilo. Felizmente, Jack não tinha ido longe o bastante para Simon questionar meu silêncio.

— Qual foi o maior tempo que vocês passaram sobre um cavalo, crianças? — gritou ele enquanto vinha em nossa direção.

— Nenhum — gritei em resposta.

— Cerca de dez minutos em um pônei na Feira Estadual de 1998 — disse Simon.

Jack riu.

— Certo. Então, vocês têm duas opções. — Ele parou na nossa frente e apontou para o celeiro. — Ali tem dois cavalos prontos que podem ser montados, mas sem experiência vocês não podem ir muito longe sem um guia, e os três que nós temos estão fora. Eu levaria vocês, mas tenho reuniões a manhã toda. Mas vocês são mais do que bem-vindos para trotar pelo prado principal. É um terreno plano, seguro e com plena visão para a sede, então, se tiverem qualquer problema, alguém vai estar de olho e virá correndo.

Olhei para além de Jack, para o prado, que era uma espécie de grande quintal. Era bonito, mas também completamente exposto, quase uma passagem.

— Qual é a outra opção? — perguntou Simon.

— Voltem daqui a seis horas — disse Jack. — Teremos dois cavalos reservados para vocês.

Simon olhou para mim. Dei de ombros.

— A primeira sugestão é legal — eu disse.

— Certo — concordou Simon. — Topamos

— Fantástico. — Jack atirou uma trouxinha de pano para mim. — Da loja de presentes. É por nossa conta, se você aceitar.

— Obrigada. — Peguei e desfiz a trouxa, que era, na verdade, uma bermuda cáqui com o logo da Fazenda Langden: silhuetas de cavalos negros galopando sob o céu estrelado estampadas em um dos bolsos. — É muita gentileza.

— É o mínimo que podemos fazer por nossos vizinhos. — Jack se virou e começou a se afastar. — Alguém vai trazer suas montarias em breve e acertamos o pagamento depois. Divirtam-se!

Quando ele desapareceu dentro do celeiro, encarei Simon com a bermuda ainda na mão.

— Volto já.

Eu poderia facilmente colocar a bermuda e tirar a saia bem ali, e ainda assim não mostrar nenhuma pele indevida, mas trocar de roupa era uma boa desculpa para passar alguns minutos sozinha. Peguei minha bolsa no carro quando fui para a lateral do celeiro. Depois de me certificar de que Simon ainda estava ao lado da caminhonete e não prestava atenção, troquei de roupa e tomei duas garrafas de água salgada que eu tinha guardado no meio das minhas coisas. Eu havia nadado por duas horas e bebido tanta água naquela manhã que pequenas gotas em meus poros faziam minha pele brilhar, e até agora eu me sentia bem. Mas não tinha meios de dizer como meu corpo reagiria estando tão perto de Simon por um longo período, e algum consumo preventivo de sal era melhor do que secar na frente dele.

— Isso é que é fôlego.

Eu me virei. Um jovem de calça jeans e camiseta da Fazenda Langden veio em minha direção com uma pá nas mãos.

— Como? — eu disse.

Ele apontou para a garrafa de água vazia que eu segurava.

— Você bebeu a garrafa toda sem parar para respirar nenhuma vez. Estou impressionado.

— Obrigada. — Tentei sorrir enquanto me afastava. — Acho que eu estava com mais sede do que tinha pensado.

— Você está perdida? Posso ajudar em alguma coisa?

Ele estava acelerando o ritmo. Fiz a mesma coisa — e caí para trás ao tropeçar em uma pedra. Gritei quando duas mãos agarraram meus braços e me ergueram com facilidade.

— Ela está bem — disse Simon. — Está tudo bem.

Lutei para respirar normalmente. O cara parou de andar, a pá levemente erguida. Um segundo depois, ele a abaixou e começou a recuar.

— Sem problemas, cara. Eu estava só fazendo o meu trabalho.

Não nos movemos até que ele desaparecesse atrás do celeiro.

— Talvez seja melhor ir embora — disse Simon.

Coloquei as garrafas vazias na minha bolsa e virei em direção a ele.

— Sem chance. Estou bem, e realmente quero cavalgar.

— Aquele cara podia...

— Aquele cara era inofensivo. Ele não teria tentado nada, e, mesmo se tivesse, eu poderia lidar com ele.

Eu estava menos certa disso do que dei a entender, mas Simon pareceu, de algum modo, aliviado. Não protestou quando apertei a mão dele e disse:

— Vamos. Vamos montar nos nossos unicórnios, ou Pégasos, ou qual seja a criatura mágica que serve de montaria por aqui.

Logo vimos que nossas montarias na fazenda mágica do Maine eram, na verdade, cavalos comuns. Eu iria montar uma égua marrom-escura que mancava um pouquinho e tinha uma mancha branca no focinho. A montaria de Simon era um garanhão velho, cinzento. Nosso cavalariço, um senhor casado e com cara de avô, deu algumas dicas para andar, parar, direcionar, e demonstrou como a gente deveria subir na sela.

Eu fui primeiro, colocando o pé esquerdo no estribo e usando as rédeas para me içar para a sela. Estava prestes a passar a perna direita para o outro lado quando Simon segurou meus quadris gentilmente com as duas mãos. Ele tentou me dar impulso, mas seu toque inesperado me fez perder o fôlego — e o equilíbrio. Joguei meu outro braço ao redor da sela e usei toda a força do corpo para me endireitar.

— Moleza. — Sorri e tirei o cabelo dos olhos.

Simon acariciou o pescoço da minha égua, como se estivesse pedindo a ela que fosse gentil comigo, e então foi até seu cavalo. Demorou um pouco para que ele conseguisse subir, mas era difícil dizer se era porque o cavalo estava nervoso... ou porque Simon estava.

Sentados em nossas montarias, andamos para cima e para baixo no estacionamento. O treinador, aparentemente satisfeito com nossas habilidades recém-adquiridas, permitiu que fôssemos para o prado e nos instruiu a ficar no perímetro das cercas, à vista da sede da fazenda. Fizemos como ele mandou... até que vi a entrada de uma trilha no canto mais distante do gramado.

— Onde você acha que isso vai dar? — sussurrei como se alguém pudesse estar escutando. — No castelo da Cinderela? Em uma maluca festa do chá? No mundo de Oz?

— Todas as alternativas? — adivinhou Simon.

Vendo apenas o telhado da sede, virei minha égua e a guiei de volta pela colina. O segundo andar da sede da fazenda tinha acabado de ficar à vista quando puxei as rédeas. A égua parou.

— Algo errado?

Eu me virei. Simon estava com a testa franzida e segurava as rédeas com firmeza. Sorri para tranquilizá-lo, então dei uma rápida batidinha com os calcanhares nos flancos de minha égua e ela avançou, trotando rápido na direção da trilha.

— Vanessa, aonde você...? O Jack disse para...

Respirei fundo quando passamos por ele e entramos na trilha já a galope. Inicialmente, não pude ouvir nada além dos cascos da minha égua batendo no chão de terra, mas logo um segundo galope soou atrás de nós.

Suspirei e incitei meu animal de modo gentil mais uma vez. Ele ganhou velocidade, trotando entre as lindas colinas verdes que pareciam se estender por quilômetros. No começo, eu sacudia desajeitada e dolorosamente na sela, mas logo descobri como erguer o corpo e me mover no ritmo do cavalo. Meu coração disparou com a terrível ideia de que a qualquer minuto eu poderia ouvir o barulho de outros cascos. Talvez até mesmo um carro vindo atrás de nós, nos cercando e ordenando que entregássemos nossas montarias e deixássemos as terras da fazenda, mas isso não aconteceu.

Dez minutos depois, a trilha nos levou para uma área arborizada. Puxei suavemente as rédeas e esperei ouvir Simon dizer para voltarmos. Mas ele não disse nada, e continuamos.

Não demorou muito para entender por que aqueles cem acres eram chamados de *mágicos*. O caminho se estreitou e as árvores pareceram ficar mais grossas e altas. Tênues raios de sol atravessavam os galhos que se agitavam levemente com a brisa, salpicando o chão de dourado e tornando o ar ao nosso redor brilhante, conforme as partículas de poeira refletiam a luz. As flores em tons de roxo, vermelho e amarelo desabrochavam sob aquela proteção. Borboletas voavam entre as pétalas. Pássaros cantavam suas canções suaves e doces. À medida que seguíamos, parecia que éramos envolvidos pelo lugar, em vez de simplesmente passarmos por ele.

Simon e eu ficamos quietos o tempo todo. Quando chegamos a uma velha ponte coberta, nenhum de nós perguntou ao outro se queria parar por um tempo. Apenas paramos, descemos dos cavalos, enrolamos as rédeas ao redor de um tronco de árvore e fomos na direção da estrutura de madeira avermelhada. Caminhamos em silêncio até o meio da ponte, então nos encostamos em uma mureta baixa. Enquanto observávamos o fluxo de água que cintilava três metros abaixo de nós, eu só conseguia me concentrar em duas coisas: na beleza natural ao nosso redor... e no braço de Simon roçando no meu.

Algum tempo depois, ele falou:

— Quando você ficou tão corajosa?

Ergui os olhos da água e olhei para o campo, que se estendia em todas as direções.

— Você nunca teria feito isso antes. — A voz dele soou baixa, pensativa.

— Feito o quê?

— Desafiar a autoridade. Quebrar regras. Sei que o Jack não é exatamente intimidante, mas ainda assim. Ele nos falou onde deveríamos ficar... e aqui estamos nós, a um mundo de distância. A velha Vanessa teria ficado com medo de vir tão longe... não necessariamente preocupada em arrumar problemas, mas em decepcionar um adulto.

A velha Vanessa. Isso significava que minhas tentativas de convencê-lo de que eu era outra pessoa, alguém novo e melhor, estavam funcionando?

Como se respondesse à minha pergunta, Simon continuou:

— Tem outras coisas também. O modo como você ignorou aquele cara atrás do celeiro. E como insistiu em ir para casa sozinha na outra noite...

— O que você não permitiu — lembrei a ele. — Você me seguiu o caminho todo até a garagem.

— Eu sei, e faria isso de novo. Mas você estava falando sério, você iria para casa sozinha. Antes, você provavelmente não pediria que eu te levasse para casa, mas não resistiria se eu dissesse que ia fazer isso.

Eu não disse nada. Ele tinha razão.

— E este nosso passeio... — disse ele, sua voz mais suave. — Você me convidando para sair, especialmente quando as coisas entre nós estão tão... indefinidas. É novo. Diferente.

— A velha Vanessa teria esperado você ir até ela.

— É. Acho que sim.

— Você teria ido?

Ele riu levemente.

— Viu? Isso também. Você nunca teria feito essa pergunta.

Depois disso houve uma pausa, enquanto eu esperava pela resposta dele.

— Hum... — Ele se ajeitou e colocou as mãos sobre a mureta. — Se eu iria até você? Como algo mais do que um amigo? — Seu cotovelo encostou no meu. Respirei fundo. — Não acho que eu teria escolha.

Nesse ponto, a velha Vanessa — de uma semana atrás — imediatamente teria dito a si mesma para nem pensar em fazer o que a nova Vanessa fez a seguir.

Ela o beijou. *Eu* o beijei. Sem virar e esperar que ele virasse para mim, ou chegar mais perto e esperar que ele fizesse o mesmo. Coloquei a mão no braço dele, o puxei o bastante para que eu coubesse no pequeno espaço entre ele e a mureta... e o beijei.

Talvez fosse isso que Charlotte quis dizer na praia. Meu corpo estava agindo por si mesmo, de uma forma que minha cabeça normalmente não aprovaria. Era o meu poder trabalhando?

De qualquer forma, se eu soubesse o que aconteceria depois, teria feito aquilo há muito tempo. Porque tudo, toda a hesitação, as perguntas e reservas desapareceram. O nervosismo foi substituído por excitação, a timidez por ousadia. Nossos beijos, especialmente os primeiros trocados depois de não nos vermos por alguns dias, sempre começaram suavemente. Delicadamente. Cheios de ternura. Mas dessa vez estávamos ávidos um pelo outro e nos beijamos de um jeito que só fazíamos nos momentos mais quentes. As mãos dele deslizavam firmes pelas minhas costas e pelos meus quadris, e pressionei o corpo contra o dele, como se eu soubesse, sem sombra de dúvida, que era isso que Simon queria, que ele não se afastaria.

E o mais surpreendente era que eu de fato sabia.

Ele se inclinou para frente, me pressionando contra a ponte. Soltei o suéter dele apenas por tempo suficiente para colocar as mãos na mureta e sentar sobre ela. Minhas pernas envolveram a cintura dele, suas mãos agarraram minhas coxas. Seus lábios desceram pelo meu pescoço, pela pele nua acima da minha blusa. Passei os dedos no cabelo dele, puxando seu rosto para mim. Ele deslizou a mão por minha cintura e minhas costas e puxou minha jaqueta até que ela se soltasse dos meus braços. Enquanto seus lábios roçavam meu ombro, seus dedos se agitavam pela minha pele, puxando a tira fina da minha blusa para o lado.

Sua outra mão avançou por minha coxa direita, sob a bermuda. Apertei as pernas ao redor dele e beijei todos os lugares que pude alcançar — o pescoço, o queixo, o espaço macio abaixo de sua orelha.

Eu estou bem, pensei, me preparando para responder a pergunta que eu sabia que viria. *Estou ótima, na verdade. Isso... você... é exatamente o que eu quero. É tudo que eu quero.*

Mas a pergunta, aquela que Simon sempre fazia, não importando quantas vezes ficássemos juntos, nunca veio.

Ou eu era ainda mais convincente do que pensava, ou alguém tinha ficado mais corajoso também.

— Vocês perceberam que suas montarias foram embora?

Simon deu um pulo para trás. Cobri a boca, como se quisesse apagar a evidência do que estávamos fazendo, e então desci da mureta.

Jack estava montado em um grande cavalo no final da ponte. Ele indicou a trilha, mostrando que nossos cavalos estavam voltando por onde tinham vindo.

— É melhor vocês alcançarem os animais — disse ele. — Temos meia dúzia de funcionários procurando vocês, e dois cavalos sozinhos não iam aliviar muito a preocupação deles.

Dito isso, ele se virou e se afastou a galope, mas não sem antes nos dar uma piscadela.

O mundo pareceu ficar imóvel por um segundo, e então Simon e eu tivemos um ataque de riso. Aquilo foi tão libertador, tão energizante. Eu nem sequer estava preocupada com o tipo de problema que enfrentaríamos quando voltássemos para a sede.

— Venha aqui — disse Simon quando nos acalmamos. Ele estendeu a mão, que eu aceitei, então me puxou para um abraço. — Vanessa...

Quando ele não disse mais nada, balancei a cabeça contra o peito dele.

— Eu sei. Eu também.

Ele beijou o topo da minha cabeça, a ponta do meu nariz, meus lábios. Suavemente. Delicadamente. Com ternura.

E então recuperamos nossos cavalos e fomos para a fazenda, onde não levamos bronca — nem recebemos um convite para voltar.

Não nos apressamos para retornar a Winter Harbor. Dirigimos pelos arredores por um tempo, almoçamos, vagamos por algumas lojas de antiguidades e paramos para um jantar agradável. Mantivemos a conversa leve e não mencionamos o verão anterior, o outono ou mesmo a semana que havia passado. Posso garantir que mal pensei nisso.

E também não queria pensar que tínhamos de voltar para casa, mas concordamos que, se quiséssemos ter outro dia como este, nossos pais não poderiam ficar preocupados. Então, quando o sol começou a se pôr, rumamos para o leste.

Saber que Simon queria passar mais tempo comigo era tão reconfortante que, quando ele se ofereceu para dirigir na volta, entreguei as chaves sem reclamar. Fazia doze horas que eu tinha nadado, e, embora continuasse a tomar goles de água salgada, minha energia estava progressivamente diminuindo. Mas tinha sido um dia cheio, e pensei que meu cansaço poderia ser facilmente atribuído a tudo que tínhamos feito.

Devo ter cochilado em algum ponto, porque em um instante eu observava o céu ficar roxo sobre o campo de flores, e no outro estava bem acordada olhando luzes vermelhas que piscavam.

— O que é isso? — perguntei enquanto me endireitava no assento do carro. — Onde estamos?

— Parece um acidente. — A voz de Simon estava tensa. Ele avançou com o carro pela fila vagarosa do trânsito. — E acabamos de cruzar a fronteira de Winter Harbor.

Acidentes acontecem o tempo todo. Eu *sabia* que eles aconteciam o tempo todo, com pessoas comuns por razões comuns. Por isso consegui ficar calma quando passamos por dois carros de polícia, uma ambulância e um círculo de paramédicos fazendo reanimação cardiopulmonar.

Mas, quando um deles se levantou, a máscara plástica caiu da boca da vítima e sua cabeça tombou para o lado.

E os olhos sem vida de Carla encontraram os meus.

14

Últimas notícias: Estrela da equipe de corrida do Colégio Winter Harbor morta aos 18 anos

Pouco mais de um ano após o corpo de Justine Sands, a primeira vítima da sequência de mortes iniciada no último verão, ter sido encontrado na base dos penhascos de Chione, o corpo de Carla Marciano, graduada recentemente pelo Colégio Winter Harbor e recordista dos quatrocentos metros da equipe de corrida do colégio, foi descoberto no cruzamento da Alameda Maple com a Avenida Washington.

As investigações estão em andamento e a polícia busca por testemunhas. Se você, ou alguém que você conhece, tiver qualquer informação sobre os eventos que levaram à morte da srta. Marciano, por favor ligue para o Departamento de Polícia de Winter Harbor, no número 207-555-3900.

Atualizações conforme surgirem novas informações.

— É isso que consta no *site* do *Herald* menos de doze horas depois do acidente — disse Paige, rolando para o começo da página. — Os leitores recentes do *site* do jornal jamais imaginariam que, até o verão passado, a única coisa nessa página era o desenho de um caranguejo dizendo para você comprar um exemplar do jornal na cidade.

— É isso? — perguntei. — Isso é tudo que você tem a dizer?

Ela fechou o *laptop* e se reclinou na cadeira.

— Claro que não. É horrível. Trágico. E me deixa péssima. Mas, se eu falar sobre como isso me enlouquece, vou ficar mais desesperada ainda. E é cedo demais para sair por aí completamente descontrolada.

Olhei em volta para me certificar de que ainda estávamos sozinhas na área de descanso dos funcionários.

— Mas você conhecia a Carla. Ela alguma vez, sei lá, disse algo que sugerisse que...

— Que ela estava sendo perseguida por sereias do mal? Não. E ela trabalhou aqui por poucos dias e passava parte do tempo correndo e a outra parte chorando. O máximo que descobri foi que ela tem um vício caro em lenços de papel. — Paige olhou para o colo, então voltou os olhos na direção do porto. — *Tinha* um vício caro em lenços de papel.

Segui o olhar dela. A água estava calma. O céu, sem nuvens, estava azul brilhante. Como ontem, e no dia anterior, e no dia anterior a esse, o tempo em Winter Harbor estava perfeito. Isso deveria ser reconfortante, já que as vítimas do último verão, Justine inclusive, haviam sido encontradas sempre depois de tempestades severas... mas também deixava a coisa toda muito mais confusa.

— E você? — Paige se virou para mim. — Quer dizer, é ruim o bastante que você tenha visto a Carla jogada lá, no meio da estrada, mas depois ter que ler isso... com o nome da sua irmã... — Ela ergueu os óculos de sol para o topo da cabeça e se inclinou em minha direção. — Você está bem? Quer tirar o dia de folga? Passar um tempo com seus pais?

— Obrigada, mas não. Estou bem. Me sentindo um pouco culpada, mas bem.

— Culpada? Por quê?

— Pelo primeiro pensamento que surgiu na minha cabeça quando eu dei uma boa olhada na vítima da noite passada.

Paige colocou a mão sobre a minha na mesa.

— É uma coisa terrível, trágica, como você disse, e...

— Está tudo bem, Vanessa.

— Eu fiquei aliviada por ser uma menina. — As palavras voaram da minha boca. — É horrível, eu sei, mas...

— Isso não é horrível. É compreensível. Eu pensei exatamente a mesma coisa.

Suspirei.

— Obrigada.

— De nada, embora eu não tenha dito isso porque ache que é o que você quer ouvir. — Ela fez uma pausa. — Mas você conhece outras pessoas que provavelmente vão fazer conexões similares. Essa nota no *site* do *Herald* é apenas o começo. Os grandes canais de notícias podem não perceber isso agora, mas, pelo menos por aqui, as pessoas vão falar a respeito e comparar...

— Vão comparar o quê, a Carla com a Justine? Já que a minha irmã foi a primeira vítima e era a única menina?

O rosto de Paige se contorceu em um pedido de desculpas.

— Eu sei. Mas tem algumas diferenças consistentes na forma como elas morreram. A maior é que a Carla não foi encontrada perto da água. E tem uma curva acentuada no cruzamento, então é possível que tenha sido somente um caso de atropelamento e fuga. E, apesar do que pensei na noite passada, você e eu sabemos que não tem nenhuma chance de que qualquer coisa que aconteceu no último verão possa acontecer de novo. — Dei de ombros. — Então, que falem.

Ela apertou minha mão.

— Corajosa. Assim como disse o maravilhoso e perceptivo Garoto Ciência.

Bebi meu café gelado esperando que aquilo tirasse o rubor do meu rosto.

— Falando nisso, preciso descer para o salão. O Simon me mandou uma mensagem de manhã dizendo que ele e o Caleb iam tomar café aqui, além de almoçar. Mas não se preocupe, eles vão pagar pela refeição. Acho que ele quer ver por si mesmo que eu cheguei inteira aqui.

— Por favor. Se o Simon quiser filé-mignon no lugar de bacon no sanduíche de ovo, eu faço para ele... e de graça. Qualquer um que faça minha Vanessa tão feliz como ele faz merece ter o que quiser. — Ela sorria quando se levantou e pegou o *laptop* e as pastas. — E o Caleb também. Por associação, é claro.

— É claro.

Seu sorriso ficou maior. Eu estava quase perguntando se tinha perdido algo quando o sorriso dela desapareceu e ela olhou para mim, parecendo muito séria de uma hora para a outra.

— Aliás, desculpa. Por aquela noite no Murph's. Eu não me desculpei e realmente queria que você soubesse como me senti mal depois que saímos de lá. Não sei o que deu em mim... Acho que tudo aquilo foi demais, sabe? Ver todas aquelas fotos e pensar naquilo tudo de novo.

Levantei também.

— Tudo bem. Eu entendo.

Ela abriu os braços e me abraçou por sobre a mesa.

— Tá vendo? — Ela fungou. — Estou a uma tragédia de ter um colapso.

— Que bom que essa tragédia mais recente é também a última.

Descemos e nos separamos na cozinha. Paige foi procurar por Louis, que parecia estar passando por um miniataque de nervos com a fritadeira, e eu desviei em direção ao salão de refeições.

— Vanessa! Graças a Deus!

Parei perto do bar. A porta vaivém balançou, batendo em mim e me empurrando para frente. Natalie entendeu meu movimento como um tipo de oferta e empurrou uma cafeteira para mim quando passou.

— A mesa oito precisa de café, a dez precisa de outro lugar e a quatro está sem açúcar.

— Tudo bem, mas eu não estou...

— Ah, e você sabe mexer no ar-condicionado? Está meio quente com toda essa gente aqui. Obrigada!

Ainda segurando a cafeteira, analisei o salão e contei.

Oito mesas. Havia vinte mesas no salão de refeições... e apenas oito estavam vazias. Aquele era sem dúvida o momento mais ocupado do Betty desde que o verão começara.

Havia barulho de pratos na cozinha atrás de mim. As vozes aumentavam. Segui, começando com o café da mesa oito.

— Já não era sem tempo — grunhiu um homem enquanto eu enchia sua xícara.

— Desculpe pela demora — eu disse. — Estamos com pouco pessoal hoje.

— Não ligue para ele — disse o amigo do homem. — Geralmente, ele toma o café de outro jeito: queimado e na loja de conveniência do posto de gasolina.

Olhei para as mãos deles enquanto sorria. O primeiro homem usava aliança. O segundo, não.

— Posso trazer mais alguma coisa para vocês? — perguntei.

— Seu número de telefone seria legal. — O cara solteiro bebeu todo o café que eu tinha acabado de servir. Sorrindo, estendeu a xícara, que enchi novamente.

— A garçonete vai vir atender vocês daqui a pouco.

— Sem pressa. — Seu sorriso ficou maior. — Quando a vista é boa, gosto de aproveitar o máximo que posso.

Forcei um sorriso e me virei. Ciente de que seus olhos estavam em minhas costas quando saí, corri para o bar e peguei um conjunto de prato e talheres e um açucareiro. Coloquei-os nas respectivas mesas, rápido demais para receber qualquer atenção, e fui para a recepção, onde várias pessoas esperavam por uma mesa. Peguei os cardápios do aparador e levei os clientes — três grupos, todos formados apenas por homens

~ 167 ~

— às mesas. Vislumbrando meu reflexo no espelho sobre a lareira escura, vi o suor já brotando em minha testa e me lembrei do comentário de Natalie sobre o ar-condicionado. O termostato estava do outro lado da sala, perto da porta da cozinha; corri para lá, atendo-me ao perímetro do salão para manter uma distância segura de meu admirador.

Enquanto eu baixava a temperatura de vinte e quatro graus — segundo Paige, o mais baixo que poderíamos atingir sem pagar uma conta de eletricidade astronômica — para vinte e dois, meu celular vibrou no bolso.

O Caleb acordou tarde. Chego logo. S.

Respondi:

Fique à vontade. Estarei aqui.

— As bebidas são de graça hoje.

Ergui os olhos. Paige estava parada perto de mim, com as mãos nos quadris, olhos na multidão, avental na cintura.

— O quê? — Eu tinha escutado, mas não havia entendido.

— O pai da Natalie prometeu descontos para qualquer um que chegasse aqui antes das oito da manhã. Então vamos dar bebidas de graça. Todo o café, chá, suco de laranja ou refrigerante que conseguirem tomar. E, se pedirem para encher garrafas térmicas antes de irem embora, vamos fazer isso também.

Alguma coisa — suspeita, desconfiança, inveja — fez soar um alarme dentro de mim.

— Como assim, o pai da Natalie? O que ele tem a ver com isso?

Ela tirou um elástico do punho e prendeu o cabelo em um rabo de cavalo.

— Outro dia, eu e ela tivemos algumas ideias sobre como alavancar os negócios. Algumas ela dividiu com o pai, que aparentemente dividiu com toda a marina. Fiquei brava quando soube, mas... *olhe* para este lugar! — Ela se virou para mim, os olhos azuis brilhando. — Talvez dê tudo certo afinal.

Abri a boca para fazer mais perguntas, mas desisti quando ela pegou uma caneta e um bloco de papel de seu avental e entregou para mim.

— Você não se importa, não é, de anotar alguns pedidos? Só por hoje, prometo. Assim que eu tiver um segundo livre, vou ligar para alguns garçons que saíram faz algumas semanas. — Ela se inclinou e beijou meu rosto. — Obrigada. Você é o máximo.

Observei-a pegando outro bloco e caneta de seu avental e depois mergulhar no mar de mesas. Antes de ser gerente, Paige havia sido garçonete, e agora ela sorria e gargalhava, conversava e brincava, encantando instantaneamente os clientes. E só quando ela passou pela mesa de meu admirador e deu a ele um olhar apreciativo foi que percebi que os clientes masculinos eram maioria. Em meio aos trinta clientes no Betty, apenas quatro tinham uma bolsa pendurada no encosto da cadeira. O resto eram homens famintos, imundos e malvestidos. E não homens quaisquer: pescadores. Caras que estavam ali para uma última refeição antes de enfrentar o mar.

O Betty sempre estivera ali, mas, em sua história recente, o restaurante era um local mais frequentado por turistas que por nativos. Essa multidão era, definitivamente, uma novidade — e uma novidade necessária. Então, apesar das minhas reservas, a maior parte delas com os brindes que Natalie oferecia sem o consentimento oficial de Paige, segui para uma mesa que tinha acabado de ser ocupada.

Pelos próximos vinte minutos, não parei de trabalhar. Mal respirei. Com Paige e Natalie, anotei pedidos, enchi copos, servi pratos, limpei e sequei mesas e banquei a recepcionista também. Além disso, ignorei elogios e me esquivei de flertes, o que era mais difícil — e cansativo — do que atender às necessidades de meus clientes antes que eles percebessem que tinham alguma. Logo eu estava tão acalorada, sedenta e exausta que comecei a me esconder atrás do bar entre as tarefas para beber água salgada.

Tinha acabado de beber e me levantar rapidamente quando meu celular vibrou com uma nova mensagem de Simon.

Estamos indo. Não vejo a hora de te ver.

As palavras estavam embaralhadas. Pisquei para limpar a visão e levei a mão à cabeça, que girava. Fechei o telefone, me abaixei para beber mais um pouco do copo que mantinha atrás do balcão e me levantei novamente. Dessa vez, meu corpo balançou para a esquerda. Agarrei a caixa registradora para me equilibrar.

— O banheiro feminino está sem papel — anunciou Paige enquanto se apressava na direção da cozinha. — Você pode pegar mais alguns rolos? Por favor? Obrigada!

Grata por ter uma desculpa para deixar o salão, peguei um saleiro de reposição na parte debaixo do bar e corri para a recepção, onde ficavam os dois banheiros. Minhas pernas pareciam mais leves a cada passo; quando a entrada principal do restaurante surgiu à vista, corri a distância que faltava e irrompi pela porta do banheiro feminino.

Lá dentro, me certifiquei de que ambas as cabines estavam vazias antes de fechar a porta e abrir a torneira. Quando a pia encheu, abri a tampa de metal do saleiro e joguei o sal. Agitando a água com a mão, chequei minha aparência no espelho — e fiquei feliz por estar sozinha, porque assim ninguém poderia me ouvir ofegar.

Eu parecia bem e normal mais cedo, depois de nadar no mar e tomar banho, como sempre fazia. Mas agora minha pele estava tão branca quanto a pia de porcelana, apesar de eu estar morrendo de calor. O suor descia pelo meu rosto e pescoço, escurecendo a gola da minha camiseta. Eu tinha secado meu cabelo depois do banho, mas agora ele estava tão molhado quanto quando saí do oceano. O *gloss* que eu sempre usava tinha evaporado dos meus lábios, que estavam levemente roxos e rachados.

Mas meus olhos eram a parte mais assustadora. Usualmente, eles eram cor de avelã, com um ocasional brilho azul. De vez em quando, dependendo da luz, pareciam cinzentos — até mesmo prateados. Ultimamente, o brilho metálico vinha se tornando mais frequente, o que fazia meu estômago se revirar, já que olhos prateados eram uma característica física que a maioria das sereias tinha em comum.

Mas isso era ainda pior.

Não era apenas a cor de meus olhos, que parecia mudar do azul-ardósia para o cinza metálico e para o verde-escuro, lembrando as profundezas do oceano. Nem mesmo a mancha de neblina que parecia se esconder atrás deles. É que eles pareciam tão menores... porque minha pele estava flácida. Minhas sobrancelhas se afundaram, empurrando minhas pálpebras para baixo. Os cantos internos e externos caíram. Abaixo dos cílios inferiores, a superfície normalmente lisa estava enrugada.

Eu me afastei e observei.

O que está acontecendo comigo?

Sem pensar no que estava fazendo, dirigi essa pergunta silenciosa para Charlotte e esperei pela resposta. Quando não veio nenhuma, abaixei a cabeça e comecei a jogar água no rosto, pescoço e braços. Juntei as duas mãos, as mergulhei na água da pia e bebi. Fiz isso até não poder mais sentir o sal e meu rosto parecer mais frio. E então olhei novamente.

Melhor. Não muito — meus olhos, embora de volta ao tamanho normal, ainda estavam muito escuros —, mas minha pele estava mais firme e lentamente voltava a ficar rosada.

Foi isso que Charlotte quis dizer quando afirmou que as Ninfeias precisam de mais energia e com mais frequência do que as sereias comuns? Eu pareceria dez anos mais velha a cada dia se não me cuidasse constantemente? E, se eu era mais capaz do que as sereias comuns, isso não deveria tornar mais fácil conseguir energia?

A porta do banheiro sacudiu, me fazendo pular. Quando não conseguiu entrar, a pessoa do outro lado bateu.

— Um segundo! — Arranquei toalhas de papel da bandeja na parede. Depois de secar o rosto, peguei a chave no bolso da bermuda e fui até o armário de suprimentos. Abri a porta e procurei por rolos extras de papel, que não estavam lá. A prateleira estava vazia.

Saí do banheiro, expliquei a situação para a mulher que estava esperando para entrar e disse que logo voltaria. Encontrei Paige e perguntei onde estavam os suprimentos extras. Ela me disse para ir até o armário principal no porão. No caminho até lá, vislumbrei novamente meu reflexo no espelho acima da lareira do salão de refeições e vi que, tão rápido quanto havia melhorado, minha pele já estava ficando flácida de novo. E também vi que meu admirador ainda não tinha ido embora... e que estava me observando.

Chequei o relógio. De acordo com sua última mensagem, Simon deveria chegar a qualquer minuto. O que tínhamos visto na volta para Winter Harbor na noite anterior havia sido um imenso lembrete de tudo que eu queria que ele esquecesse, e, se eu tivesse qualquer chance de recuperar o tempo perdido, ele não poderia me ver no estado em que eu estava. Não importaria o que eu dissesse depois disso, Simon ficaria preocupado no mesmo instante e talvez não pudéssemos voltar a ser como antes. A solução mais rápida e fácil era correr até o píer atrás do restaurante e pular no mar. O problema era que não havia meio de fazer isso sem que alguém notasse.

Mas havia outra opção.

— Olá. — Parei a poucos passos de meu admirador de meia-idade e sorri. — Como vão as coisas por aqui?

— Lentas — o outro homem grunhiu. — Mas tudo bem.

Com o coração batendo acelerado, encostei um quadril na mesa e encarei o mais jovem.

— Como *você* está?

Ele relaxou na cadeira e me observou de cima a baixo.

— Ainda faminto.

— Lamento ouvir isso. O que mais posso trazer para você? Panquecas? Torradas?

Os olhos dele se estreitaram levemente. Nós dois sabíamos que ele não estava falando de comida. E foi por isso que eu me inclinei para frente, coloquei a mão em seu braço e levei a boca até perto de seu ouvido.

— Qual é o seu nome?

Sob meus dedos, os músculos dele ficaram tensos. A energia foi liberada da pele dele diretamente na minha.

— Alex.

Engoli em seco e tentei novamente.

— De onde você é?

Ele respirou com dificuldade. Minhas pernas se endireitaram.

— Portland.

— Ótima cidade. — Aproximei ainda mais os lábios. — Ou pelo menos é o que dizem.

A cabeça dele se inclinou em convite. A força em minhas pernas aumentou, chegando ao peito e ao pescoço.

— Você devia ir conhecer. Posso fazer você se divertir.

A voz dele vacilou. Eu me levantei lentamente e chequei o resultado dessa troca de energia no espelho acima da lareira.

— Perfeito — eu disse.

Apertei o braço dele para agradecer e atravessei a sala sem olhar para trás. Na cozinha, cuidei para ficar fora da linha de tiro verbal e física de Louis, que tomava quase todo o lugar graças ao inesperado movimento do café da manhã, e permaneci perto da parede enquanto seguia até a escadaria dos fundos.

Logo percebi que o porão era a única parte do restaurante que Paige resolvera não incluir na reforma, decidindo que ele não precisava de nenhuma pincelada de tinta ou lâmpada nova. Estava escuro e úmido, e cheirava a mofo e batatas fritas. Mobília descartada, rouparia e utensílios formavam pilhas ao acaso. O armário de suprimentos ficava nos fundos do cômodo, e levei vários minutos para me mover pelo caminho estreito e tortuoso até lá. Senti um pequeno alívio quando a porta se abriu facilmente e a luz do teto funcionou, mas aquela sensação acabou quando localizei o papel higiênico extra colocado em caixas na prateleira próxima ao teto.

— Perfeito — disse eu novamente, com menos entusiasmo do que momentos antes.

Caminhei pelo porão até achar uma velha cadeira dobrável de metal que não quebrou em dois quando a abri. Levei-a até perto do armário e a coloquei em frente às prateleiras, para depois subir nela. Com a altura extra, a ponta dos meus dedos apenas alcançava a ponta da caixa. Eu a puxei lentamente, até que estivesse metade para fora e começando a cair. Então a agarrei com as duas mãos — e a deixei cair quando a cadeira dobrou debaixo de mim.

Caí de joelho no chão. A caixa não me acertou quando tombou, mas bateu na lâmpada do teto. Tentei proteger o rosto dos cacos que caíam, escondendo-me sob a prateleira mais baixa.

— Vanessa?

Mal ouvi a voz masculina sob o som do vidro quebrando, mas sabia que tinha que ser Simon. Graças a Deus. Paige deveria ter dito a ele que eu estava ali.

— Oi! — Saí de debaixo da prateleira tentando encontrar meu caminho naquela escuridão. — Já vou aí!

Usando o celular como lanterna, encontrei a caixa e a virei para cima. Ainda estava fechada, então segurei o telefone entre os dentes enquanto pegava minhas chaves no bolso. Coloquei a mão na caixa, pronta para cortar a fita, e cambaleei para trás quando um pedaço de vidro entrou na palma da minha mão.

Gritei. O telefone caiu no chão e a luz fraca se apagou.

— Ei. O que aconteceu?

Virei em direção a Simon. Ele parecia diferente. Preocupado, mas algo mais também. Infelizmente, não pude checar seu rosto em busca de pistas. O porão estava tão escuro que eu conseguia apenas sentir, e não ver, o sangue pingando da minha mão.

— Nada — respondi. — Eu só cortei a mão. Mas tudo bem. Estou bem.

Na verdade eu estava com muita dor, mas não queria que ele soubesse. Fechei os olhos quando eles se encheram de água e não protestei quando ele pegou minha mão gentilmente. Esperei pela preocupação automática, a insistência de que meu machucado não era "nada".

Mas ele não disse uma palavra. Segurou minha mão por um momento, depois deslizou os dedos ao redor de meu pulso e colocou o outro braço em volta da minha cintura.

Fiquei paralisada, não tinha certeza do que ele estava fazendo e de como responder. Eu fora tão convincente ontem que ele acreditara facilmente em mim hoje? Se era assim, eu deveria ir em frente para impedi-lo de perguntar?

Ele me puxou para si. Pressionei minha mão boa em seu peito.

— Ei — eu disse gentilmente. — Tenho certeza que estou bem, mas é melhor passar alguma coisa no machucado, só por precaução.

Seu rosto estava próximo do meu. Senti quando ele concordou.

— Em um segundo — sussurrou.

Meu celular, ainda no chão, vibrou. A pequena luz vermelha não era forte o suficiente para iluminar o cômodo, mas foi o bastante para eu ver as botas marrons manchadas pressionadas contra a ponta das minhas sandálias.

Simon não usava esse tipo de bota. Ele nem tinha um par delas. Mas Alex, o cara com quem eu tinha acabado de flertar, usava. Percebi isso quando me inclinei para frente para falar próximo ao seu ouvido.

Abri a boca para gritar e levei o braço para trás, para dar impulso para frente, tão forte quanto conseguisse. Mas o outro braço dele serpen-

~ 175 ~

teou ao redor da minha cintura, apertando. Seu peito se flexionou contra o meu quando ele se moveu, e eu sabia que não tinha como vencer uma briga com ele — não usando meus músculos comuns, pelo menos.

Forcei as mãos para cima, os braços a ficarem ao redor do pescoço dele, minha voz a soar suave, firme.

— Você gosta da praia? — perguntei.

Ele concordou contra meu pescoço.

— Por que não vamos dar uma volta? Está um dia tão bonito. Eu adoraria passar o dia com você lá fora.

— Sim — murmurou ele. — Depois.

Seus lábios roçaram meu pescoço. Eu engoli um grito.

— Que tal agora? — especulei.

Ele se inclinou sobre mim, empurrando-me contra a prateleira. Suas mãos se moviam nas laterais do meu corpo. Quando tentei falar novamente, ele me silenciou com a boca.

Afastei o rosto e me contorci sob o peso dele. Ele não disse nada quando empurrou mais forte, buscando minha boca com a dele. A luta consumia minha energia, e eu sabia que estaria indefesa em questão de segundos.

Então gritei. Tão alto quanto consegui. Só que o som não era agudo. Não era estridente ou alarmante

Era suave. Doce

Eficiente.

Alex me soltou e cambaleou para trás. Espantada com a reação — e com o que a causara —, levou um segundo para que eu me movesse. Finalmente, corri para a porta. Atravessei o porão e subi os degraus. Estava vagamente ciente da luz brilhando atrás de mim.

Lutei para me recompor enquanto voava pela cozinha. Não queria alarmar os clientes, mas precisava de Paige. De Simon. De alguém para me ajudar a entender o que tinha acabado de acontecer.

Felizmente, não tive que ir muito longe. Simon e Caleb estavam sentados no bar. Paige estava servindo café a eles.

— Vanessa? — Simon pulou de sua banqueta, e Caleb fez o mesmo.

— Ah, meu Deus. — Paige deixou a cafeteira no balcão e pegou uma pilha de toalhas limpas.

— Estou bem — eu disse quando eles me rodearam.

O que era mentira, por três motivos.

O corte na minha mão era tão profundo que o sangue escorria para o chão.

Um machucado como aquele deveria doer tanto que a amputação seria uma alternativa interessante, mas meu corpo estava tão completamente esgotado que eu não senti nada.

E o mais alarmante de tudo: Alex, o pescador de Portland, não estava no porão.

Ele estava na mesa onde eu o havia deixado, comendo panquecas.

15

— SE VOCÊ NÃO queria servir mesas, era só me dizer, sabia?

Simon olhou feio para Paige.

— Desculpa — disse ela. — Mas doze pontos? Eu tenho que fazer piada, senão...

— Senão ela vai ter um treco — completei com leveza —, e ainda temos muito verão pela frente para isso acontecer agora.

Simon se virou para mim.

— Você está bem? Precisa de mais alguma coisa?

— Eu tenho comida, travesseiros, cobertores e minhas pessoas favoritas. O que mais eu poderia querer? — Dei palmadinhas no sofá ao meu lado. — Senta aqui. Por favor. Come alguma coisa.

Seu rosto se franziu ainda mais quando seu olhar caiu sobre minha mão enfaixada.

— É só a mão esquerda — eu disse. — Se eu ainda consigo segurar um *hashi*, consigo fazer qualquer coisa.

A dúvida permaneceu em seu rosto, mas ele acabou se sentando e pegando o prato na mesinha de centro.

— Câmeras de segurança — anunciou Paige, mordendo um rolinho primavera. — É a próxima coisa que vou comprar, com certeza. Não acredito que o restaurante ficou sem isso por tanto tempo.

— Ótima ideia — disse Simon.

— Mas não essencial. — Eu queria tranquilizar Paige, porque sabia que ela se sentia responsável. — O restaurante nunca teve problemas desse tipo, certo? E além do mais, eu estava no porão. Você não pode monitorar cada cantinho escuro.

— Posso sim — disse ela.

— Vanessa, você pode nos contar, passo a passo, tudo o que aconteceu? — perguntou Caleb, sentado na namoradeira. — Mais uma vez?

Segurei um suspiro. Eu já havia contado no carro no caminho para o hospital, para onde eu não queria ir, mas fui mesmo assim, já que não conseguimos controlar o sangramento só com curativos e gaze. Eu queria muito que os médicos não precisassem tirar sangue ou fazer qualquer outra coisa que os alertasse de que eu não era uma paciente igual aos outros, e felizmente eu estava certa; ficamos lá por menos de uma hora, sem ter que fazer nenhum teste ou exame extra. Então, depois de sair do hospital, eu havia contado a história uma segunda vez enquanto íamos para a casa do lago. Eu sabia que meus amigos só estavam preocupados e queriam se certificar de que tinham toda a informação, mas eu preferiria deixar para lá e esquecer tudo aquilo. Eu sentia que, quanto mais a gente falava a respeito do que tinha acontecido, mais distante meu quase totalmente feliz encontro com Simon parecia ficar.

Mas era isso ou ir à polícia. Paige e eu não queríamos atrair ainda mais atenção para a situação, e convencemos os garotos de que alertar a delegacia de Winter Harbor não era necessário — ainda. Quanto mais eles soubessem, melhor se acostumariam à ideia de descobrir quem tinha me atacado e por quê, sem envolver as autoridades.

— Eu desci até o porão para pegar papel para o banheiro — falei.

— Enquanto estava em cima de uma cadeira, apanhando uma caixa no armário onde eles ficam armazenados, ela caiu e bateu em uma lâmpada, que se estilhaçou. Eu estava tentando abrir a caixa com minhas chaves quando entrou um cara, que eu achei que era o Simon, porque estava muito escuro. Ele foi meio bruto, eu me cortei em um estilhaço da lâmpada, ele se assustou e eu fugi.

— E ele te empurrou? — Caleb perguntou. — Foi isso?

Olhei rapidamente para Simon. Eu havia omitido alguns detalhes que achei que o deixariam contrariado sem necessidade, e sua mandíbula ainda estava tensa enquanto ele olhava fixamente para o prato intocado em seu colo.

— Foi isso. Então, na verdade, foi bom eu ter me cortado e gritado. Porque o cara grande e durão não aguentou ver sangue.

— Mas, se estava tão escuro — Paige disse pensativa —, como ele *viu* o sangue? — Nossos olhos se encontraram. Os dela se arregalaram e ela falou só movendo a boca, sem emitir nenhum som. — Desculpa!

— O Simon ligou nessa hora — respondi —, e ele viu o sangue depois que a luz do meu celular, que tinha caído no chão, iluminou o ambiente.

— Mas mesmo assim ainda estava escuro demais para você ver o rosto dele? — perguntou Caleb.

— Eu não fiz muita força para ver — confessei. — Só queria fugir dali.

A mão de Simon encontrou meu joelho e o apertou de leve.

— E ninguém mais viu nem ouviu nada? — disse Caleb, falando com Paige. — O pessoal da cozinha não notou um cara estranho e zangado passando por eles?

— O pessoal da cozinha era Louis e um ajudante de garçom, que estavam tão doidos com o volume de trabalho que não teriam notado nem se um avião comercial pousasse no balcão de montagem dos pratos. Não existe outra saída do porão, e ele certamente não voltou pelo salão, então provavelmente escapou pela entrada dos funcionários. —

Ela enfiou na boca o último pedaço de seu rolinho primavera, mastigou e engoliu. — Por isso precisamos de câmeras de segurança. Amanhã.

— Ele deve estar com aquele grupo, certo? O que estava revirando o passado, falando do último verão, os donos da câmera? — Ele balançou a cabeça. — É a única coisa que faz sentido.

— Ou pode ter sido um daqueles caras da caminhonete laranja.

Simon olhou para Paige.

— Que caras?

— Que caminhonete laranja? — perguntou Caleb.

Nossos olhos se encontraram novamente. Dessa vez, ela nem se deu ao trabalho de pedir perdão silencioso.

— Sabem de uma coisa? Eu disse a Natalie que ia ligar dando notícias, e está ficando tarde, então vou fazer isso logo. — Ela ficou de pé, levando seu prato de comida chinesa com ela. — A ligação fica melhor lá fora. Vou estar no deque se alguém precisar de mim.

Ela saiu. Caleb, Simon e eu ficamos calados por alguns segundos, antes de Caleb se levantar e ir em direção à porta.

— Por falar em câmera, eu não chequei nosso *e-mail* hoje. Já volto.

Assim que ele saiu, eu me endireitei e enganchei um braço no de Simon.

— Não foi nada — eu disse.

— O que... não foi nada? — perguntou ele, a voz tensa.

— Algumas semanas atrás, dois caras, pescadores, acho, falaram comigo na loja de material de construção, quando fui até lá comprar uma coisa para o meu pai. Quando eu saí, eles me seguiram pela cidade por alguns minutos. Foi só isso.

Ele pousou o prato na mesa, se soltou de mim e mudou de posição no sofá para me olhar de frente.

— Vanessa, isso é importante, sim. Seria importante mesmo se o resto não tivesse acontecido: o que você ouviu durante a visita dos interessados no imóvel, a câmera, a Carla, o que aconteceu hoje... Por que você está agindo como se não fosse?

— Não estou. — E eu não estava, ao menos não para mim mesma.
— É só que... eu estou bem. Eu *vou ficar* bem.

Ele pegou minha mão machucada.

— Doze pontos não é estar bem. Algo pior podia ter acontecido se eu não tivesse ligado hoje de manhã. Isso também não está bem. Nós precisamos conversar sobre essas coisas.

Eu não disse nada. Só uma pergunta me veio à cabeça — *Por quê?* —, e eu não queria fazê-la, porque não queria ouvir a resposta.

— Você os reconheceu? — Simon perguntou baixinho, um momento depois. — Os caras na loja de material de construção?

— Não.

— Mas eles dirigiam uma caminhonete laranja?

Assenti com a cabeça.

— Era velha. Quadrada. Com varas de pescar na caçamba.

— Placa do Maine?

— Acho que sim. Estava bem escuro.

— Certo. Eu não lembro de ver uma caminhonete assim por aí, mas a maioria dos pescadores, locais ou não, passa pela marina em algum momento, para comprar isca e equipamentos. O Caleb e eu vamos ficar de olho. Nesse meio-tempo, se outra coisa acontecer, mesmo algo que pareça insignificante, como algum cara esbarrando em você na rua... você me conta? Por favor?

A voz dele estava tão triste que eu concordei, mesmo sabendo que iria continuar editando os acontecimentos conforme necessário. Se nós dois queríamos a mesma coisa, o que importava a forma pela qual um de nós ajudava a fazer com que ela acontecesse?

— Na verdade, tem mais uma coisa que preciso — falei, depois de ficarmos brincando com a comida em silêncio durante o que pareceram horas. — Algo que definitivamente vai fazer eu me sentir melhor.

O rosto dele se iluminou.

— Outro cobertor? Mais água?

Eu me levantei e estendi a mão boa. Ele olhou de relance para a porta dos fundos, que continuava fechada, e pegou minha mão. Eu o levei pela sala de estar e escadas acima.

— Vanessa — sussurrou ele —, aonde nós vamos? O segundo andar não está proibido?

— Não mais do que o primeiro. — O qual, por causa da ausência de pais na casa do lago, havia se tornado nosso ponto de encontro noturno não oficial. — E ninguém vai saber que estivemos aqui. Eu só quero te mostrar uma coisa.

Estava um breu no andar de cima, mas eu conhecia cada milímetro tão bem que chegamos ao quarto no final do corredor sem trombar em nada no caminho. Mantive a lâmpada dali apagada também, deixando que o brilho azulado do luar nos guiasse até o pequeno banco sob a janela, do outro lado do quarto.

— O que estamos olhando? — ele espiou pela janela.

— Meu lugar favorito.

— O lago? É uma vista e tanto.

— A melhor da casa. Mas não foi isso que eu quis dizer. — Ainda segurando a mão dele, eu o puxei de leve até que ele ficasse de frente para o lado direito do assento sob a janela, então empurrei seu ombro para baixo, para que ele se sentasse. — Olhe agora.

Ele entortou o pescoço.

— É um ângulo estranho. Só consigo ver uma porção de folhas e parte da minha casa.

— Qual parte?

— O telhado... e uma janela do escritório.

Hesitei, querendo ver se isso significava alguma coisa para ele. Quando **ele** se virou para mim, expliquei.

— Você gostava de estudar ali. Na mesa perto da janela. Eu sei porque passei muitas noites de verão lendo, sentada bem aí. Você ficava lá, de cabeça baixa, calculando, ou medindo, ou analisando, enquanto eu lia, e ainda estava lá quando eu olhava de novo, cem páginas depois.

— A luz devia ser muito boa aqui.

— Não era a melhor da casa, na verdade. — Quando ele se virou para me olhar novamente, eu acrescentei: — Eu não estava, tipo, te espionando nem nada assim. Mas era bom saber que você estava lá. Me confortava.

Ele pareceu estudar a vista. Enquanto os segundos passavam, eu me perguntei se falar no passado tinha sido uma boa ideia. Certamente não era a escolha óbvia para tentar convencê-lo de que eu era outra pessoa, mas achei que ainda poderia funcionar, já que a antiga Vanessa não teria sido corajosa o suficiente para compartilhar este local e este segredo.

Antes que eu pudesse ficar preocupada de verdade, ele se virou para mim novamente e disse:

— Eu não me importaria se você estivesse me espionado.

Ele enganchou um dedo no bolso do meu jeans e me puxou para seu colo. Eu me aninhei contra o seu peito e encolhi as pernas. Ele passou os dois braços ao meu redor e me abraçou apertado. Então, já que estava funcionando tão bem até agora, fechei os olhos e compartilhei algo mais.

— Eu quero ficar com você, Simon — sussurrei. — Não sei se eu devia estar dizendo isso... não sei se você quer ouvir isso... mas eu quero ficar com você.

Eu podia sentir o coração dele bater mais forte, mais rápido.

— Você é a primeira coisa em que eu penso quando acordo, e quero poder ligar e ouvir sua voz. Quando algo de bom acontece, eu quero contar para você, antes de qualquer outra pessoa. Quando eu não consigo dormir à noite, quero me entregar ao sono sabendo que vou ver você no dia seguinte. — Abri os olhos e encontrei os dele. — Mais do que qualquer outra coisa, eu quero fazer você feliz, não aflito, ou preocupado, ou querendo me proteger. *Feliz*. Todos os dias, pelo tempo que você me permitir. Se você permitir.

Essas, também, eram palavras que eu não teria dito um ano atrás, apesar de serem tão verdadeiras então quanto eram agora.

～ 184 ～

— E se o tempo mais longo que eu puder permitir for um mês? — perguntou ele, baixinho.

Meu coração ficou apertado. Será que ele ia voltar para a escola mais cedo? Será que ele, como Charlotte, achava que era melhor cortar os laços agora do que mais tarde?

Fazia diferença?

— Eu aceito — respondi.

Ele me puxou para perto e ergueu o queixo, de forma que seus lábios estavam a poucos centímetros dos meus.

— Neste verão?

— Melhor ainda.

Sua boca chegou mais perto da minha.

— Para sempre?

Uma bola incandescente explodiu na minha barriga, espalhando ondas de calor pelo meu corpo.

— Por favor.

Os beijos que se seguiram pareciam novos, diferentes — diferentes até mesmo dos que trocáramos na ponte. Eram ao mesmo tempo ternos e famintos, macios e firmes, doces e apaixonados. E provavelmente teriam durado até sentirmos a luz do dia nas costas quando o sol nascesse na manhã seguinte, se uma porta não tivesse batido subitamente, abaixo de nós.

— Simon? — gritou Caleb.

— Vanessa? — chamou Paige.

Nós nos separamos e ficamos de pé em um pulo. Simon pegou minha mão e segurou firme, enquanto corríamos para fora do quarto e escadas abaixo.

— Que foi? — perguntou ele, antes mesmo de chegarmos ao último degrau.

Paige empurrou para o lado as caixinhas de comida chinesa que enchiam a mesa de centro. Caleb colocou seu *laptop* aberto na mesa. Ambos se sentaram na beirada do sofá e olharam fixamente para a tela.

— Recebemos respostas — disse Caleb. — Para o anúncio da câmera no *Herald*.

— Você deu o nosso *e-mail*? — perguntei, seguindo Simon e contornando a mesinha.

— Criei um endereço só para isso.

— Cameraperdidaemwinterharbor arroba gmail ponto com — disse Paige, lendo a tela. — Esperto.

— Obrigado. — Os dedos de Caleb voavam pelo teclado enquanto ele digitava. — Eu não tinha certeza se a nossa internet *wireless* chegaria até aqui, então só fiz o *download* de todas as mensagens, sem ler.

Ficamos em silêncio, enquanto olhávamos os *e-mails* serem carregados.

— São todos de endereços diferentes — disse Paige.

— Que parecem tão inventados quanto o seu — disse Simon, chegando mais perto da tela. — Um monte de letras e números aleatórios, todos do mesmo provedor.

— E todos têm arquivos anexados — disse eu, notando os ícones. — O que eles fizeram? Tiraram fotos com outra câmera para provar que a que nós temos é deles?

— Mas eles só precisariam de um endereço de *e-mail* para isso — disse Paige.

Essas perguntas foram respondidas enquanto outras surgiam. Os anexos eram fotos — cada *e-mail* continha uma foto e nenhuma mensagem —, mas não as que nós já tínhamos visto. Havia algumas de natureza, *closes* de outras pedras e gramados, e também algumas tiradas pela cidade; na sorveteria do Eddie, no minigolfe, na biblioteca. Havia gente nas últimas, apesar de elas não parecerem saber que alguém as estava fotografando. E a câmera não estava focando nenhuma pessoa específica.

— Isso é tudo — disse Caleb, assim que a última mensagem tinha sido carregada.

— Você pode mapear os locais? — perguntou Simon.

Caleb digitou mais um pouco.

— Não tem coordenadas. Eles devem ter ficado espertos e por isso desabilitaram o GPS na câmera nova.

Ele começou a passar as fotos uma a uma, lentamente. Eu estava procurando algo em comum nelas quando Paige segurou a mão de Caleb, parando o cursor.

— Aquela garota está em todas as fotos de gente — apontou ela.

— Como é que você sabe? — perguntou Caleb. — Não dá nem para ver o rosto dela nesta aqui.

— Bolsa verde e sapatos rosa — disse Paige. — Difícil não notar.

Ela estava certa. A garota, que havia sido retratada comprando um *sundae*, jogando minigolfe, devolvendo um livro na entrega expressa e fazendo outras atividades, estava em todas as fotos em que apareciam pessoas.

— Por quê? — perguntou Simon. — Quem é ela?

Enquanto Caleb aumentava o *zoom* da foto para ver melhor, o computador apitou.

— Acho que o nosso *wireless* chega até aqui, afinal. — Ele minimizou a foto e maximizou seu *e-mail*, que continuava aberto. — Tem uma nova mensagem e mais uma foto.

A foto também era de gente, mas havia apenas uma pessoa nela. E não era a mulher com a bolsa verde e sapatos cor-de-rosa.

Era Carla. Ferida e inconsciente, o corpo dobrado na altura da cintura, os pulsos amarrados. Seus olhos, meio fechados e aparentemente suplicantes, encaravam a câmera.

Uma porta de carro bateu do lado de fora. Simon e Caleb pularam do sofá ao mesmo tempo e correram para a janela do vestíbulo.

— Um Audi preto — anunciou Simon. — É a sua corretora.

Fiquei de pé, o coração batendo forte, aliviada por ter uma razão para afastar os olhos do computador.

— Você estava esperando por ela? — perguntou ele.

— Não, mas isso não significa nada. Ela provavelmente só veio deixar algo aqui para a próxima visitação. — Beijei o rosto dele enquanto abria a porta. — Eu vou ficar bem, mas sinta-se à vontade para ficar me olhando daqui.

— Obrigado. Farei isso.

O porta-malas do Audi se abriu enquanto eu me aproximava. Só depois que ele se fechou eu percebi que não era Anne quem estava atrás dele. Era Colin.

— Vanessa, oi — sorriu ele. — Eu não sabia que você estava aqui

— Pois é. — Olhei para trás e acenei para Simon. — Eu e os meus amigos só estávamos fazendo um último jantar. Sabe como é, relembrando os velhos tempos e tal. Não contamos aos nossos pais porque achamos que eles nos diriam para ficar longe daqui.

— Entendo totalmente, e não vou dizer uma palavra. — Ele ergueu uma floreira de cerâmica cheia de flores. — Minha mãe me pediu para deixar isso aqui. Ela achou que ia ajudar a melhorar o visual da entrada.

— Parece uma boa ideia. Pode colocar onde quiser.

O lugar que ele escolheu, infelizmente, foi no degrau da frente, onde estava Simon agora. Depois de se apresentar para Simon, que apertou sua mão com cautela, Colin espiou para dentro da sala de estar.

— Isso é um...? — Ele se interrompeu, enquanto seu olhar passava de Simon para mim. — Desculpa, posso dar só uma olhadinha?

— Eu não sei se...

— Claro — interrompi Simon. Eu entendia sua preocupação, mas Colin me parecia bastante inofensivo. Além do mais, eu queria mantê-lo contente, para que ele não se sentisse tentado a contar alguma coisa sobre nosso ponto de encontro, ou a fazer alguma menção sobre o que havia acontecido entre nós dois na praia uma semana antes.

— Está tudo bem — disse eu, depois que Colin entrou na casa e eu passei por Simon. — Ele não vai demorar.

— Esse é o novo MacBook Pro? É, não é?

Simon e eu chegamos à sala de estar bem na hora em que Caleb fechava o *laptop* com força e fuzilava Colin com o olhar.

— Desculpa — Colin recuou, afastando-se da mesinha —, eu não quis ser intrometido. É só que eu ainda não tinha visto um de perto.

— Está tudo bem — falei, antes que alguém dissesse algo de que pudesse se arrepender. — Colin, tem mais alguma coisa que sua mãe esteja precisando?

Ele fez que não com a cabeça e se desculpou novamente. Eu o levei até a porta, observei-o ir embora e fui até o banheiro.

Evitei o espelho enquanto enchia a pia e esvaziava o saquinho de sal que havia escondido entre duas toalhas dobradas, deixadas mais cedo no armário de roupas de banho para embelezar a casa para os interessados. Mas então, ansiosa demais para saber quais seriam os efeitos físicos visíveis depois de um dia tão cheio de tensão, boa e má, eu dei uma olhadinha rápida.

Linda.

Foi a primeira palavra que me veio à cabeça, e eu era a garota mais insegura que eu conhecia. Mas não pude evitar. Diferente do meu reflexo no espelho do banheiro do restaurante de Betty apenas algumas horas antes, minha pele estava macia e lisa, sem a menor ruga ou vinco. Meu cabelo brilhava, caindo em ondas soltas pelos meus ombros. Meus lábios estavam úmidos e rosados.

Meus olhos estavam enormes. Brilhantes.

E mais prateados do que jamais haviam sido.

16

Uma semana depois, nenhuma pista no caso Marciano

Apesar de ter feito numerosos pedidos de pistas à população, a polícia de Winter Harbor ainda não encontrou nenhuma testemunha que tenha estado presente ou próxima à cena da prematura morte da jovem Carla Marciano, de 18 anos.

Quando perguntado se o incidente — e a subsequente falta de informações — teria algo a ver com as mortes relacionadas à água no verão passado, o chefe de polícia Green disse: "Sim e não. Nós experimentamos uma falta de participação do público semelhante no ano passado, mas a natureza das mortes é bem diferente". O chefe Green permaneceu em silêncio quanto à diferença entre as situações, a não ser para dizer: "Esta não foi acidente".

A família da srta. Marciano espera que a verdade finalmente venha à tona, apesar de eles próprios não poderem contribuir muito. "Ela estava no trabalho", disse Pamela Marciano, mãe da vítima. "Minha filha ficou em casa o dia todo, foi trabalhar e chegou lá em segurança, de acordo com um SMS que enviou pouco depois de chegar, e desapareceu durante o intervalo. É só isso que sabemos. Mas alguém deve ter visto alguma coisa. Minha Carla disse que ultimamente o Murph's estava até mais cheio que de costume. Quando estiverem prontas, as testemunhas vão se apresentar. Elas têm que fazer isso."

Compreensivelmente, a tragédia abalou tanto os moradores quanto os turistas. Margot Davenport, professora de natação no Centro Comunitário de Winter Harbor, disse: "Se eu estou assustada? Não. Estou apavorada. Este verão deveria ser a nossa chance de recomeçar. Mas como seguir em frente se estamos constantemente olhando para trás para ver se estamos sendo seguidos?"

O artigo terminava com o número do telefone, *e-mail e site* do departamento de polícia. Passei os olhos pelas outras manchetes da primeira página, e então folheei o restante do jornal. Para o bem e para o mal, Carla ainda era a história principal, o que pelo menos significava que sua morte era a única.

— Estes são os maiores sanduíches de lagosta que eu já vi — disse Charlotte.

Empurrei o jornal para o lado, enquanto ela caminhava até a mesa de piquenique, carregando dois pratos de papel.

— Provavelmente porque, com menos clientes, eles têm crustáceos de sobra. — Peguei um dos pratos e olhei enquanto ela dava a volta na mesa e se sentava, lentamente, no banco do outro lado. Em vez de passar as pernas por cima do assento, ela as manteve do lado de fora e se sentou em ângulo. — Não sei por que você não me deixou buscar o almoço.

— Porque eu sabia que você queria me poupar da caminhada de três metros até o Seafood Shack. — Ela sorriu e abriu um guardanapo de papel no colo. — E isso não era necessário.

Beberiquei minha água, para não discutir. Ela ainda estava ótima em seu longo vestido leve, colete de crochê e óculos de sol enormes, mas se movia ainda mais devagar do que quando chegara a Winter Harbor. Mesmo agora, depois do percurso de ida e volta de pouco mais de seis metros, ela respirava rápido. Sua testa estava úmida de suor. Suas mãos tinham pequenos espasmos enquanto ela levava o sanduíche à boca.

— Posso lhe perguntar uma coisa?

Ela mastigou e engoliu.

— Eu estou bem, Vanessa. Juro.

— Que bom. Mas não era isso que eu ia perguntar. — Eu estava me perguntando isso, claro, mas não queria ser enxerida.

— Ah. — Ela pareceu ao mesmo tempo surpresa e aliviada. — Bem, o que é?

Fiquei contente de o céu azul sem nuvens fazer com que óculos escuros fossem necessários, porque assim ela não poderia ver meus olhos irem até o jornal na outra ponta da mesa.

— Você tem ouvido algo... estranho ultimamente?

Ela estava a ponto de dar outra mordida, mas parou.

— O que você quer dizer com "estranho"?

— Quero dizer, não sei... vozes? Vozes cantando?

Ela abaixou o sanduíche, e eu sabia que tinha me entendido.

— Por quê? Você tem?

— Não... mas eu não sei como fazer para ouvir.

Ela olhou em volta para se assegurar de que estávamos longe o suficiente das outras pessoas no píer, então se inclinou em minha direção.

— E como *você* está se sentindo? Tem tido aquelas dores de cabeça de novo?

Não, mas aquela era uma boa maneira de fazer outra pergunta que eu queria. Havia tantas naquele momento que eu não sabia como começar sem sobrecarregar Charlotte, ou a mim mesma.

Presumindo que Charlotte teria ficado menos surpresa com minha primeira pergunta se tivesse ouvido algo recentemente, decidi partir para a segunda.

— Já tive dias melhores — admiti. Quando seu rosto instantaneamente se contraiu, acrescentei, rápido: — Minha cabeça está bem. Nenhuma dor. Mas o resto do meu corpo é outra história.

∾ 192 ∾

Ela comprimiu os lábios, e a pele em torno deles ficou mais flácida.

— Continue.

Para não alarmá-la, dei uma bela mordida no meu sanduíche antes de continuar. Se comer era mais importante do que aquilo que eu estava a ponto de dizer, então não podia ser nada assim tão sério.

— Tenho me sentido um pouco imprevisível ultimamente — eu disse, por fim. — Em um minuto eu me sinto forte e cheia de energia, no seguinte parece que estou prestes a desmaiar. — Ela não precisava saber que eu tinha realmente desmoronado atrás da casa do lago, poucas semanas antes. — Eu meio que sabia disso durante o ano letivo, e sabia que precisaria me reabastecer depois de algum tempo ou de uma situação especialmente estressante. Também sabia como me reabastecer, fosse bebendo, me banhando ou nadando em água salgada. Mas alguma coisa mudou. O que costumava me satisfazer agora pode funcionar ou não. Quando funciona, o efeito passa mais rápido. Em geral, fico cansada e sinto a privação muito mais rápido. Eu sei que você disse que eu ia precisar de mais energia como Ninfeia, mas às vezes parece que nada é suficiente.

— Você está ficando mais forte — disse Charlotte, sem se alterar. — Mesmo quando você está fraca, seu corpo ainda está aprendendo, se desenvolvendo, *crescendo*. O que você descreveu está acontecendo mais depressa do que foi comigo e muito mais rápido do que eu achei que aconteceria com você, mas não é inesperado.

Eu não podia ver seus olhos por trás dos óculos de sol, mas qualquer sombra de surpresa havia deixado seu rosto. Até seus lábios haviam relaxado, caindo um pouco nos cantos.

— Parker King.

O nome foi como um tapa na cara. Eu me sentei mais para trás no banco e peguei minha garrafa de água.

— O que houve com ele? — perguntou Charlotte.

— Nada. — A palavra voou dos meus lábios. — Depois que o Simon e eu terminamos, eu disse ao Parker que a gente não podia ser amigos, nem nada mais. Nós não trocamos mais do que cinco palavras antes da formatura.

— E o que foi que vocês disseram um ao outro *depois* da formatura?

Eu estava queimando por dentro, sentindo-me na defensiva e tentando abafar a sensação. Charlotte parecia estar apenas curiosa, sem pretender criticar.

— Ele veio até mim depois da cerimônia para dizer oi e se despedir. — Eu não olhei para ela enquanto remexia meu sanduíche. — E para me contar que estava indo para Princeton afinal de contas, como o pai dele queria.

— E como você se sentiu?

— Péssima. Ele não queria ir para Princeton. Ele queria arranjar um barco, algo pequeno, não o tipo de iate que a família dele tinha, e velejar pelas costas leste e oeste. — Franzi o rosto. — Durante um tempo, ele queria que eu fosse com ele.

Ficamos caladas por um momento. Os únicos sons na praia eram a música antiga vindo do Seafood Shack e o riso de um grupo de caras que jogavam *frisbee*.

— Você gostava dele.

— Não, não gostava.

— Se isso fosse verdade, você não estaria tão emotiva agora.

— Nós éramos amigos. Não por muito tempo, mas ainda assim amigos. Eu sentiria o mesmo por uma amiga que me dissesse que ia fazer algo contra a vontade, só porque os pais queriam.

— Mesmo que essa amiga tivesse se colocado entre você e a pessoa que você mais amava no mundo?

Empurrei meu prato e acabei com a água na minha garrafa. Não era só o que Charlotte acabara de dizer que tinha me deixado nervosa. Eu estava pensando no dia da formatura, quando Parker tinha me dado um sorriso tímido e um abraço, e eu havia resistido à vontade de abraçá-lo apertado e me recusar a deixá-lo ir embora. Estava me lembran-

~ 194 ~

do dos meses antes daquilo, quando havíamos parado de nos falar por insistência minha, mas trocávamos olhares rápidos nos corredores da escola. Eu estava me lembrando do tempo que havíamos passado juntos no último outono, e de como meu corpo tinha sido atraído pelo dele, e da maneira como meu coração tinha começado a ir pelo mesmo caminho. Se ele às vezes me passava pela cabeça agora — e isso acontecia, por mais que eu tentasse evitar —, era apenas como uma lembrança de que Simon merecia tudo o que eu pudesse lhe dar, e ainda mais.

— Eu não estou tentando perturbar você, Vanessa — continuou Charlotte. — Eu sei que você ama o Simon mais do que qualquer coisa ou pessoa. Mas, se você puder, pense em como se sente quando está com ele e compare isso com o que sentia quando estava com o Parker. Fisicamente, quero dizer. Você não tem que me contar a resposta, é claro, mas tem diferença?

Eu não precisava pensar sobre isso. Eu não precisava fazer a comparação. Eu já havia feito isso.

Havia uma grande diferença. Estar com Simon era incrível, excitante e tudo o que eu queria.

Estar com Parker tinha sido incrível e excitante... e tudo de que eu *precisava*. Nós só havíamos nos beijado umas poucas vezes, mas esses momentos curtos, que eu não tinha sido capaz de interromper, não importava quanto minha cabeça tentasse intervir, tinham me energizado e colocado meu corpo em piloto automático por vários dias.

— Você sabe o que eu vou dizer.

Olhei do meu prato para ela.

— Eu ainda não estou ouvindo seus pensamentos — disse Charlotte. — O que é um assunto, aliás, ao qual voltaremos depois. Mas você é uma garota esperta. Você pode não ter se permitido acreditar... mas falou sobre isso comigo só para confirmar.

— Mas a Paige se sente bem — disse eu, ainda querendo que houvesse outra explicação. — Ela me disse que aqui não se sente diferente de como se sentia em Boston.

— Porque, como já expliquei antes, a eficácia e a duração dos efeitos da água salgada diminuem com o tempo. Ela ainda é necessária, mas não é suficiente para sustentar. A Paige se transformou meses depois de você, então o corpo dela ainda está se ajustando. — Charlotte olhou para o outro lado, na direção do porto. — Além do mais, é pouco provável que vocês respondam da mesma forma a diferentes fontes de energia. Afinal, a Paige não é uma Ninfeia. Você sempre vai precisar de mais energia do que ela.

Antes que eu pudesse responder, um *frisbee* pousou na mesa, entre nós duas.

— Desculpa! — Um cara de bermuda de surfista e moletom correu em nossa direção. Ele parecia ter 20 e tantos anos. — Mão furada!

— Observe — sussurrou Charlotte. Ou pelo menos eu achei que ela o tinha feito. A palavra veio e se foi em um instante.

— Ei — ele desacelerou e começou a andar, fazendo um gesto na direção da nossa comida —, espero não ter estragado o almoço de vocês.

— De forma alguma. — Charlotte pegou o *frisbee*, tirou os óculos e sorriu. — Lindo dia para jogar.

— É, meus amigos e eu... — Ele se interrompeu, os olhos fixos nos de Charlotte. Ainda segurando o disco em uma das mãos, ela pressionou a outra contra o peito dele. Uma nota aguda soou; desviei os olhos deles, procurando atrás de mim, pensando que talvez o restaurante Seafood Shack estivesse tendo dificuldades técnicas com seu sistema de alto-falantes, mas a música estava tocando normalmente. A nota firme ficou mais suave quando olhei para o outro lado, e mais forte quando eu me voltei para os dois.

Charlotte. Seus lábios não estavam se movendo... mas de alguma forma o som estava vindo dela.

Durou cinco segundos, no máximo, ficando mais grave e mais alto e oscilando no final, mas foi o suficiente para que os dedos dela se endireitassem, sua pele ficasse lisa, seu cabelo branco escurecesse até ficar cinzento.

E então acabou. Ela deixou a mão cair sobre a mesa e lhe entregou o *frisbee*.

— Obrigado. — Ele piscou algumas vezes e pegou o disco de plástico.

Charlotte recolocou os óculos de sol e voltou ao seu sanduíche. O cara ficou lá por mais um segundo ou dois antes de recuar. Houve outra nota, tão baixa e curta que pensei estar ouvindo coisas, e então o cara balançou a cabeça, se virou e correu de volta para onde estavam seus amigos.

Ele não nos olhou de novo nenhuma vez enquanto voltava para junto deles, nem depois que o jogo recomeçou.

— *O que* foi aquilo? — perguntei.

Como se finalmente estivesse forte o suficiente para sentir o apetite voltar, Charlotte comia com vontade.

— Ele nem olhou para mim — observei. — Era como se eu não estivesse sentada bem na frente dele. Isso... e por favor, não entenda o que vou dizer como nada além de uma constatação... isso não me acontece há muito tempo. — Apontei para o braço dela. — E olhe para a sua pele! Está tão lisa, é como se você tivesse acabado de nadar por um mês inteiro ou algo assim. — Desviei os olhos para o rapaz por um instante. — E ele está totalmente indiferente. Como se nada tivesse acontecido.

— Para ele, nada aconteceu — disse Charlotte, acabando de comer seu sanduíche.

Pensei no meu reflexo no espelho do banheiro da casa do lago. Era por isso que eu tinha parecido tão bonita? Porque eu tinha gritado no porão — ou tentado gritar, apesar de o som ter saído bem diferente do que eu pretendera —, com os braços em torno daquele cara? E teria sido sua reação que tinha me energizado, fazendo desaparecer o envelhecimento antinatural que eu estava sofrendo?

— Ele sabe que veio até aqui? — perguntei, voltando ao momento presente.

— Sim, mas ele só vai se lembrar de ter pegado o *frisbee* de cima da mesa. Não vai se lembrar da nossa breve conversa.

— Mas como isso é possível? Quer dizer, você realmente tocou nele, e por vários segundos.

Charlotte pôs as mãos sobre a mesa, ficou de pé e ergueu uma perna, depois a outra, por cima do banco. Seu corpo ainda estava frágil, mas firme. Nossos joelhos se roçaram de leve sob a mesa quando ela se inclinou para perto de mim.

— Vanessa, o que você vem experimentando... os níveis de energia inconstantes, a sede repentina, o cansaço debilitante... vai continuar. Na verdade, vai piorar. O único jeito de afastar os sintomas por períodos mais longos é atrair a atenção, tanto emocional quanto física, de um membro do sexo oposto... De preferência algum que esteja interessado em outra garota, e por cuja atenção você tenha que lutar. Era esse o caso com o Parker, não?

— Sim, mas eu não posso...

— Fazer isso com o Simon de novo. Eu sei. Foi por isso que eu lhe mostrei um atalho.

— Um atalho... para quê?

— Para o coração do seu alvo. Usando contato físico e sua voz interior. Isso nunca vai proporcionar os mesmos resultados de longa duração que forjar uma relação mais íntima traria, mas é um milhão de vezes melhor do que aquela garrafa de água salgada que você acaba de enxugar. E se for feito corretamente, e com frequência, pode manter você bem, um dia de cada vez, sem que você tenha de fazer mais nada.

Tentei fazer com que essa explicação e o que eu acabara de testemunhar fizessem sentido.

— Mas isso não é meio difícil? Chegar em um cara qualquer e fazer o que você fez, especialmente em público, com gente em volta? Ou você espera até que o lugar fique vazio?

— Não é fácil — admitiu Charlotte. — Nada nessa história é fácil. Depende de você decidir o que compensa arriscar ou não, dadas as potenciais consequências.

~ 198 ~

— Então é isso? Eu começo um relacionamento com algum cara para quem não ligo de verdade e perco o Simon de uma vez por todas, ou hipnotizo uma porção de desconhecidos por curtos períodos e torço para que ninguém perceba? Estas são minhas únicas opções?

Ela abaixou a cabeça. Eu esperava que ela estivesse vasculhando o cérebro em busca de uma resposta ou escutando alguma sereia mais velha e experiente, alguém que pudesse oferecer uma alternativa mais agradável — e de preferência que não envolvesse *outro* cara.

O que quer que ela estivesse fazendo foi logo interrompido. Um grito cortou o ar, abafando a música antiga e fazendo com que eu e Charlotte déssemos um pulo. Eu me virei no banco e examinei a orla. Havia cerca de uma dúzia de pessoas no píer além de nós e da turma do *frisbee*, e ainda menos gente na praia. Não demorei a localizar a fonte do barulho.

Vinha de um casal perto da estátua de bronze do pescador — a mesma que Paige dissera que todos os turistas precisavam registrar com suas câmeras digitais e de celular. Ainda gritando, mas um pouco mais baixo, a garota empurrou o cara. Ele estendeu a mão, pôs os braços em torno dela e a puxou para si. Ela gritou novamente, se contorcendo nos braços dele.

Eu estava tão ocupada tentando decifrar as palavras que ela berrava que não notei logo o que ela estava vestindo. Quando registrei os shorts cáquis, a camiseta preta e o avental preto, saltei do banco e comecei a correr.

— Vanessa! — chamou Charlotte.

— Volto já! — gritei de volta, sacando o telefone do bolso dos meus shorts. Eu o abri enquanto corria, com o polegar firme sobre o número nove. O departamento de polícia ficava tão perto do píer que havia uma boa chance de que algum oficial visse a briga sem nem precisar se levantar de sua mesa, mas eu não queria me arriscar.

Porém nem precisei chamar a polícia. A discussão se acalmou quando eu ia me aproximando, e o cara saiu pisando duro na direção de um utilitário azul com placa de Vermont. A garota caminhou na direção da praia e caiu na areia, cobrindo o rosto com uma das mãos e o pescoço com a outra.

— Você está bem?

Natalie prendeu a respiração e olhou para cima.

— Vanessa?

Eu me ajoelhei ao lado dela.

— O que houve? Quem era aquele cara?

Ela olhou além de mim, para as outras pessoas espalhadas pelo píer e pela praia.

— Ai, não — gemeu, agora usando as duas mãos para cobrir o rosto. — Estou tão envergonhada!

— Não se preocupe com... — Parei quando meus olhos vislumbraram a marca rosada em torno do pescoço de Natalie. Partes já estavam ficando roxas, formando hematomas.

— Fui eu quem fez isso. — Natalie me mostrou a corrente de prata arrebentada. — Minhas mãos estavam tremendo tanto que eu não conseguia abrir o fecho, então agarrei a corrente e puxei com força. Se pelo menos eu fosse a Sandra Bullock e isso aqui fosse um filme, e não a minha vida, teria funcionado direitinho, sem ninguém se machucar.

Com meu alarme interno acalmado, eu me sentei sobre os calcanhares.

— Aquele era o seu noivo?

— *Ex*-noivo. — Ela fechou o punho e socou a areia. — Eu sou tão idiota. *Por que* eu sou tão idiota?

Lembrando-me de Charlotte, virei-me e acenei de leve, para que ela soubesse que estava tudo bem. Vendo outros espectadores, acenei para eles também.

— É que... o Will me disse que queria conversar. Ele disse que era tão importante que precisava ser pessoalmente. E aí ele dirigiu por sete horas para chegar aqui. *Sete* horas! Antes de hoje, o máximo que ele já tinha dirigido para me ver tinham sido quarenta minutos, e só porque ia ter uma tempestade de neve e ele não queria ficar preso em casa sem o iPod, que ele tinha esquecido na minha casa. — Ela fez menção de esmurrar a areia de novo, mas perdeu o entusiasmo e sua mão pousou no chão com um barulhinho macio. — A idiota aqui achou que ele queria voltar.

— Você não é idiota — eu disse, e então parei por um instante. — Mas não era isso que ele queria?

— Nem de longe. — Ela levou as pernas até o peito e apoiou a testa nos joelhos. — Ele queria o anel.

— Seu anel de noivado? Por quê?

— Para dar à nova namorada? Para vender e comprar outra coisa para a nova namorada? Quem sabe? Quem se importa? — Ela suspirou. — *Eu* me importo. Porque...

— Porque você é humana — interrompi. — Qualquer pessoa na mesma situação reagiria igual a você.

Ela girou a cabeça para a esquerda e me olhou de soslaio.

— Mesmo? Qualquer pessoa ia gritar e berrar e fazer um escândalo vergonhoso, de proporções épicas?

— Você achou que aquilo foi épico? — perguntei, tentando amenizar o clima. — Tenha dó. Esta é uma cidade turística. Este píer já viu coisa muito pior. Principalmente quando pessoas que passaram tempo demais ao sol durante o dia resolvem beber a noite inteira.

Um canto da boca dela se ergueu, depois caiu de volta.

— Foi o suficiente para você vir correndo.

Assenti.

— É. Bem, depois da Carla e do que aconteceu no Betty outro dia... acho que estou em alerta máximo. Mas isso é coisa minha, não é sua culpa.

— Bom, obrigada, de qualquer forma. — Ela fungou e enxugou os olhos. — A Paige disse que você era uma ótima amiga. Ela não estava brincando.

～ 201 ～

Querendo me certificar de que ela realmente estava bem, sentei-me ao seu lado e caímos em um silêncio confortável. Pensei em quanto eu tinha andado desconfiada, de sobreaviso com a amizade entre ela e Paige, e me senti mal por isso. Ela estava atravessando um período difícil. Por que não iria querer se agarrar em alguém? E mergulhar em um mundo totalmente diferente, que a ajudasse a esquecer o seu próprio? Eu sabia melhor do que ninguém quanto isso era tentador.

Alguns momentos depois, ela se endireitou e bateu as mãos nas pernas.

— É isso aí. Eu não vou desperdiçar mais nenhum segundo pensando nele. Homens simplesmente não valem o esforço nem o sofrimento inevitável. — Ela se levantou de uma vez e estendeu uma das mãos para me ajudar a ficar de pé. — Talvez com exceção do seu. O que você acha? Ele vale a pena?

Peguei a mão dela, comecei a me levantar e imediatamente caí de volta. Minhas pernas — fosse por causa do estresse emocional pelo que achei que estava acontecendo com Natalie, pelo desgaste físico da corrida até ela ou simplesmente por causa dos processos normais do meu corpo — estavam muito fracas.

Como se atendendo a um chamado, um *frisbee* pousou na areia perto de mim. Seu dono deixou o grupo mais abaixo na praia e correu na minha direção. Meus olhos subiram lentamente até pousar em seu peito.

— Sim — eu disse —, ele vale.

17

— ESTÁ ESCURO AQUI — Simon disse.

— Estamos em um cinema, Simon — lembrei a ele.

Estávamos sentados na última fileira. Enquanto a tela mostrava os comerciais, ele analisou as fileiras à nossa frente.

— Talvez não tenha sido uma boa ideia.

— Foi uma *ótima* ideia. Não vamos ao cinema juntos há anos.

— Eu sei, mas você não preferiria assistir a um DVD na minha casa ou na sua?

— E perder a tela grande? O ambiente? A *pipoca*? — Balancei a cabeça e o saquinho engordurado. — Sem chance.

Ele se ajeitou no assento e olhou para mim. Sorria, mas seus olhos estavam preocupados. Ele queria ficar e ter um encontro normal, assim como eu, mas não conseguia deixar de se perguntar quem mais estaria ali na sala escura.

— Nada aconteceu — eu disse baixinho. — Já se passaram dias e não teve nenhuma nova manchete, *e-mail* ou viagem até o pronto-socorro para mais suturas.

Ele baixou os olhos até minha mão machucada, enlaçada na dele. A ferida estava cicatrizando bem, e não dava para notar o curativo a me-

~ 203 ~

nos que se olhasse diretamente para a palma da minha mão, mas Simon não precisava ver a prova do ataque no porão para lembrar que ele tinha ocorrido.

— Nenhum sinal da caminhonete laranja na marina, certo? — perguntei.

Ele acariciou minha mão.

— Certo.

— E olhe em volta, tem pelo menos quinze pessoas aqui. Quem tentaria algo com tantos olhos e ouvidos ao redor?

As propagandas deram lugar aos *trailers*. Simon se inclinou sobre o braço da cadeira e aproximou o rosto do meu. Nós nos beijamos assim que as últimas luzes do teto começaram a se apagar.

— Você viu isso? — sussurrou ele, se afastando.

Eu vi. Foi um lampejo de luz que iluminou o cinema por apenas um instante.

— Ali. — Apontei para um grupo de garotos algumas fileiras abaixo. Eles estavam rindo enquanto faziam caretas e tiravam fotos uns dos outros com um celular. — São jovens demais — completei, antes que ele pudesse se perguntar se eles eram os garotos que eu tinha visto no lago semanas atrás.

O filme começou alguns minutos depois. O cinema de Winter Harbor tinha apenas duas salas, e, decidindo entre comédia ou drama, ficamos com o primeiro. Foi uma boa escolha, porque Simon pareceu conseguir relaxar, colocando o braço ao meu redor e beijando minha têmpora entre as cenas divertidas.

Eu estava à vontade, também — pelo menos no começo. Mas não estávamos nem na metade da primeira hora do filme quando comecei a sentir um desconforto familiar. Coloquei um punhado de pipoca salgada na boca e bebi o refrigerante de Simon depois de terminar a água que havia na minha bolsa, mas isso não foi o bastante.

Isso é ridículo, pensei. *Nem estou* fazendo *alguma coisa. Estou apenas sentada aqui.*

Mas não importava. Então, levantei antes que minhas forças acabassem.

— Banheiro e reabastecimento — expliquei quando Simon ameaçou se levantar também. Peguei o copo vazio, beijei o rosto dele e passei por cima de seus pés. — Volto em dois minutos.

Eu mal conseguia enxergar quando cheguei ao saguão, e levei um segundo para lembrar que era meio da tarde. Piscando com a luz do dia, joguei o copo no lixo e fui direto até o banheiro feminino, que, infelizmente, não estava vazio. Das três cabines, duas estavam ocupadas. Para ganhar tempo, entrei na terceira e fiz o que tinha de fazer.

Quando saí, uma menina estava em frente a uma das pias, lavando as mãos. Nossos olhos se encontraram no espelho da parede, e eu pensei ter visto um sinal de reconhecimento passar pelo rosto dela. Era surpresa? Ela sabia quem eu era? Seria uma cliente recente do Betty? Qualquer que fosse o significado da expressão dela, foi rápido demais para ser decifrado. Sorri, por via das dúvidas, e ela sorriu de volta por um instante antes de desviar o olhar.

Fui para a pia ao lado e abri a torneira. Felizmente, a água levou alguns segundos para se aquecer. Tive esperança de que, quando isso acontecesse e eu terminasse de lavar as mãos, a garota ao meu lado já teria ido embora e a outra, que ainda estava na cabine, também estaria de saída.

Ou talvez não. A garota ao meu lado, que parecia alguns anos mais velha que eu, não estava com pressa. Ela enxaguou e secou as mãos, pegou uma loção na bolsa e hidratou a palma das mãos pelo que pareceram longos minutos. Depois, aparentemente achando que estava com creme demais nas mãos, lavou-as de novo e repetiu o processo com menos loção. A cada vez, ela não usou uma, mas duas vezes o secador, o que era compreensível, já que o aparelho antigo soltava mais ar frio do que quente.

Quando as mãos dela estavam devidamente hidratadas, a garota começou a retocar a maquiagem. Pegou um item de cada vez — *gloss*, rímel, *blush* — da bolsa e os enfileirou na pequena prateleira de metal sob o espelho. Gastou vários segundos em cada parte do rosto, o que não era compreensível, pois sua maquiagem já parecia perfeitamente — e recentemente — feita. Depois disso, ela mexeu no longo cabelo castanho, penteando, arrumando e aplicando *spray* como se se preparasse para uma sessão profissional de fotos.

Sem querer deixar o banheiro antes de fazer o que precisava desesperadamente, tentei enrolar um pouco. Minha bolsa não estava tão bem preparada quanto a dela e tive de pensar rápido e ser criativa para me manter por ali algum tempo. Aboteei e desaboteei o longo suéter de *cashmere* que Charlotte tinha me emprestado e examinei minha aparência no espelho por um bom tempo, até que a garota se virou em minha direção.

— Você parece familiar — disse ela. — Já nos encontramos?

— Acho que não. Você esteve no Betty Chowder House recentemente? Sou recepcionista lá.

Os olhos verdes dela se estreitaram e ela fez um biquinho com os lábios cor-de-rosa.

— Eu não como frutos do mar.

— Você é de Winter Harbor? — perguntei. — Minha família vem aqui desde sempre, então talvez a gente tenha se visto na cidade.

— Talvez. — A garota não parecia convencida.

Meu rosto ficou vermelho enquanto ela me estudava. Um longo momento depois, deu de ombros e voltou para sua maquiagem no balcão. Suspirei de alívio quando ela colocou todos os cosméticos dentro da bolsa de uma vez. Alguns minutos mais e eu poderia desmaiar de desidratação.

— Já sei! — Ela girou de volta, seu sorriso estava maior e seus olhos brilhavam. — Você é *aquela* garota.

Respirei fundo.

— Que garota?

— Aquela do último verão. Cuja irmã caiu do penhasco e morreu.

Ela sorriu, parecendo muito orgulhosa de sua memória prodigiosa, e eu me agarrei à borda da pia para me equilibrar.

— Estou impressionada por você ter voltado à cidade. — Ela pegou o casaco ao lado da pia e andou na direção da porta. — Quer dizer, famílias que enfrentam coisas assim geralmente têm pavor de voltar à cena do crime... ou pelo menos é como acontece nos filmes, certo?

Um barulho alto e repentino ecoou pelo banheiro. A moça parou, encarando a porta, e eu me abaixei para pegar o celular dela, que devia ter caído do bolso de seu casaco. O telefone estava aberto e, quando eu o entreguei, captei um vislumbre da cerâmica vermelha e brilhante do chão do banheiro passando pela tela.

— Obrigada. — Ela pegou o telefone e desapareceu no saguão.

Com muito medo de perder tempo e energia atravessando o banheiro para trancar a porta, me inclinei sobre a pia, abri totalmente a torneira e coloquei o tampão no ralo. Peguei o pacote de sal da bolsa e esvaziei o conteúdo na pequena piscina que se formara.

— A gente pensa que todo mundo tem pelo menos o básico.

Engasguei, fechei a torneira e me virei. Estava tão perplexa com o comentário da morena que havia acabado de sair do banheiro e tão ocupada em remediar minha fraqueza que tinha esquecido que havia outra pessoa ali. Era uma garota gordinha, loira e bonita que estava parada na porta da terceira cabine, secando os olhos.

— Mas algumas pessoas apenas nascem sem, eu acho. — Ela fungou e saiu da cabine.

Respirei fundo algumas vezes.

— Sem o quê? — perguntei quando pude finalmente falar.

— Sem o mais rudimentar conjunto de habilidades sociais. Do tipo que impede você de dizer coisas terríveis a uma completa estranha em um banheiro público. Ou pelo menos te faz ciente da bobagem que acaba de dizer e obriga você a pedir desculpas, se absolutamente não conseguir se controlar. — Ela suspirou e assoou o nariz. — E também do tipo que impede você de dar o bolo numa pobre mulher patética que finalmente reuniu coragem para te convidar para ir ao cinema depois de te ver na mesma cafeteria toda manhã durante um mês.

Por um breve momento, esqueci meus próprios problemas.

— Eu lamento.

— Eu também. — Ela amassou o lenço de papel e o jogou na direção da lata do lixo, mas errou e o lenço caiu no chão. — Normalmente, eu teria explodido e dito àquele pirralho exatamente o que eu estava pensando, mas eu sabia que começaria a chorar novamente. E isso não seria legal para ninguém... exceto talvez para essa garota grosseira, que provavelmente ia rir.

— Tem alguma coisa que eu possa fazer? — perguntei. — Quer que eu fique do lado de fora e não deixe ninguém entrar até que você esteja pronta para sair?

Ela sorriu.

— Obrigada, mas isso poderia demorar um pouco, e eu já estou me escondendo há vinte minutos. — Atravessou o banheiro, pegou o lenço do chão e o colocou no lixo. — Mas tem outra coisa que você pode fazer.

— Pode falar. — Comecei a pegar meu celular do bolso da calça para mandar uma mensagem a Simon e dizer que eu estava bem, mas precisava de mais alguns minutos.

— Tenha cuidado.

Meus dedos ficaram paralisados no bolso.

— Não importa o que eles lhe digam ou em que você queira acreditar... homens não são confiáveis.

Ela deu outro sorriso triste, pegou uma grande quantidade de papel e saiu do banheiro.

Eu me virei para a pia, que estava quase vazia, apesar de cheia momentos antes. A água salgada remanescente borbulhava, passando pela borracha velha e deslizando pelo ralo.

— Ótimo — murmurei. Estava com tanta pressa de encontrar Simon mais cedo que só havia colocado um pacote de sal na bolsa.

Abri a torneira, juntei as mãos, peguei a água e bebi. Água doce não fazia por minha energia o mesmo que a água salgada, mas era melhor que nada. E eu precisava de tudo que conseguisse se minhas pernas tivessem que me carregar o caminho todo de volta para a lanchonete do cinema.

— Vanessa. — Com o celular na mão, Simon atravessou o saguão quando me viu entrar. — Você está bem?

Sem confiar que meu corpo se manteria em pé, parei e o deixei vir até mim.

— Claro — respondi.

— Você saiu da sessão há dez minutos.

Isso foi surpreendente para mim também. Não parecia que fazia tanto tempo.

— Desculpe. — Dei-lhe um abraço rápido para tranquilizá-lo quando ele se aproximou. — Aconteceu uma coisa.

Ele me segurou com o braço esticado.

— O que você quer dizer? Que tipo de coisa?

— Do tipo que envolve uma garota chorando. — Apontei para a saída do cinema, onde a loira estava passando pelas portas duplas, com os braços cheios de pacotes de doces que ela aparentemente havia comprado enquanto eu ainda estava no banheiro. — Ela levou um bolo.

Os braços de Simon relaxaram.

— Coitada.

— É. Foi por isso que me ofereci para escutar os problemas dela. Se não, ela provavelmente fixaria residência na terceira cabine do banheiro.

Ele chegou mais perto e beijou minha testa.

— Você é um doce.

— E ainda lhe devo um refrigerante, que estou indo pegar. Encontro você lá dentro?

— Tudo bem, não precisa.

Permaneci firme quando ele pegou minha mão boa.

— Eu insisto.

— Tudo bem — disse ele, me dando um sorriso incerto. — Então, vou com você.

— Mas eu não quero que você perca ainda mais o filme.

Normalmente, isso não seria motivo suficiente para ele me deixar sozinha quando já estava preocupado. Mas, assim como eu estava tentando ser corajosa, ele queria ser menos superprotetor. Então, apertou minha mão mais uma vez antes de soltá-la.

— Vejo você lá dentro.

Esperei até que a porta da sala se fechasse atrás dele antes de me mover, o mais rápido que pude, até a lanchonete. Como os dois filmes já haviam começado, não havia fila, e apenas um funcionário cuidava dos pedidos.

Pedi uma pipoca grande, um refrigerante grande e uma garrafa de água. Minha presença pareceu afetar o funcionário do cinema, um rapaz alto e desengonçado que não parecia ter mais que 17 anos. De acordo com o crachá, o nome dele era Tim. Ele deixou cair meu dinheiro, me deu troco a mais e trombou com o balcão de doces antes de finalmente ir para a máquina de bebidas. Na volta, deixou cair metade do refrigerante no caminho e teve que voltar para encher novamente o copo. Quando deixou as bebidas na minha frente e se virou em direção à máquina de pipoca, abri a garrafa de água, esvaziei o saleiro dentro dela, misturei e bebi.

Por algum milagre, a pipoca foi mais fácil de manejar para Tim, e ele voltou com o balde enquanto eu ainda estava bebendo.

— Mais manteiga — eu disse, tomando ar. — Por favor.

— Claro. — Ele sorriu, como se eu tivesse pedido a ele que largasse seu emprego de meio período e fugisse comigo para Las Vegas.

Tentei retribuir o sorriso, mas não pude. Enquanto bebia, percebi que algo estava muito errado — a água salgada não estava funcionando.

Os pontinhos brancos que surgiam em minha visão desapareciam a cada gole, mas, no instante em que a água alcançava minha garganta, eles reapareciam. Quanto mais eu bebia, mais se multiplicavam e mais rápido se moviam. Logo minha cabeça se juntou a eles, girando tão rapidamente que eu não conseguia pensar direito.

— Está bom assim? — perguntou Tim. — Ou você quer... — Ele parou. Não pude ver muito com minha visão borrada, mas vi o bastante.

Os olhos castanhos dele arregalados, desfocados. Minha mão boa se estendendo. Meus dedos agarrando a gola de sua camiseta polo. Minha palma pressionada no peito dele.

Uma explosão prateada tomou conta de todo o meu campo de visão.

— Vanessa?

Ao ouvir a voz de Simon, minha mão caiu no balcão. Pisquei e minha visão clareou.

— Você ouviu isso?

Eu ouvi. Houve duas pequenas notas agudas. A primeira durou vários segundos e oscilou no final. A segunda terminou quase tão rapidamente quanto começou. As duas pareceram vir de dentro de mim e de parte alguma ao mesmo tempo.

Mas essa música sobrenatural não era ao que Simon se referia.

— Aquela garota — disse ele quando me virei. — Aquela que levou um bolo. Eu sabia que tinha algo familiar nela, e só agora descobri o que era. — Ele veio em minha direção, sem prestar a menor atenção em Tim, que, eu imaginava, ainda estava atrás do balcão. — Ela era loira. Os sapatos dela eram rosa e a bolsa era verde. Que nem...

— A garota nas fotos — terminei a frase dele, sem acreditar que não havia sido eu a juntar as peças. — Dos *e-mails*.

— Você acha que é ela? — ele perguntou.

Não respondi. Não foi preciso.

O grito do lado de fora disse tudo.

18

O NOME DA VÍTIMA era Erica Anderson. Tinha 28 anos e crescera em Winter Harbor. Tinha feito faculdade em Nova York e voltou para o Maine depois de trabalhar no nordeste do país por alguns anos como babá profissional. Tinha conseguido um emprego no Waterside Nails & Tails, o salão de cabeleireiro local, para pagar o aluguel, mas falava com frequência em voltar para a faculdade para fazer mestrado em educação. Adorava Poppy, sua cocker spaniel, que agora seria cuidada por seus pais e irmão caçula, que ainda moravam em Winter Harbor.

— Isso é tudo? — Paige perguntou. — E sobre o número que ela calçava? E que ela gostava de *macarons* e jogos de tabuleiro? Ou o fato de que, anos atrás, ela foi a babá mais querida da cidade?

— Não é culpa sua — eu disse da maneira mais gentil que pude, não pela primeira vez.

Ela se recostou na cadeira, longe do *site* do *Herald* que estava à mostra na tela de seu computador.

— Eu devia ter reconhecido a Erica.

— Ela foi nossa babá — disse Caleb —, e nós não a reconhecemos também. As fotos nunca mostram uma imagem clara, Paige. E, com o ganho de peso e o cabelo pintado, ela parecia totalmente diferente.

⌣ 212 ⌣

— Falei com ela minutos antes e não juntei as peças. Mesmo se algum de nós tivesse percebido que era ela, teria adiantado? Não podíamos saber com certeza o que aconteceria. — Era o que eu vinha dizendo a mim mesma, de qualquer forma. Mas nem eu mesma acreditava.

— Mas olha só, a Paige tem razão em uma coisa. — Simon desceu a página. — Tem muita informação sobre a Erica... mas nada sobre o que aconteceu com ela.

— Talvez a polícia queira investigar mais antes de liberar as informações — falei.

— Ou talvez estejam tão exaustos depois de enfrentar o último verão que simplesmente desistiram. — Paige balançou a cabeça. — Quer dizer, aconteceu no meio do dia. No centro da cidade. Como não há testemunhas?

Era uma boa pergunta, e não tínhamos a resposta. O corpo de Erica fora descoberto jogado em um contêiner de lixo em um beco entre o cinema e a padaria. O grito ouvido dentro do saguão do cinema fora de uma senhora, que vira a perna de Erica para fora da caixa de metal enquanto caminhava com o neto. Simon e eu chegamos lá alguns minutos antes da polícia. Eu fiquei um pouco afastada, incapaz de desviar o olhar do sapato rosa de salto alto caído no chão. Mas Simon se aproximou do corpo. Depois de checar a pulsação e verificar sinais óbvios de luta, ele desceu correndo o beco e deu a volta no quarteirão em busca de quem poderia ter atacado Erica.

Mas a pessoa escapara... e pelo jeito estava com um celular. Eu sabia disso porque Simon estava parado perto de mim, ainda tentando recuperar o fôlego, quando Caleb mandou uma mensagem para ele avisando que tinha recebido um novo *e-mail*.

Nenhum de nós ficou surpreso ao saber que o anexo era uma foto do rosto sem vida de Erica.

— Deve ter sido o cara que deu o bolo nela. — Simon olhou para mim. — Você não acha? Ele provavelmente concordou com o encontro com a intenção de fazer o que fez.

～ 213 ～

— Talvez — respondi. — A Erica disse que foi *ela* quem o convidou para sair depois de vê-lo na cafeteria todos os dias por um mês. E ainda é 10 de julho. Os caras que ouvi conversando aquele dia na casa do lago pareciam bem jovens, universitários, no máximo. Será que eles já estavam na cidade há mais de um mês?

— As fotos na câmera que encontramos foram tiradas há três semanas. — Caleb deu de ombros. — Alguns dias a mais não seria forçar muito a barra.

— E a outra garota? — perguntou Simon. — Aquela da maquiagem? Ela sabia quem você era, certo?

Concordei, aliviada por ter sido franca e ter contado a ele *quase* tudo que tinha acontecido no banheiro do cinema.

— Mas ela demorou para me reconhecer, assim como vocês para reconhecer a Erica. Ela parecia ter uma vaga noção de quem eu era, mas só quando estava saindo do banheiro se lembrou de onde me conhecia.

— Mas como ela poderia saber quem você era? — Caleb perguntou. — Alguns artigos no último verão mencionaram que a Justine tinha uma irmã, mas sua foto nunca apareceu.

Essa era outra boa pergunta sem resposta. E também a morena havia demorado séculos para pentear o cabelo e se maquiar. Ela estava esperando que Erica saísse da cabine? Esperando que eu saísse do banheiro? As duas coisas?

— Bem, se ela tem algo a ver com isso — disse Simon —, não agiu sozinha. Os hematomas no pescoço da Erica eram muito grandes. Alguém maior e mais forte a ajudou.

Paige gemeu baixinho, levantou-se e andou pelo deque que servia como área de descanso dos funcionários.

— Se são os perseguidores malucos que estão fazendo isso... qual é o motivo? Se eles querem nossa atenção, ou contar ao mundo quem a gente é de verdade ou qualquer coisa assim, por que ainda não fizeram isso, por que não alertaram os jornais ou as autoridades? Ou, já que eles parecem saber algo sobre o envolvimento da Vanessa, por que não vêm direto falar com a gente? Será que eles pensam que todas as mulheres em Winter Harbor são como nós e merecem ser punidas? E, se esse é o caso, não devíamos, sei lá, contar para alguém, revelar o que está acontecendo? Para salvar o resto da população feminina da cidade?

Quanto mais Paige falava, mais rápido as palavras saíam. Fiz menção de ir até ela, mas Caleb foi mais rápido. Ele se aproximou e passou o braço ao redor dos ombros dela com delicadeza. Ficamos em silêncio por um momento; os únicos sons eram das gaivotas e das panelas de Louis na cozinha, abaixo do deque.

Então, me dei conta de algo que tinha acabado de dizer.

— Hoje é dia 10 de julho.

Os olhos de Simon encontraram os meus.

— E?

— E ontem foi 9 de julho. — Apontei para o *laptop* na mesa diante dele. — Posso?

Ele deslizou o computador em minha direção. Digitei "histórico de afogamentos" na caixa de pesquisa do *Herald* e analisei os resultados. Encontrei o *link* certo, cliquei e devolvi o *laptop* para Simon. Ele olhou para a tela sem se mover.

— O que foi? — perguntou Paige, vindo em nossa direção. — O que é isso?

— Charles Spinnaker — respondi.

— O segundo cara encontrado no verão passado — ela disse. — Eu me lembro dele. Mas o que isso tem a ver com o que aconteceu?

— Ele morreu no dia 9 de julho — disse Simon em voz baixa.

Os olhos dela se arregalaram.

— E a primeira vítima do sexo masculino? Paul Carsons?

— Em 30 de junho. — Simon franziu a testa.

— O dia em que a Carla foi encontrada — completei.

Paige procurou a mão de Caleb.

— Então, essas pessoas... quem quer que elas sejam... estão seguindo o cronograma do verão passado? Só que com mulheres em vez de homens?

Antes que algum de nós pudesse responder, uma porta bateu lá embaixo. Ouvimos passos subindo as escadas. Natalie se aproximou do deque e seu sorriso sumiu quando nos viu.

— Desculpa — disse ela. — Não queria interromper, não sabia que estavam todos aqui. Só queria avisar a Paige que os primeiros convidados chegaram.

Paige soltou a mão de Caleb, como se esse gesto, de alguma forma, fosse uma pista do assunto que discutíamos. Ela endireitou sua saia e sua blusa enquanto corria para Natalie.

— Os balcões estão prontos? — perguntou. — E a música? Você tem certeza que temos opções suficientes no cardápio?

Elas começaram a descer as escadas. Antes de desaparecer atrás da parede da escadaria, Paige me olhou e falou, apenas mexendo a boca:

— Nos falamos depois.

— Gostaria que vocês tivessem planejado essa festinha para uma noite em que pudéssemos estar aqui — disse Simon quando elas se foram. — Não podemos faltar ao aniversário do meu pai.

Olhei para Caleb. Ele nos deu as costas e foi para as escadas

— Vou esperar no carro. Não tenham pressa.

— Vanessa...

— Eu amo você.

Simon parou. Sorriu, apesar da preocupação.

Fechei o *laptop*, levantei e estendi a mão. Ele hesitou antes de pegá-la, e o levei para o canto do deque que oferecia a melhor visão do porto logo abaixo de nós.

— Podemos nos concentrar nisso um minuto? — Puxei-o mais para perto e descansei a cabeça em seu peito. — Por favor?

Seu queixo encostou no topo da minha cabeça quando ele concordou. Então, precisamente sessenta segundos depois, ele disse:

~ 216 ~

— Eu também amo você. Por isso queria ficar aqui esta noite. Assim, poderia ficar de olho em você e ter certeza de que nada de ruim vai acontecer.

Eu me afastei e olhei para ele.

— Mesmo que você pudesse ficar aqui esta noite... e amanhã? E depois de amanhã?

— Vou pensar em algo.

— E no outono, quando formos para a faculdade? Você vai dirigir de Bates para Dartmouth para me cobrir todas as noites?

Ele tirou uma mecha de cabelo do meu rosto e beijou o espaço que ela ocupava.

— Isso seria tão ruim?

Meu coração se aqueceu.

— Seria incrível. Mas provavelmente difícil de conseguir. — Inclinei o rosto para que os lábios dele encontrassem os meus. Esperava que minhas palavras o tranquilizassem, porque a verdade é que tinham o efeito oposto em mim. — Vou cuidar de mim mesma, Simon. Tenho que fazer isso. Gostando ou não, e eu não gosto, não podemos ficar juntos todos os segundos do dia.

Ele me beijou e me puxou para mais perto.

— Por que não? — sussurrou contra meus lábios.

Eu aprofundei o beijo em resposta. Quando nos separamos, minutos depois, falei tudo que pude me lembrar que poderia tranquilizá-lo. Disse a ele que, com a ajuda do pai de Natalie, tínhamos convidado algumas poucas pessoas. E que, como prometido, Paige tinha instalado câmeras de segurança em todo o restaurante. E que ela também tinha contratado um serviço de garçons homens — não porque estaríamos tão ocupadas assim, mas apenas no caso de alguém se exaltar. Assim, se de repente uma briga tivesse que ser separada ou os ânimos de pessoas maiores do que nós tivessem de ser acalmados, não estaríamos sozinhas. E depois mostrei a ele meu celular, que agora tinha o número da delegacia de Winter Harbor na discagem rápida.

— Eu odeio isso — disse ele, olhando para o telefone. — Quer dizer, é uma boa ideia... mas odeio que seja necessário.

Beijei Simon mais uma vez e descemos as escadas. Quando chegamos à recepção, ele foi em frente e deixou o restaurante, e eu fui para trás do balcão. Enquanto arrumava os cardápios que Paige tinha feito para o evento da noite — com menos de dez itens, incluindo aperitivos e sobremesas, e a imagem de um peixe-voador que ela mesma havia desenhado e reproduzido —, encontrei uma garrafa de água perto do telefone. Havia um bilhete preso nela.

Pescadores falam demais. Isto vai ajudar!
— Natalie

Eu tinha superado minha suspeita inicial sobre a nova garçonete do Betty depois de nosso encontro na praia, por isso meu primeiro pensamento foi que aquele era um gesto muito gentil. Depois me lembrei do sal que ela servira com meu café há algumas semanas. Antes que eu comentasse alguma coisa, Paige explicou que alguém da cozinha tinha confundido os recipientes de sal e açúcar enquanto reabastecia os saleiros e açucareiros na noite anterior. Ainda assim, eu estava desconfiada

Então peguei a água, abri e tomei um gole

Sem sal. Sorri de alívio.

Felizmente, eu tinha tomado precauções suficientes durante o dia para que a reidratação não fosse necessária, porque na hora seguinte mal tive tempo de pegar mais cardápios e circular cada vez que voltava à recepção depois de acomodar os clientes. Eu tinha a impressão de que a porta da frente nunca mais ia parar de abrir e fechar, enquanto mais e mais pescadores chegavam, transportando *coolers* e pacotes embrulhados em papel. Ao indicar os lugares aos clientes, eu apontava para as longas mesas dispostas no canto do salão e para a faixa acima delas, anunciando O PRIMEIRO CONCURSO DE SURPRESAS MARÍTIMAS DO BETTY

CHOWDER HOUSE, e observava a reação deles. Parecia que alguns ainda não estavam totalmente convencidos com a atração que fazia tanto sucesso no Mountaineers, mas a maioria estava empolgada e curiosa. Aqueles que no começo faziam cara de que preferiram estar em outro lugar logo eram contagiados pelas mulheres e namoradas entusiasmadas. E eu estava feliz em constatar que havia muitas delas.

Em pouco tempo, as mesas estavam cheias, e comecei a acomodar os clientes no bar. Quando lotei os bancos e eles continuaram a chegar, chamei Paige, que estava supervisionando os balcões de exibição da competição.

— Não recuse ninguém — disse ela, juntando-se a mim atrás do balcão da recepção.

— Mas não tem nenhuma cadeira vazia! — eu disse. — E as pessoas que estão aqui não vão embora tão cedo.

— Então diga às que estão chegando que agora só temos lugar em pé. Acomode os clientes onde quer que eles caibam: no bar, na varanda, no pátio de trás.

— Isso não vai contra as normas de incêndio?

— Talvez. — Ela acenou para uma mesa próxima. — Mas o inspetor de segurança está aqui.

O inspetor de segurança, aparentemente, gostava de pescar nas horas vagas. De onde eu estava, podia ouvi-lo contando aos amigos sobre a melhor pescaria que fizera na vida, enquanto bebia grandes goles de cerveja.

— O que todas essas pessoas estão fazendo aqui? — perguntei. — Pensei que você e a Natalie tinham convidado apenas alguns pescadores. Para testar a ideia.

— Convidamos. — Ela deu de ombros. — Mas ando distraída com outras coisas, como você sabe, e não supervisionei a lista de convidados com a atenção que deveria. Acho que ela acabou convidando mais gente. Bem, ou foi isso, ou os nossos convidados espalharam a notícia. Que era exatamente o que queríamos.

Bem, talvez. Era isso que queríamos *um dia*, depois de testarmos a ideia para ver se funcionava ou não.

— A propósito — disse Paige com um sorriso —, já lhe disse como você está bonita hoje?

Ela foi chamada por um garçom antes que eu pudesse responder. Virei-me para a próxima leva de pescadores que esperavam e pedi que me seguissem. Quando passamos pelo salão de refeições em nosso caminho para o bar, dei uma olhada no meu reflexo no espelho sobre a lareira.

Paige estava certa. Antes de Simon e eu começarmos a namorar, eu era tímida demais e nunca havia ligado para a minha aparência. Passei a prestar mais atenção desde então, mas eu me preocupava mais com meus defeitos, esperando que fossem o suficiente para impedir que outros membros do sexo oposto me notassem. Desde que chegara a Winter Harbor, eu havia sido surpreendida duas vezes pelo meu reflexo. A primeira foi no banheiro da casa do lago, na noite do incidente no porão do Betty. A segunda havia sido na noite anterior, quando eu estava repassando mentalmente os eventos da tarde antes de me aprontar para dormir. Era de esperar que eu estivesse tão fraca que mal conseguisse me aguentar em pé na frente do espelho do banheiro, depois de ter me sentido péssima no cinema e chateada e assustada com a morte de Erica.

Mas, em vez disso, eu me sentia forte. E quando olhei meu reflexo no espelho, perdi o fôlego de surpresa, não de medo.

Havia uma explicação. Quando eu usava minha voz interior com os homens, como havia feito no porão do Betty e no cinema, meu corpo, de alguma forma, utilizava a energia deles a meu favor, de uma forma que nunca havia acontecido. Eu estava infinitamente mais forte, minha pele brilhava e a luz dos meus olhos parecia vir de dentro de mim, como se eu estivesse repleta de força vital e amor e irradiasse isso.

Eu não podia negar o que estava acontecendo comigo.

Era de tirar o fôlego.

— Vanessa?

Eu havia acabado de acomodar mais clientes e me virei. Oliver estava ali com um braço ao redor de Betty.

— O que é tudo isso? — gritou ele por sobre o barulho. — O que está acontecendo?

— É uma festa! — respondeu Betty alegremente. — Até eu posso ver isso!

— A Paige disse que vocês dariam uma pequena recepção. Por isso paramos para comer e dizer oi.

— E é ótimo que tenham feito isso! — Enquanto eu os abraçava rapidamente, tentei chamar a atenção de Paige. Ela estava muito ocupada falando com pescadores nas mesas de competição para nos notar.

— Acho que, depois de um começo de verão tão calmo, as pessoas de repente descobriram que estavam prontas para a diversão. Vou encontrar um lugar para vocês, mas, enquanto isso, posso oferecer uma bebida?

Pedi a um garçom para trazer chá gelado para eles e a outros dois para descerem cadeiras e uma mesinha do deque. Estava voltando para a recepção quando passei por Natalie, que seguia na direção da cozinha. Ela agarrou meu braço e me puxou para perto dela.

— Isso não é ótimo? — Ela sorriu. — O lugar está lotado!

— Bem... É muito mais gente do que esperávamos, definitivamente.

— E todo mundo parece estar se divertindo. — Ela ergueu o queixo. — Incluindo a nossa gerente favorita.

Olhei atrás de mim. Segundos atrás, Paige estava falando com cada um dos pescadores individualmente, enquanto eles observavam os peixes exibidos em caixas de gelo. Agora, eles haviam formado um círculo ao redor dela e ignoravam a competição. Ela estava parada no meio do grupo, sorrindo, gargalhando, e ocasionalmente se aproximava para pegar no braço de um ou apertar o ombro de outro.

— Talvez eu devesse fazer isso — disse Natalie. — Ficar com um monte de caras bonitos para esquecer o Will.

～ 221 ～

— Ela não está ficando com ninguém — eu disse rapidamente.

— Não agora. Mas parece que está aberta à possibilidade.

Não respondi, porque Natalie estava certa. Paige estava paquerando aqueles caras como se sua vida dependesse disso... e, ainda que de certo modo dependesse mesmo, me incomodava assistir. Não queria que minha melhor amiga tivesse que fazer o que eu fazia. Especialmente, não queria que ela fizesse isso em público, com uma centena de pares de olhos observando cada movimento dela.

— É melhor eu checar minhas mesas — disse Natalie. — Não quero afundar o barco com um serviço medíocre.

Ela continuou com o trabalho e eu enfrentei a multidão para chegar à recepção. Ainda me sentindo energizada pela troca do dia anterior com o cara do cinema, mantive os olhos abaixados e os braços cruzados sobre o peito. Senti olhares curiosos em mim e quis evitar atrair ou encorajar alguém desnecessariamente.

— Vanessa?

Na porta da recepção, parei e olhei para cima. Um homem mais velho, de cabelos brancos, um sorriso gentil e usando aliança estava junto ao balcão.

— Sim?

— Eu estava esperando para dar isso a você. — Ele estendeu um pacote comprido, enrolado em papel pardo. — É algo a ser inscrito de última hora na competição.

Caminhei em direção a ele e peguei o pacote. Era macio e mais leve do que eu esperava.

— É um peixe? — perguntei. Julgando pelas caixas cheias da outra sala, a maioria dos inscritos decidira que, quanto maior e mais pesado, melhor.

— Suponho que sim, embora o cavalheiro não tenha dito. Ele apenas me chamou de lado na entrada, pediu que entregasse isso para você e foi embora.

Virei o pacote. O papel pardo não oferecia pistas.

— Ele pediu para entregar a mim especificamente?

— Se você for Vanessa Sands, então sim.

— O senhor sabe quem ele era?

— Não tenho ideia.

Sem querer parecer preocupada fazendo perguntas demais, abaixei o pacote e retribuí o sorriso.

— Como ele era?

— Não tenho certeza. Eu estava de costas quando ele empurrou o pacote para mim, e, quando me virei, ele já tinha ido.

Agradeci ao homem e mostrei o bar a ele e a seu amigo. Eles eram os únicos clientes que ainda esperavam para sentar, então aproveitei a calmaria para checar como estavam Betty e Oliver, que ainda pareciam confusos, mas estavam bem; Louis, que trabalhava freneticamente na cozinha, feliz por voltar a ter tanta coisa para fazer; e Simon, que já havia me mandado duas mensagens. Às quais respondi:

Estamos muito ocupadas, mas bem. Tudo sob controle. Aproveite o jantar, te ligo mais tarde. Bjs.

No salão de refeições, Paige parou diante do microfone da banda de rock local que ela contratara para animar a noite. Deu boas-vindas a todos para o Primeiro Concurso de Surpresas Marítimas do Betty, agradeceu pelas contribuições para a competição e começou a apresentar os participantes. Não tinha nenhum monstro marinho do tipo que Natalie havia descrito, mas, ainda assim, havia alguns peixes bem pesados e outros que podiam se vangloriar de características únicas, como barbatanas deformadas ou cores incomuns. Paige tinha dom para falar em público e brincava com os pescadores quando eles gritavam perguntas ou comentários. Eu não queria interrompê-la para entregar nossa última inscrição, então esperei até que ela me visse entre as caixas de peixes.

Paige acenou para que eu me juntasse a ela. Balancei a cabeça.

— Todos vocês já conheceram a Vanessa? — Paige praticamente cantou ao microfone. — Nossa encantadora recepcionista?

Os pescadores bateram palmas e gritaram vivas. Meu rosto ficou vermelho. Forcei um sorriso e acenei.

— O que você tem aí? — perguntou Paige.

Olhando por sobre o meu ombro, desejando ardentemente que a porta da frente se materializasse ali, naquele momento, tentei pensar em um jeito de escapar daquela situação — e falhei.

— Uma última inscrição — eu disse finalmente.

Ela colocou a mão em concha sobre a orelha.

— Como é?

Repeti, mais alto dessa vez.

— Fantástico! Traga aqui!

Você me paga, pensei.

Se Paige ouviu, não deixou transparecer. Sua expressão permaneceu inalterada, enquanto eu caminhava em direção ao pequeno palco.

— Aí está ela! Vamos dar à nossa linda recepcionista outra salva de palmas!

Dei o pacote a ela, sorri, acenei novamente e corri para o fundo do salão. Minha pele queimava com o calor dos intensos olhares que me seguiam

— Vamos ver o que temos aqui... — Paige entregou o microfone ao cantor, que o segurou com as duas mãos, parecendo aterrorizado com a ideia de deixá-lo cair e desapontar a hipnotizante garota na frente dele. Paige sorria enquanto desfazia a fita e gentilmente rasgava o papel.

Ela se inclinou em direção ao microfone.

— Parece que vamos precisar de um palco maior. Tem um comediante entre nós!

Ela levantou uma orca de pelúcia, para que todos pudessem ver. Achei aquilo mais perturbador que divertido, mas o salão veio abaixo com as risadas dos pescadores.

— Por favor, não me digam que algum de vocês pescou uma de verdade — continuou Paige. — Nossa nova varanda é linda, mas não vai suportar o peso de uma orca de dez toneladas.

Mais gargalhadas. Paige também riu, e o som de sua voz deixou os pescadores ainda mais felizes. As mulheres na plateia pareciam menos alegres, mas Paige não notou.

Ou talvez tenha notado. Porque, um segundo depois, o sorriso se congelou em seu rosto. E então sumiu.

Mas Paige não estava mais olhando para a multidão; olhava para o bicho de pelúcia. Ela o virou e o aproximou do rosto. Conforme se movia sob os holofotes, algo brilhava no pescoço da orca. O brilho era como a chama de um fósforo aceso, só que prateado, em vez de dourado.

Raina.

Enquanto Paige largava o bicho de pelúcia e corria para fora do palco, ouvi a voz dela... mas seus lábios não se moveram.

19

— Graças a Deus.

Eu estava de pé na porta da cozinha, com as chaves do carro na mão. Minha mãe correu para mim, com a mão sobre o peito.

— Já passa da meia-noite — disse ela.

— Eu telefonei três vezes — respondi —, para avisar que ia chegar tarde, depois para avisar que ia chegar mais tarde ainda e finalmente para avisar que estava saindo do restaurante.

Ela me abraçou, apertando-me com força.

— Você é uma boa filha. Mas já faz quarenta e cinco minutos desde a sua última ligação.

Enquanto eu abraçava minha mãe, olhei ao redor na sala. Meu pai estava parado entre o sofá e a mesinha de centro, segurando uma taça de vinho com tanta força que eu podia ver as articulações de seus dedos ficando brancas.

— Desculpem. — Eu me afastei de minha mãe para que ela não pudesse sentir meu coração martelando no peito enquanto eu mentia.

— O carro da Paige não queria pegar, e eu dei uma carona pra ela.

Minha mãe suspirou. Meu pai assentiu. Pensei na verdade: que eu estava tão paranoica que, a cada vez que um par de faróis aparecia atrás de mim, eu fazia oito desvios diferentes para despistar possíveis perseguidores. Eu me livrei deles com facilidade, o que significava que provavelmente não estavam me seguindo, mas ainda levei o triplo do tempo para fazer o trajeto de quinze minutos do Betty Chowder House até nossa casa.

— Mas estou aqui. — Forcei minha voz a soar alegre. — E estou exausta. Acho que vou dar um mergulho rápido e depois vou dormir.

Dei um beijo no rosto de minha mãe e me aproximei de meu pai para fazer o mesmo. Quando o alcancei, ele colocou uma das mãos no meu braço. O gesto era gentil, mas firme ao mesmo tempo.

— Precisamos conversar com você por um minuto — disse ele.

— Não dá para esperar até amanhã? — perguntei, porque ele soava sério, e eu não sabia quanto mais drama poderia aguentar naquela noite. Além disso, eu dissera a Simon que telefonaria no instante em que chegasse em casa, e, da mesma forma que meus pais estavam preocupados, eu sabia que ele também estava.

— Acho que não. — Meu pai fez um gesto indicando a poltrona do outro lado da mesinha. — Por favor, sente.

Olhei para minha mãe, que apanhou sua taça de vinho e se juntou a meu pai no sofá.

— Estamos comemorando alguma coisa? — perguntei, afundando na poltrona. Meus pais gostavam de tomar uma taça de vinho no jantar, mas a refeição havia terminado há horas. Eles normalmente tomavam chá ou café descafeinado tarde da noite.

— De certo modo — disse minha mãe.

— Vocês não parecem felizes — observei.

— Recebemos uma oferta. — Meu pai colocou a taça na mesa, inclinou-se para frente e entrelaçou as mãos entre os joelhos. — Para a casa do lago.

Os sinais contraditórios que eles estavam transmitindo, com as expressões sombrias e a escolha da bebida, faziam sentido agora. Meu coração se alegrou e se apertou ao mesmo tempo.

— Isso é uma boa notícia, não é? — perguntei. — Quer dizer, é triste também, já que ela não vai mais ser nossa... Mas pelo menos é uma coisa a menos com que nos preocupar.

— É uma boa notícia. — Minha mãe esfregou as costas de meu pai. — E significa que não temos mais nada a fazer aqui.

Fiquei confusa de novo.

— Como assim?

— Com a venda da casa do lago, não precisamos mais ficar aqui. — Meu pai disse isso como se fosse uma explicação lógica.

— Aqui? — perguntei. — Nesta casa? Ou em Winter Harbor?

— Ambos — disse minha mãe.

— Desculpem — eu disse, sacudindo a cabeça. — Não estou entendendo. Nós acabamos de comprar este lugar. Mãe, você mal terminou de decorar tudo. Se a gente ia ficar aqui só até vendermos a casa do lago, por que ter todo esse trabalho?

Eu estava tentando permanecer calma, racional. Era isso ou voltar para o jipe, dirigir até a casa de Simon e algemar o pulso ao dele.

Em vez de responder, minha mãe apanhou a garrafa de vinho na mesinha. Quando o fez, notei o jornal que ela estava usando como descanso da garrafa. A manchete praticamente gritava na primeira página.

Erica Anderson, 28 anos, é encontrada morta perto do cinema de WH. Turistas e moradores estão em pânico. Polícia procura pistas.

— Vocês querem ir embora? — perguntei. — Por isso?

— Você consegue pensar em um motivo melhor? — respondeu meu pai, baixinho.

Eu conseguia pensar em motivos diferentes — como as vítimas serem homens ao invés de mulheres —, mas não melhores.

— Nós decidimos esperar um pouco depois que a primeira garota foi encontrada — continuou meu pai, com a voz trêmula. — Mas depois disso não podemos mais esperar.

— Vanessa. — Minha mãe se inclinou para mim. — Nós achávamos que tudo isso tinha ficado para trás.

— Mas não é... — Eu me interrompi. — Não é como no último verão.

— Não importa — disse minha mãe. — Isso não deveria estar acontecendo. E, se houvesse a menor indicação de que aconteceria, nunca teríamos voltado.

— Nós simplesmente não podemos deixar que você corra perigo — completou meu pai.

— Eu não estou correndo perigo. Estou bem. Melhor que isso, estou ótima. — Estendi a mão para o abajur ao lado da minha poltrona e acendi a luz. — Olhem. Eu não pareço ótima? Saudável?

— Você está maravilhosa — concordou minha mãe —, mas...

— É porque estamos aqui. É porque eu posso nadar no oceano e respirar o ar salgado sempre que quiser. É aqui que eu devo estar, que eu *preciso* estar. Voltar para Boston seria mais perigoso do que ficar.

— Não precisamos voltar para Boston. — Meu pai olhou para minha mãe, que assentiu. — Pensamos em tentar a Califórnia, ou o Oregon, ou talvez até mesmo o Havaí. Ainda podemos passar o resto do verão perto do oceano, só que do Pacífico, em vez do Atlântico.

Meus olhos se encheram de lágrimas.

— Mas e a Paige?

— Ela é a sua melhor amiga — disse minha mãe. — Ela vai entender. E pode até ir conosco, se quiser.

— Ela não pode abandonar o restaurante. — Respirei fundo, tentando controlar as lágrimas. — E a Charlotte?

— Ela não planejava ficar por aqui muito mais tempo — disse meu pai. — Você sabe disso.

Olhei para baixo. As lágrimas escaparam dos meus olhos e caíam no meu colo. Eu mal notei.

— E quanto ao Simon — disse minha mãe, suave, adivinhando em que eu estava pensando de verdade, mas tinha medo demais de dizer —, ele também vai entender.

— Ele também pode ir com a gente? — perguntei.

Ela hesitou.

— Não sei se seria uma boa ideia. E vocês dois iam ter que se despedir, mais cedo ou mais tarde. Talvez seja mais fácil assim.

Não seria mais fácil. Dizer adeus a Simon, mesmo que por um dia apenas, nunca seria nada além de doloroso.

Mas eu não conseguia explicar isso aos meus pais. Mesmo que encontrasse as palavras, eu sabia que eles não entenderiam. E, embora eles fossem sentir pena de mim e se incomodar com a situação, isso não seria suficiente para convencê-los a ficar.

Só havia uma coisa que poderia funcionar.

— Justine — sussurrei.

Meu pai se recostou na poltrona. Minha mãe soltou um gemido sufocado.

Pensei em minha irmã, em seu sorriso contagiante e seus olhos azuis, brilhando de excitação. Eu quase podia vê-la se escondendo no quarto ao lado, falando em um pequeno microfone conectado diretamente a um fone em meus ouvidos. Eu me sentiria culpada pelo que estava prestes a dizer, se não fosse parcialmente verdade — e se eu não tivesse certeza de que Justine teria me encorajado a cada passo.

— Sinto saudade dela — eu disse.

Minha mãe se levantou, contornou a mesa correndo e se sentou no braço da minha poltrona.

— Claro que sente. Todos nós sentimos.

— E eu acho que, sei lá... Estar aqui me faz sentir mais perto dela. Talvez porque tenha sido o último lugar onde estivemos juntas. Não faz nenhum sentido, mas...

— Faz, sim. — Minha mãe passou o braço ao redor dos meus ombros e beijou o alto da minha cabeça.

～ 230 ～

Respirei fundo.

— É por isso que seria muito difícil ir embora. Não consigo imaginar passar o verão em um lugar onde eu nunca estive com a Justine, especialmente quando passamos todos os verões só aqui. Uma coisa é sair da casa do lago e mudar para esta, mas deixar Winter Harbor definitivamente? Isso seria... errado, de alguma forma.

Minha mãe me abraçou com força, até minha cabeça descansar contra seu peito. Meus olhos ainda estavam cheios de lágrimas, e não pude ver a expressão de meu pai quando ele e minha mãe trocaram um olhar silencioso, mas eu não teria ficado surpresa se ele estivesse a ponto de chorar também.

Um instante depois, minha mãe suspirou e disse:

— Bem, não precisamos começar a arrumar as malas hoje. Por que você não descansa um pouco e conversamos mais de manhã?

Dei uma fungadela e assenti. Ela me deu outro abraço, então se levantou e voltou para junto de meu pai no sofá. Enxuguei os olhos com a manga da jaqueta jeans, disse boa noite a eles e comecei a sair.

— Ah, querida — chamou minha mãe quando cheguei ao corredor. Parei e me virei. — Você vai ter que largar seu emprego no restaurante da Betty.

— Mas...

— Isso não está em discussão. Não podemos permitir que você saia dirigindo por aí sozinha tarde da noite. Seu pai e eu vamos pagar suas despesas. — Ela se virou no sofá e me jogou um beijo por sobre o encosto. — Boa noite!

Abri a boca para protestar de novo, mas a fechei em seguida. Em comparação com sair da cidade, aquele era um pedido justo. E eu não queria abusar da sorte.

De volta ao meu quarto, apanhei duas garrafas de água salgada na geladeira do banheiro e bebi, enquanto telefonava para Simon. Ele atendeu no primeiro toque.

— Você quer sair amanhã? — convidei, antes que ele pudesse perguntar por onde eu andara e se estava bem.

Ele fez uma pausa.

— Sair?

— Para caminhar ou algo assim. Podíamos fazer um piquenique.

— Você não tem que trabalhar?

Eu me sentei na cama e tirei a jaqueta.

— Vou tirar o dia de folga. Você pode fazer o mesmo na marina?

— Provavelmente... Eu só preciso combinar tudo com o Monty e o Caleb de manhã.

Ele parecia satisfeito, mas confuso. Continuei falando, para ajudar o primeiro sentimento a sufocar o segundo.

— Sei que a gente se viu há apenas algumas horas, mas me parece tempo demais. E tudo o que eu quero é passar o dia com você. Não seria legal?

— Levando em consideração que isso é tudo o que eu quero todos os dias, vou fazer o melhor para que aconteça.

Eu conseguia ouvir o sorriso na voz dele. Apesar da conversa inquietante que acabara de acontecer na sala de estar, aquilo me fez sorrir também.

Conversamos por mais alguns minutos. Contei a ele sobre a noite no restaurante da Betty, editando com cuidado alguns dos momentos mais alarmantes, já que seria melhor discuti-los pessoalmente, e ele me contou sobre o jantar de aniversário de seu pai.

— Queria que você tivesse ido — disse ele.

— Eu também. — Terminei a primeira garrafa de água e abri a segunda. — Quem sabe no ano que vem?

— Sem dúvida.

Combinamos de acertar os detalhes do nosso encontro pela manhã, nos despedimos e desligamos.

Os efeitos do meu encontro com Tim, o funcionário do cinema, estavam começando a se dissipar, e a noite estressante não estava ajudando muito. Meu corpo estava cansado e minha pele tão seca que flocos pálidos de descamação cobriam o cós da minha saia preta. Decidindo que um mergulho não seria má ideia, voltei para o banheiro para apanhar meu maiô, que estava pendurado no gancho da porta. Antes de me trocar, fui até a janela para baixar a persiana — e percebi que a luz do quarto de Charlotte ainda estava acesa.

Ela estava na cama, mas eu não conseguia dizer se estava lendo ou dormindo. Havia um livro aberto em seu colo, mas sua cabeça descansava no travesseiro, virada de lado. Eu a observei por um minuto; quando vi que não havia movimento algum além do peito dela subindo e descendo, puxei a corda da persiana.

Estou acordada.

Congelei. Não respirei enquanto subia a persiana lentamente.

Charlotte estava sentada. Seus olhos estavam abertos... e fixos em mim.

Quer vir me visitar?

Como os de Paige, mais cedo, os lábios de Charlotte não se moveram.

Engoli em seco. Assenti.

Ela ainda estava na cama quando cheguei ao quarto. Fiquei parada na porta, sem saber se deveria entrar. Eu não ia ao quarto de hóspedes desde que ela se hospedara ali, e não podia deixar de sentir que estava invadindo, ainda que aquela fosse a casa da minha família.

— Oi — disse ela.

— Oi. — Eu não me movi.

— Você pode pegar o meu suéter? — pediu ela, depois de um instante. — Por favor? Está na beirada da janela.

Agora que eu tinha uma tarefa específica a fazer, meu corpo descongelou. Entrei no quarto, apanhei o suéter e o entreguei a ela. De perto, vi que ela vestia apenas uma camisola de algodão e desviei os olhos enquanto ela colocava o suéter.

— Desculpe, eu não quero incomodar... mas você se importa? Você poderia...

Eu me virei. Com a respiração acelerada, Charlotte lutava para erguer as costas do travesseiro. Mãos e braços tremiam enquanto ela tentava enfiá-los nas mangas de lã. Seu rosto estava contorcido, como se aquele pequeno esforço lhe causasse muita dor.

— Está tudo bem — disse eu, esperando que minha voz não traísse minha preocupação.

Fui até a cama e segurei o suéter. Quando vi que ela ainda tinha dificuldade em mover os membros trêmulos, pressionei gentilmente um de seus braços até que ela o abaixou, então puxei a manga do suéter até seu ombro. Eu lhe ofereci minha mão, e ela a segurou com as duas. Ela se apoiou em mim e se ergueu o suficiente para que eu puxasse o tecido por suas costas com a outra mão, e então caiu contra o travesseiro com um suspiro, fechando os olhos. Terminei a minha tarefa enquanto ela se recuperava, puxando a outra manga pelo seu braço direito.

— Você quer que eu feche a janela? — perguntei.

— Não, obrigada. O ar frio está agradável.

Eu me sentei na beirada da janela e esperei. Olhei ao redor, para a nova penteadeira, a cadeira exageradamente estofada e a poltrona. A pintura, que mostrava uma paisagem praiana, feita por um artista local. O tapetinho azul. As rosas brancas na mesinha de cabeceira. Era o tipo de quarto de hóspedes de revista, que a maioria das pessoas adoraria copiar em casa e que a maioria dos hóspedes não desejaria ter que deixar.

Exceto a nossa hóspede, que, aparentemente, tinha outros planos.

— Você arrumou a mala — disse eu. A mala estava no chão, perto da porta. Os sapatos e a bolsa de Charlotte estavam ao lado, e sua jaqueta, estendida sobre a tampa.

Os olhos de Charlotte se abriram. Sua cabeça se virou lentamente na direção da bagagem.

— Pois é.

— Por quê?

Ela suspirou — ou tentou. A respiração ficou presa em seu peito, provocando um acesso de tosse que fez a cabeceira da cama balançar.

Dei um salto, corri para o banheiro e trouxe um copo de água. Minha mãe não havia instalado uma geladeira para Charlotte, mas sempre se certificava de que houvesse uma jarra de água salgada fresca disponível.

Charlotte estendeu a mão para apanhar o copo. Eu me sentei de frente para ela na cama, empurrei seu ombro até ela se recostar no travesseiro e levei o copo a seus lábios. Ela bebeu golinhos entre os acessos de tosse, e observei sua boca, suas bochechas e sua testa. O rosto dela deveria ter recuperado a cor e se suavizado no mesmo instante, mas isso não aconteceu.

Finalmente, o acesso passou, depois de um segundo copo de água. Charlotte apoiou a cabeça no travesseiro e tentou sorrir.

— Você foi nadar hoje? — perguntei.

— Sim.

— Você devia ir de novo. Agora mesmo. Posso te ajudar a ir até a praia.

— Obrigada, Vanessa, mas não é necessário. Eu só estou cansada. Você entende.

Eu entenderia, se fosse aquilo que estivesse realmente errado. Mas eu não acreditava que fosse.

— Vou partir pela manhã — continuou Charlotte. — Já fiquei aqui por muito mais tempo do que havia planejado, e não posso mais adiar meus compromissos.

— Mas você está doente, ou mais cansada do que jamais vi. E está tarde. Você não pode dirigir até o Canadá sem ter dormido direito.

Ela deslizou a mão pelo peito até o cobertor entre nós, para me tranquilizar.

— Eu vou ficar bem. — Ela inspirou e expirou. A respiração era seca e parecia lhe arranhar a garganta. — Eu quero... Eu preciso... contar algumas coisas para você antes de partir.

— Seja lá o que for, pode esperar — respondi automaticamente, querendo que ela conservasse as energias. — Você já me contou algo que fez uma diferença enorme na minha vida diária. Qualquer outra coisa que você queira me contar pode esperar até a próxima vez que nos vermos.

— Mas, como eu expliquei...

— Você não sabe por quanto tempo vai ficar longe. Eu me lembro. E posso esperar. — Ela começou a protestar novamente, e eu continuei: — Se eu tiver qualquer outra pergunta nesse meio-tempo, sempre posso conversar com a Betty.

As pálpebras de Charlotte se fecharam, e por um segundo pensei que ela estivesse chorando. Mas então elas se abriram de novo e os olhos dela estavam ainda mais claros do que antes.

— Você precisa deixar este mundo — disse ela.

— Como?

— Para ouvir. Você precisa desligar tudo ao seu redor... conversas, carros passando, o ruído das ondas... até seus pensamentos pararem e sua mente clarear. Até que reste apenas você, totalmente sozinha, mesmo que esteja em uma sala cheia de gente. A concentração total é absolutamente necessária.

— Acho que não estou entendendo.

Ainda sobre a cama, os dedos de Charlotte se estenderam para mim.

— Você quer ser capaz de ouvir outras como nós, não quer? Quando quiser, e não apenas quando falarem com você?

Eu queria — em algum momento, talvez no futuro distante. Aquela não era a hora.

Infelizmente, Charlotte continuou antes que eu descobrisse como dizer aquilo de forma convincente. E, quando ela falou, fiquei curiosa demais para tentar interrompê-la.

— Você deve se concentrar em ouvir a voz dela e, para fazer isso, deve conhecê-la em sua forma natural. Você precisa tê-la ouvido rindo, chorando, gritando e em qualquer outra forma puramente emocional. Você precisa ser capaz de ouvir aquele som de novo, claramente, como se estivesse acontecendo bem na sua frente.

Ela fez uma pausa para recuperar o fôlego. Tentei me levantar para ir buscar outro copo de água, mas ela cobriu minha mão com a dela, me impedindo.

— E então você precisa escolher uma nota na qual se concentrar. Prolongue-a, faça-a explodir, deixe-a encher sua cabeça até a pressão ser quase forte demais para aguentar. Os pensamentos virão em seguida.

Estudei o rosto dela enquanto a ouvia. Charlotte não parecia estar enfraquecendo, e deixara bem claro que queria compartilhar aquelas informações comigo agora. Então, apesar de estar tentada a ir embora e deixá-la descansar... talvez não fizesse mal fazer algumas perguntas primeiro.

— Quando eu ouvia sereias, no passado — comecei com cuidado —, sem ter a intenção, como aquilo acontecia?

— Como no fundo do lago? Quando você me ouviu falar com você?

Assenti.

— As sereias nascem com a habilidade natural de se comunicar em silêncio umas com as outras. A diferença entre isso e o que eu acabei de descrever é que o diálogo precisa acontecer pessoalmente. Nós nos sintonizamos automaticamente umas com as outras; nosso corpo sente os traços que nos unem, mesmo quando não sentimos. Se uma sereia estiver perto o suficiente para você poder tocá-la, você deve ser capaz de falar com ela sem dizer uma única palavra em voz alta. A concentração ainda é exigida de ambas as partes, uma precisa *querer* falar com a outra, mas o esforço necessário é muito menor. E, depois do contato inicial, a comunicação se torna ainda mais fácil. A proximidade não é mais tão necessária. É assim que você e eu podemos conversar em silêncio de diferentes cômodos da casa.

Isso explicava como eu ouvira Paige dizer o nome de Raina no restaurante, e como eu a ouvira sussurrar o nome de seu bebê não nascido na noite do Festival do Esplendor do Norte, no verão passado. Também explicava como eu ouvira Zara no fundo do oceano, na base dos penhascos de Chione e no lago, no último verão.

Porém havia uma coisa que não se encaixava.

— No verão passado — falei —, eu ouvi a Justine. Pude escutá-la falando comigo, depois que ela morreu.

Os cantos da boca de Charlotte se contorceram em um sorriso triste.

— Eu me lembro. Você me contou, no último outono.

— Mas ela não era uma sereia... era?

— Não.

— Então, como foi possível?

Os dedos de Charlotte se moveram suavemente pelas costas da minha mão.

— Não foi possível — ela disse. — Pelo menos, não da forma como pareceu.

Do lado de fora, uma onda quebrou com força nas pedras lá embaixo. Já tensa, dei um pulo e me levantei.

— Isso pode ser difícil de entender — continuou Charlotte — e mais difícil ainda de aceitar. Você tem certeza que quer saber?

Com o coração martelando no peito, eu me sentei novamente na cama.

— Sim. Por favor.

— A voz que você ouviu, embora soasse idêntica àquela que você ouvia todos os dias durante dezessete anos, não pertencia à sua irmã. — Ela fez uma pausa, deixando que eu digerisse a informação. — Pertencia a você.

As marteladas do meu coração silenciaram.

— A Justine parecia falar com você em momentos de desespero, não era? Quando você estava particularmente triste, assustada ou confusa?

Pensei novamente no último verão. Eu a ouvira no meu primeiro dia de volta a Winter Harbor, depois do funeral, quando estacionara o carro na frente da casa do lago e imaginara ter visto *flashes* prateados atrás de mim. Ela me encorajara a seguir outra luz prateada, que vinha de sob a porta do quarto de Zara, e a continuar examinando o livro de conquistas e alvos de Zara quando tudo o que eu queria era jogá-lo longe e sair correndo. Ela tinha me guiado na direção de Caleb quando ele estava fugindo das garras de sua perseguidora. Ela vinha até mim sempre que eu precisava dela, como teria feito se ainda estivesse viva.

Charlotte entendeu meu silêncio como concordância e continuou.

— O nosso corpo pode agir sem instruções, como sabemos, e, quando você ouviu a Justine, o seu estava fazendo duas coisas automaticamente. Primeiro, estava manipulando a sua dor ao fazer você ouvir uma voz que não estava lá. Isso pode acontecer com qualquer pessoa, sereia ou não, que tenha sofrido uma perda trágica.

— Mas a voz que eu escutava sabia de coisas que eu não sabia. Como que o Caleb estava correndo pela rua, na direção de um posto de gasolina. Aquilo me ajudou a encontrá-lo. Se eu estivesse apenas falando comigo mesma, como saberia onde procurar?

— Essa é a segunda coisa que o seu corpo estava fazendo — disse Charlotte. — Ele já estava se sintonizando com as sereias ao seu redor sem você saber, extraindo as informações que elas forneciam e compartilhando-as por meio da voz da Justine, para que você ouvisse.

Sacudi a cabeça, lutando para encontrar algum sentido naquilo.

— Então, quando eu ouvia Justine dizer que o Caleb estava correndo pela rua... eu estava traduzindo as informações que o meu corpo obtinha da Zara?

— Isso mesmo. Ela e o Caleb estiveram fisicamente próximos logo antes de ele começar a correr, certo? Então eles ainda estavam conectados, até certo ponto, e ela conseguia sentir a localização dele. Seu corpo percebeu isso. Não é a mesma coisa que ouvir a voz de alguém que você amou e perdeu. É uma habilidade que apenas sereias possuem.

Virei a cabeça e olhei pela janela. Charlotte estava certa. Aquilo era difícil de ouvir — e mais difícil ainda de aceitar. Durante todo aquele tempo, eu nunca soube como aquilo era possível, mas gostava de acreditar que fosse. Eu gostava de pensar que Justine tinha estado comigo por algum tempo, ainda que já tivesse partido fisicamente.

~ 239 ~

— Você parou de ouvi-la depois do Festival do Esplendor do Norte, certo? — perguntou Charlotte, gentilmente. — Depois de enfrentar o medo de saltar do penhasco e conseguir deter o ataque das sereias?

Eu não conseguira detê-las por muito tempo, mas o resto era verdade. Sempre que eu ouvira Justine depois daquele dia, não havia dúvida de que eu estava apenas me lembrando dela falando comigo.

— Você se transformou naquela noite e não precisava mais da Justine para ter coragem — disse ela. — O seu corpo era capaz de sentir as coisas sozinho, sem se conectar a outras sereias, e sua mente estava se recuperando. Você não precisava mais dela...

— Claro que precisava. — Ergui a cabeça. — Eu sempre vou precisar dela.

Charlotte me deu um sorriso triste.

— Eu não tinha terminado. Eu ia dizer que você não precisava mais dela do mesmo modo.

Eu queria discordar, mas não podia.

— Tem mais uma coisa, Vanessa — disse Charlotte, um instante depois. Sua voz era suave e séria. — Eu não sei bem como...

Ela foi interrompida por outro acesso de tosse, que começou de repente e se tornou mais forte muito rápido. Saltei da cama e apanhei a jarra de água salgada no banheiro. Tentei segurar um copo contra sua boca, mas seu corpo tremia incontrolavelmente. A cada vez que ela aproximava os lábios do copo, seus pulmões pareciam explodir dentro do peito, empurrando a cabeça dela contra o travesseiro.

— Vanessa, o que...?

Ergui a cabeça. Meu pai estava parado na porta, com os olhos arregalados, fixos em Charlotte.

— Me ajude! — Agarrei a mão dela e ergui o copo novamente. — Ela está engasgando e eu não consigo... não sei como...

Meu pai entrou no quarto em um segundo. Ele se sentou na cama ao lado dela e passou um braço por seus ombros. Ela se apoiou con-

~ 240 ~

tra ele, até que o corpo dele começou a tremer tanto quanto o dela. Ele passou o outro braço ao redor do torso dela e a segurou o mais firmemente que o acesso de tosse dela lhe permitia. Os dedos dela pareciam prestes a se partir, enquanto agarravam a perna dele.

Por uma fração de segundo, fiquei atônita com o contato deles. Aquilo era desconfortável. Errado, até.

No segundo seguinte, eu os encorajei.

— Segure a mão dela.

Meu pai olhou para mim, confuso.

— Aperte a mão dela contra o peito. Por favor!

Ele fez o que eu pedi. Segurei a outra mão de Charlotte e me inclinei para ela.

— Cante, Charlotte — disse eu, meus olhos fixos nos dela. — Você tem que cantar. Como me ensinou.

O som que saiu de seus lábios não era nada parecido com o que ela fizera quando mesmerizou o jogador de *frisbee* na praia, alguns dias antes. Era um som grave. Alto. Gutural, como se, por mais que quisesse sair, seu corpo tentasse contê-lo.

Aquilo também não funcionou. Os olhos de meu pai permaneceram claros enquanto ele a segurava, completamente imperturbável.

Por fim, quando ela estava simplesmente cansada demais para continuar a tossir, o acesso parou. Meu pai continuou firme, balançando-a gentilmente e afastando-lhe os cabelos da testa. Querendo lhes dar espaço e precisando do meu próprio, eu me sentei na beirada da janela. Ficamos em silêncio por vários minutos. Os únicos sons que se ouviam eram as ondas quebrando na praia lá fora e a respiração entrecortada e irregular de Charlotte.

Eu estava tentando decidir se ficava ou saía quando Charlotte falou.

— Era isso o que eu queria lhe dizer, Vanessa — ela suspirou. — Não é o bastante.

Prendi o fôlego.

— O que você quer dizer?

Ela virou a cabeça lentamente na minha direção. Seus olhos encontraram os meus. Quando ela falou de novo, sua voz encheu minha cabeça, mas seus lábios não se mexeram.

Compartilhar uma vida, ela disse, de modo que só eu pudesse ouvir, *não é o bastante. Se você quiser salvar a sua própria... precisa tirar a de alguém.*

20

MINHAS PERNAS PARECIAM QUEIMAR. Meu peito ardia e meu coração e pulmões trabalhavam dobrado. O suor encharcava minha testa e escorria pelas minhas têmporas.

Mas eu não estava cansada. Eu me *recusava* a me sentir cansada.

— Talvez seja melhor guardar nossas forças para o caminho de volta — gritou Simon atrás de mim. — Tem certeza de que não quer descansar um pouco?

Sacudi a cabeça, redobrei os esforços e me movi mais rápido. Eu não tinha ideia de há quanto tempo estávamos andando ou de quanto ainda tínhamos que andar, e não me importava. Na verdade, quanto mais longe, melhor. Porque eu estava saboreando cada inspiração e cada contração muscular. Estava aproveitando o calor do sol e o frescor da brisa. Sentindo o cheiro doce das árvores, das flores e da terra, e ouvindo os sons dos pássaros, dos insetos e das folhas. Eu estava registrando tudo em minha memória, sem nem pensar no motivo. Porque, se eu deixasse minha mente ir nessa direção, meus joelhos se dobrariam. Meu coração e meus pulmões parariam de funcionar. Eu morreria ali mesmo, na trilha.

E, comparada com as alternativas, essa opção era tentadora demais para considerar.

Depois da bomba que Charlotte jogou no meu colo na noite passada, fui para o quarto sem fazer mais perguntas. Não porque eu não tivesse mais nenhuma — não dá para ouvir algo como aquilo e não ter um milhão de dúvidas. Mas porque eu não queria saber mais do que já sabia. Quanto mais eu conhecia os fatos, mais real tudo se tornava... e eu não estava preparada para aceitar.

Fiquei no meu quarto e ignorei solenemente as batidas do meu pai na porta e o telefonema de Paige. Mais cedo, naquela noite, eu havia confrontado Paige na cozinha do restaurante, depois de ela ter fugido do palco, deixando o bichinho de pelúcia para trás. E ela confirmou que o colar em torno da baleia de brinquedo tinha pertencido à sua mãe.

Aquilo era particularmente alarmante porque, de acordo com Paige, Raina estava usando a joia na noite em que o porto congelara, durante o ataque das sereias no Festival do Esplendor do Norte, no verão anterior — e não quando ela juntara forças no fundo do lago Kantaka e atacara Simon e a mim no último outono. O que significava que ou ela perdera o colar naquela primeira noite, ou fora roubado. De qualquer forma, quem quer que o tivesse trazido ao restaurante sabia mais sobre Raina, sobre tudo o que acontecera e sobre nós do que qualquer pessoa fora do nosso círculo mais próximo deveria saber.

Antes que minha mente pudesse absorver tudo isso, Paige havia pedido licença e saído para resolver assuntos do restaurante, dizendo que me telefonaria mais tarde. Mas, depois da minha conversa com Charlotte, eu não queria falar sobre o assunto — sobre *nada* relacionado ao assunto. Então, deixei a chamada cair na caixa postal.

Para ajudar meu processo de negação, acordei bem cedo naquela manhã e, depois de um longo mergulho, dirigi até a Harbor Hike House. Cheguei à loja de equipamentos esportivos antes mesmo de abrir e, quando o gerente finalmente destrancou a porta, pedi algumas sugestões de trilhas. E então fiz com ele o que Charlotte tinha sido incapaz de fazer com meu pai horas antes. A injeção de adrenalina fora instantânea — e tão forte que eu quase chorei de alívio.

Mas não chorei. Porque isso teria sido o mesmo que admitir que algo estava errado.

A mensagem de texto de Simon chegou quando eu estava saindo da loja. Ele tinha conseguido uma dispensa do trabalho e estaria livre o dia inteiro. Concordamos em nos encontrar no píer, uma hora mais tarde, e dirigir juntos até a trilha. E estávamos escalando desde então.

O sol brilhava diretamente sobre nossa cabeça, quando as árvores começaram a rarear e a trilha ficou mais plana. Logo, havia espaço suficiente para que Simon e eu andássemos lado a lado. Ele me alcançou e pegou minha mão. O toque dele me arrancou de meu estado de quase hipnose e me fez desacelerar o passo pela primeira vez desde que meus tênis haviam tocado a trilha.

Caminhamos pelo topo da montanha sem falar. Por fim, alcançamos uma grande formação rochosa que se elevava a mais de cinco metros do solo. Beijei a mão dele antes de soltá-la, então comecei a escalar a rocha, colocando os pés onde eles se encaixassem melhor. A estrutura natural era sólida, apesar de algumas pedras soltas que me fizeram escorregar duas vezes, e cheguei ao topo sem muito cansaço.

— Uau. — Simon se aproximou de mim por trás e bebeu um longo gole de água de sua garrafa. — Eu vivi aqui a minha vida inteira... e nunca vi Winter Harbor assim.

Eu não passara em Winter Harbor nem metade do tempo que Simon tinha passado, mas, ainda assim, entendia o que ele queria dizer. O topo daquela formação rochosa oferecia uma vista perfeita, de trezentos e sessenta graus, da cidade e arredores. Virando-me lentamente, pude ver a rua principal e o porto. O lago Kantaka. O Acampamento Heroine. O farol. O oceano.

— É lindo — falei.

— Eu nem sabia que esta trilha existia. E, considerando que somos as únicas pessoas aqui, acho que não tem muita gente que sabe. Como você a descobriu?

Hesitei.

— Na Hike House. Eu fui até lá hoje de manhã para comprar isto. — Girei minha mochila, abri o bolsinho da frente e peguei um punhado de barrinhas de cereal. O gerente não se mostrou nem um pouco desconfiado depois que removi a mão de seu peito, mas achei que retribuir o favor e comprar alguma coisa na loja seria justo.

Simon apanhou uma barrinha.

— Engraçado, quando você falou em piquenique, não foi isso que me veio à mente.

Ele sorriu, mas me senti péssima na mesma hora.

— Desculpa, mas eu estava com pressa quando saí de casa e não pensei em pegar nada de lá, e estou um pouco cansada da comida do restaurante, e o Harbor Homefries não aceita cartão, e o banco ainda não estava aberto, e...

Parei de falar quando Simon me mostrou um grande saco de papel. Eu estava tão ocupada tentando ser convincente que não percebi que ele estava abrindo a mochila enquanto eu mentia.

— Você trouxe comida — eu disse, sentindo o peito se aquecer.

— Pensei que ou fazíamos as coisas direito, ou era melhor não fazer. E imaginei que você estaria muito cansada, depois de trabalhar até tarde, para preparar alguma coisa, então decidi assumir a responsabilidade. Espero que esteja tudo bem.

Sorri.

— Está tudo ótimo. Obrigada.

Ele se agachou, apanhou um cobertor na mochila e o estendeu sobre a rocha.

— Talvez seja cedo demais para você me agradecer, já que fui eu quem preparou tudo isso.

Eu me sentei na frente dele, sobre o cobertor, e o observei tirar uma lancheira térmica do saco de papel.

— Acho que não vejo uma dessas desde o jardim de infância — falei, achando aquilo divertido.

— Ah, bem. Minha mãe disse que, se eu lhe oferecesse panquecas frias, ela nunca mais me deixaria entrar em casa. — Ele piscou para mim. — Você sempre foi a favorita dela.

Meus olhos se encheram de lágrimas. Fiquei feliz por ter me lembrado de trazer os óculos escuros, para que ele não pudesse vê-las.

Comemos nosso café da manhã, que, além de panquecas, incluía ovos, bacon, frutas e chá. Não conversamos muito, e por mim estava tudo bem. Da mesma forma que havia saboreado cada contração muscular e cada batida do coração na subida, agora saboreava aquele momento com Simon. Era tão simples, tão normal. A única forma de melhorar era se não acabasse nunca.

Quando terminamos, recolhemos o lixo. Sem discutir o que fazer depois, ele usou a mochila como travesseiro e se esticou no cobertor, estendendo um braço para mim. Eu me deitei ao lado dele, descansando a cabeça em seu peito.

— Então, foi tudo bem na festa ontem à noite? — perguntou ele, alguns minutos depois.

Assenti, tentando parecer casual.

— Apareceu muita gente. Tomara que ajude a melhorar os negócios.

— E os clientes... estavam todos bem? Nada fora do comum?

Eu me lembrei do bichinho de pelúcia. Do colar de Raina. Não queria esconder nada de Simon e tinha prometido a mim mesma conversar com ele sobre isso hoje... mas fizera essa promessa antes da minha conversa com Charlotte.

Esconder a verdade por mais alguns minutos seria tão ruim assim? No fim das contas, não ficaríamos ambos felizes com isso?

Ergui a cabeça e aproximei os lábios do ouvido dele.

— Não estou a fim de pensar sobre nada nem ninguém agora, a não ser em você — sussurrei. — Tudo bem se conversarmos sobre a noite passada, e todo o resto, um pouco mais tarde?

A boca de Simon se colou à minha em resposta. Sorri contra os lábios dele e me ergui lentamente, rolando até me posicionar sobre ele. Suas mãos deslizaram pelas minhas costas, sob a minha blusa. Ergui a camiseta dele, beijando seu peito e sua barriga. Ele colocou um joelho entre os meus, e movi as pernas de forma a enlaçá-lo pela cintura. Nossos beijos se tornaram mais intensos, mais desesperados, e logo nossa respiração estava tão rápida quanto o movimento de nossa boca.

— Estamos um tanto expostos aqui — disse Simon baixinho. — Talvez seja melhor descermos a trilha e continuarmos num lugar mais discreto.

— Não tem ninguém aqui. — Beijei sua orelha, seu pescoço. — E não quero parar. Você quer?

Ele sacudiu a cabeça e se ergueu, de modo que ambos nos sentamos. Eu conseguia sentir sua respiração, quente e úmida, através do algodão fino da minha blusa. Querendo senti-la contra a minha pele, arranquei a blusa e joguei-a para o lado. Fechei os olhos, enterrando os dedos nos cabelos dele enquanto sua boca deslizava por meus ombros, meu peito, descendo para o meu abdômen. Seus dedos acompanhavam o movimento e se detiveram no botão dos meus shorts. Ergui os quadris contra os dele.

Ele acabara de desabotoar meus shorts quando meu celular tocou dentro da minha mochila.

— Você quer...? — perguntou ele.

— Nem um pouco. — Pressionei o peito contra o dele e tirei sua camiseta, enquanto deitávamos novamente sobre o cobertor.

O barulho parou.

Um segundo depois, começou de novo.

— Você tem certeza...

— Absoluta.

O barulho parou. E começou de novo.

— Desculpe. — Eu me sentei, estendi a mão para a mochila e apanhei o telefone. Além das chamadas perdidas, eu tinha três recados na caixa postal e sete mensagens, mas desliguei o celular sem checar de quem eram.

Joguei o celular de volta na mochila e voltei para os braços de Simon. Ainda estávamos nos beijando, alguns minutos depois, quando o celular dele tocou.

— Você quer...? — perguntei.

— Nem um pouco.

O celular tocou mais duas vezes e parou. Quase imediatamente, soou outras duas vezes.

As mãos de Simon ficaram tensas, e seus lábios se moveram mais lentamente sobre os meus.

— O que foi? — perguntei, enquanto o celular emitia um bipe. — O que há de errado?

Ele parou de me beijar e olhou por sobre o ombro, para a mochila.

— É o nosso sinal.

Eu estava deitada sobre o cobertor e me ergui nos cotovelos.

— Que sinal? Para quê?

Ele se virou. Seus lábios, que se moviam tão facilmente sobre os meus um minuto antes, se contraíram. Ele franziu as sobrancelhas.

— Meu e do Caleb. Para emergências.

Minha respiração ficou presa na garganta. Engoli em seco.

— Que tipo de emergência?

Simon não respondeu. Ele sabia que eu já sabia.

— É melhor eu ligar para ele — disse ele, parecendo aborrecido.

Assenti e me deitei novamente, enquanto ele se levantava para apanhar a mochila. Ele se afastou vários metros, ou para procurar um sinal mais forte, ou para me poupar de tentar adivinhar qual era a emergência, ouvindo só um lado da conversa.

～ 249 ～

Era desnecessário; eu não tinha o menor interesse em saber o que estava errado. Eu me senti culpada ao pensar isso, mas quase esperava que, o que quer que fosse, fosse ruim o suficiente para Simon não querer me contar. Assim, talvez eu pudesse continuar a fingir por mais algum tempo.

— Você não me contou que a Raina fez uma aparição ontem à noite.

Eu me levantei de um salto, colocando um braço na frente do rosto para proteger os olhos do sol. Simon estava de pé ao lado do cobertor, segurando com força o celular desligado.

— Ela não fez — respondi.

— Não foi isso que o Caleb disse.

— O Caleb não estava lá. Como ele...

— A Paige. Era ela quem estava te ligando. Quando você não atendeu, ela imaginou que você estivesse comigo e ligou para ele.

Mordendo os lábios para não suspirar, apanhei minha blusa no chão e a vesti.

— Alguém inscreveu um bichinho de pelúcia com o colar da Raina no concurso — expliquei. — Eu ia lhe contar, juro. Só queria passar algumas horas normais, tranquilas, antes que o dia inteiro se transformasse em uma discussão sobre esse assunto. — Então, percebendo o que ele havia dito, eu me levantei e o encarei. — Tem mais. Eu já sabia sobre o colar... Portanto a Paige estava me ligando para me contar sobre outra coisa.

Ele olhou para baixo, e eu soube que estava tentando decidir sobre o que falar primeiro — meu silêncio em relação à noite anterior ou as últimas notícias. Depois de um momento, ele escolheu as notícias.

— As câmeras de segurança do restaurante pegaram o cara que entregou o colar. Não é uma imagem clara, mas a Paige tem uma ideia e acha que você pode confirmar.

Enquanto eu processava isso, cruzei os braços sobre a barriga e me virei.

— Vanessa, são notícias boas. — Simon se aproximou de mim. — Não é um modo ideal de passar a tarde, e, acredite em mim, não tem nada que eu queira mais do que continuar de onde paramos. Mas, se descobrirmos quem entregou o colar, provavelmente vamos saber quem é responsável pelos *e-mails* e por todo o resto. Quanto mais cedo tivermos essa informação, mais cedo vamos conseguir detê-los e seguir em frente. Para sempre.

Ele estava certo, claro. Sobre tudo, menos a última parte.

Não importava o que acontecesse depois de assistirmos às imagens da câmera de segurança, ainda que descobríssemos quem matara Carla e Erica e conseguíssemos fazer com que aquilo tudo parasse, eu nunca seguiria em frente. Simon e eu... *nunca* seguiríamos em frente. Charlotte confirmara isso na noite anterior.

Mas eu não podia sentir pena de mim mesma naquele momento. Havia questões mais urgentes para resolver, e haveria muito tempo para isso depois.

— Tudo bem — concordei com os olhos fixos no porto ao longe. — Vamos.

Simon tomou a frente, descendo a montanha. Eu não tinha tanta pressa de chegar lá embaixo quanto tive de alcançar o topo, e também estava mais lenta. Meu corpo parecia pesado, como se meus tênis estivessem cheios daquelas pedras que havíamos acabado de deixar para trás. Se Simon fosse qualquer outra pessoa, alguém que não tivesse se apaixonado por mim antes de eu me transformar, nossa sessão de beijos teria me energizado tanto que eu poderia voar pela trilha. Em vez disso, parecia ter causado o efeito contrário.

Aquele pensamento era tão perturbador que me forcei a tirá-lo da mente e tentei me concentrar na tarefa que me aguardava.

Quando Simon se ofereceu para dirigir, ao nos aproximarmos do jipe estacionado na beira da estrada, eu disse a ele que estava bem e assumi o volante. Não conversamos no caminho de volta para a cidade, mas a viagem passou muito rápido, de qualquer modo. Antes que eu

~ 251 ~

percebesse, já estávamos chegando ao estacionamento do Betty Chowder House — quase lotado.

— Olhando por este ângulo, acho que a noite passada foi um sucesso — disse Simon, enquanto eu procurava uma vaga no estacionamento dos funcionários.

Ele segurou a minha mão quando descemos do jipe. Estávamos começando a subir as escadas que levavam até a porta da cozinha quando Paige se inclinou sobre a sacada do deque de descanso dos funcionários e nos chamou.

— Desculpem por interromper o romance... mas vocês dois definitivamente vão querer ver isto.

Simon e eu trocamos um olhar. Ele soltou minha mão para segurar a porta.

— Nós o conhecemos — disse Paige, quando chegamos ao deque. Ela estava sentada na frente de um *laptop*, com Caleb de um lado e Natalie do outro. — Eu não sei dizer como, exatamente... mas sei que o conhecemos.

Natalie sorriu para nós e se inclinou para a tela do computador. Olhei para Simon, que franzia as sobrancelhas e apertava os olhos, confuso. Eu sabia que ele estava pensando o mesmo que eu.

O que ela estava fazendo ali?

Paige virou o *laptop* para nós.

— O que vocês acham?

Nós teríamos que nos preocupar com Natalie depois. Agora, nos aproximamos da mesa e examinamos a imagem em preto e branco. A gravação era da câmera localizada sobre a entrada principal do restaurante e mostrava vários pescadores na varanda, conversando, fumando e rindo. Dez segundos depois, um rapaz emergiu das sombras, onde a câmera não alcançava. Ele vestia jeans, uma jaqueta cargo e um boné de beisebol. Sua cabeça estava baixa, e as mãos, enfiadas nos bolsos. Havia um pacote grosso sob um dos braços. Ele andava a passos rápidos e decididos.

— Como você pode afirmar que o conhecemos? — perguntei. — O rosto dele está escondido.

Mas em seguida ele esbarrou em um dos outros homens na varanda, que pareceu dizer alguma coisa em resposta. Nosso perseguidor se virou para o homem, e, por uma fração de segundo, a câmera registrou seu perfil.

— Vamos voltar a gravação um pouco — disse Simon, inclinando-se para frente e deslizando o polegar pelo *trackpad*. — Podemos congelar a imagem para ver melhor.

— Não precisa — falei.

Porque Paige estava certa. Nós conhecíamos o perseguidor. *Eu* conhecia o perseguidor. E passara tempo suficiente com ele para uma fração de segundo ser capaz de identificá-lo.

Era Colin. O filho da corretora.

Abri a boca para dizer isso quando meu celular tocou. Era um toque longo, antiquado, como o do telefone do escritório de meu pai, em Boston. O som era reconfortante, familiar — e fora por isso que eu o escolhera para o nosso novo número, o da casa de praia.

— Desculpem — disse eu, tirando o celular do bolso dos shorts, onde eu o colocara para ter acesso mais fácil enquanto descíamos a montanha. — São os meus pais. É melhor eu atender.

Grata por ter uma desculpa para processar o que tinha acabado de ver, me virei e fui até a sacada da varanda.

— Oi, pai. O que foi?

— Vanessa, sou eu. — A voz de minha mãe estava tensa de preocupação. — Você precisa vir para casa agora. Por favor.

Antes que eu pudesse perguntar o motivo, a voz de Charlotte encheu minha mente.

Cuide-se, minha querida e doce Vanessa.

Sei que você é forte... Agora, você só precisa decidir o que realmente significa ser corajosa.

21

— Q<small>UERIDA, CONFIE EM</small> mim — disse minha mãe. — Você não quer entrar lá!

Ela parou diante da porta do quarto de hóspedes, segurando um lenço torcido nas mãos. Andei de um lado para o outro. Ela copiou meu movimento, como se o corpo dela fosse uma parede pela qual eu não pudesse passar.

— Sim, eu quero. — Minha voz estava calma. Serena.

— Vanessa — disse meu pai baixinho, tocando meu braço. — Ela não está... Você não sabe como...

A voz dele vacilou, depois sumiu. Ele abaixou a cabeça e empurrou os óculos de volta para o lugar com a ponta dos dedos. Depois, pressionou o canto dos olhos, mas as lágrimas escorreram do mesmo jeito.

— Ela está diferente do que você se lembra. — Os olhos da minha mãe se encheram de água também, mas ela deu o lenço a meu pai.

— Eu a vi na noite passada — falei. — E não me importo com quanto isso seja ruim. Tenho certeza de que vi coisas piores no verão passado.

Minha mãe piscou, mandando uma nova onda de lágrimas rosto abaixo.

— Essa é mais uma razão para você não entrar.

— Você me ligou há quinze minutos e disse que eu precisava vir para casa naquele momento. Achei que eu poderia vê-la. O que mudou de lá para cá?

Meu pai expirou longa e instavelmente e olhou para cima.

— Muita coisa.

Minha mãe deu um passo para frente e tirou o cabelo do meu rosto.

— Por que você não se deita um pouco? Seu pai e eu podemos lidar com a situação.

Olhei para o outro lado. Eu não a via triste desse jeito desde o último verão e pensei que eu poderia começar a chorar também. E, se queria convencê-los de que eu estava emocionalmente bem para ver o que quer que estivesse do outro lado da porta, tinha de me controlar.

A campainha soou. Minha mãe fungou, se arrumou e ajeitou a blusa. Mesmo sem ver, eu sabia que os olhos dela tinham dito a meu pai que era melhor ele me conter na ausência dela.

— A Charlotte pediu que você não a visse neste estado — disse ele, quando minha mãe saiu.

— A Charlotte viveu como quis por dezoito anos. — Ergui os olhos. Nós nos encaramos. — Acho que já é o bastante.

— Você está chateada. Não deixe suas emoções a levarem a fazer algo de que se arrependerá depois.

Era o suficiente. Tinha gente demais na minha vida dizendo o que eu poderia ou não fazer.

— Vou entrar. — Caminhei em direção à porta. — Quando estiver pronta para sair, sairei.

Ele sustentou meu olhar por mais um segundo. Uma dor aguda perfurou meu peito — eu sabia que ele estava sofrendo também — e fiquei preocupada de perder a coragem. Mas então ele concordou e se largou em uma poltrona no corredor.

— Estarei aqui se você precisar de mim— disse ele.

Esperei até que ele se sentasse e encarei a porta. Coloquei a mão com cuidado na maçaneta, esperando que o metal estivesse tão quente, ou frio, que queimasse a pele... mas parecia bem. Normal. Estranhamente tranquila, apertei mais forte, virei e empurrei.

O cheiro me atingiu no mesmo instante. Era uma mistura de sal, peixe podre e carne em decomposição, tão forte que eu conseguia senti-la me envolvendo e entrando em meus poros.

Engasgando, cobri a boca com uma das mãos e agarrei a barriga com a outra. Se meu pai não estivesse sentado a três metros de distância, eu teria escancarado a porta e corrido para a saída mais próxima. Já que ele estava ali, abafei o choque e me forcei a cruzar o limiar, batendo a porta atrás de mim.

O ar dentro do quarto estava parado. Pesado. Quente. Talvez em um esforço inconsciente de evitar a cama, olhei para as janelas, que estavam fechadas.

Mantendo uma das mãos ao redor do nariz e da boca, atravessei correndo o quarto. Quando precisei das duas mãos para abrir o vidro, relutantemente virei o rosto. Segurei o fôlego até sentir a brisa fria do oceano nas faces, então fechei os olhos e pressionei as duas palmas na tela acima da janela onde eu havia sentado enquanto conversava com Charlotte há apenas algumas horas. Respirei fundo.

A náusea passou um momento depois. Abri os olhos e observei as ondas batendo na costa. Não me dei conta logo de cara, mas eu não estava simplesmente observando a vista. Estava ali torcendo para ouvir a voz de Charlotte. Queria que ela me dissesse que tudo ia ficar bem, que *ela* estava bem.

Mas ela não disse nada. Ouvi apenas as ondas quebrando na praia.

Eu me virei lentamente, mantendo o olhar em outro ponto até estar de frente para a cama. De onde eu estava, tudo parecia bem. O piso de madeira brilhava. Os chinelos brancos de Charlotte estavam diante do criado-mudo, no mesmo lugar da noite anterior. Os lençóis pareciam arrumados de uma forma diferente, pendendo em ângulo.

Talvez tenha sido um engano, pensei, enquanto erguia os olhos. *Talvez ela esteja apenas dormindo, ou muito fraca para falar. Se eu trouxesse um pouco de água para ela, ou ensopasse seus cobertores com água salgada, talvez...*

De repente, minha mente ficou em silêncio. Não havia engano nenhum. O lençol cobria um vulto magro, comprido e imóvel. O peito dela não subia nem descia. O tecido que cobria a boca não se movia quando ela respirava. Ao me aproximar da cama, a cabeça dela não se virou para mim.

Minha última esperança era que outra pessoa — não a mulher que me dera a vida — estivesse deitada lá. Porque aquele vulto parecia magro demais para ser Charlotte.

Havia apenas um modo de ter certeza. Lembrando-me do que ela dissera sobre ser corajosa, dei outro passo em direção à cama. E outro. E mais um. Então, com cuidado para não encostar em seus chinelos com os pés, me inclinei para frente, peguei a ponta do lençol com dois dedos e puxei.

Uma nevasca de flocos brancos encheu o quarto.

— Não! — Eu caí para trás. Tentei pegar novamente o lençol e não consegui. — Não, não, não!

Apesar de os flocos brancos flutuantes embaçarem minha visão, pude dizer imediatamente que era Charlotte. Tinha os mesmos longos cabelos brancos, os mesmos olhos azul-esverdeados. Vestia jeans escuro, uma blusa de manga curta e bijuterias, como se estivesse pronta para sair e, repentinamente, tivesse caído doente. E, já que ela havia planejado partir hoje, apesar de se sentir tão fraca na noite anterior, talvez fosse isso mesmo que tivesse acontecido.

Mas a pele dela estava cinzenta. Quebradiça e rachada, expondo a carne ressequida, músculos e, em alguns lugares, ossos. Seus lábios tinham sumido, seu nariz afundara. O pé direito dela estava nu e dividido ao meio, de modo que a parte de cima tinha caído e a ponta dos dedos tocava o calcanhar.

Não havia sangue, porém. O corpo dela estava completamente seco. Parecia que estivera deitada ali, morta e esquecida, por meses. Talvez anos. Mas Charlotte ainda estava viva quando minha mãe ligou. O que significava que ela não tinha partido há mais do que quinze minutos.

Uma brisa percorreu o quarto. Com o ar entrando pelas janelas abertas, os flocos brancos giraram, rodaram em torno de mim, cobrindo-me os cabelos, as roupas, o rosto.

Só percebi o que eram quando os retirei da boca.

Eram pedaços de Charlotte. E estavam por todo canto.

Gritei, corri para o banheiro e bati a porta. Fui até a pia, abri a torneira e esfreguei o rosto. Pulei e balancei minhas roupas e meus cabelos. Ainda sentindo-a em mim, continuei esfregando, frenética, até que os últimos flocos estivessem no chão. Finalmente, exausta, me sentei na borda da banheira.

Você não está sozinha, Vanessa...

Levantei os olhos. A voz era familiar. Abalada demais para saber se eu tinha ouvido isso em voz alta ou dentro da cabeça, prendi o ar e esperei por mais. Um som suave veio do outro quarto; me levantei e caminhei lentamente para a porta.

— Betty?

Ela estava sentada em uma cadeira no canto do quarto, as mãos cruzadas no colo, os olhos levemente nublados em minha direção. Oliver estava em pé, entre a cama e a janela, varrendo a poeira da morte e formando uma pilha. Quando entrei no quarto, ele parou para me dar um sorriso triste antes de continuar.

— Eu lamento muito, minha querida — disse Betty.

Assenti. Então, lembrando-me de que ela poderia não ser capaz de me ver, disse:

— Obrigada. — Quando me encostei na cômoda, percebi que o lençol tinha sido puxado novamente, cobrindo o rosto de Charlotte. — Meus pais ligaram para você?

— Sim, mas eu já estava a caminho. A Charlotte me ligou mais cedo e pediu para eu ficar de olho em você.

— Ela disse que estava... Você sabia que ela...?

— Estava morrendo? — Betty franziu a testa. — Sim.

— Você sabe por quê? Quer dizer, ela parecia muito fraca quando chegou aqui há algumas semanas, mas não a ponto de... disto... parecer possível.

Betty virou a cabeça em direção a Oliver. Ele olhou para cima quando ela não respondeu, viu o olhar dela para ele e descansou a vassoura na parede. Então apertou meu braço a caminho da porta do quarto, que abriu e fechou gentilmente atrás de si.

— Sente-se, Vanessa. Por favor.

— Estou bem em pé.

Os lábios dela se apertaram, mas ela não protestou.

— A Charlotte lhe disse o que precisava dizer quando veio para cá?

— Ela não veio para cá para me falar nada. Ela apenas parou a caminho do Canadá. Disse que queria me ver porque não sabia quanto tempo ficaria fora.

— Ela não queria preocupar você.

— Com o quê?

Na breve pausa que se seguiu à pergunta, eu entendi.

— A Charlotte... não estava indo se encontrar com as Ninfeias? — perguntei.

— Ela queria. Ela esperava que a reconciliação fosse possível e que elas perdoassem as transgressões dela rápido o bastante para ajudá-la. Mas ela também sabia que tinha pouco tempo e que, quanto mais ficasse aqui, menor seria a chance de ir até lá tentar resolver as coisas.

Tentei processar a informação.

— Ela não fez simplesmente uma parada em Winter Harbor? Ela *planejou* vir aqui?

— Sim. Ela queria lhe dar o espaço que você tinha pedido no outono passado, mas também queria conversar com você sobre algumas coisas antes que não pudesse mais fazer isso. E agiu como se tudo não passasse de um impulso, algo impensado e momentâneo, pois achava que assim você a receberia bem.

— Então, para vir até aqui, por mim... ela arriscou a vida?

Betty inclinou a cabeça.

— Ela arriscou a vida dela há muito tempo, Vanessa. Por um tempo, você a devolveu.

Ao me dar conta vagamente de que minhas pernas começavam a ficar dormentes abaixo de mim, dei a volta na cama e me larguei no assento próximo à janela.

— Mas e o último outono? — perguntei. — No fundo do lago ela estava tão forte. Parecia tão jovem, tão saudável.

— Ela parecia ter a idade que tinha. Porque havia tirado uma vida para ter forças para deter a Raina e as outras sereias.

Forcei minha mente a pular essa parte.

— Mas isso não foi há tanto tempo. O que aconteceu?

Betty hesitou.

— Antes de eu continuar, Vanessa, preciso saber... A Charlotte lhe contou sobre o seu futuro? E o que você precisa fazer para...

— Sim — cortei, não desejando ouvir Betty dizer aquilo em voz alta. — Ela contou.

— Muito bem. — Betty desviou os olhos em direção à cama, fixando-os em algum lugar acima do rosto oculto de Charlotte. — Ela mesma nunca quis fazer uma coisa dessas, por isso poupou seu pai e se escondeu em Boston. Isso acelerou o processo de envelhecimento, por isso ela se parecia mais com uma avó do que com uma mãe quando você a encontrou pela primeira vez. Como você sabe, as Ninfeias têm imensas necessidades físicas, bem maiores que as das sereias normais. Assim, a Charlotte parecia mais velha do que uma sereia comum pareceria nas mesmas circunstâncias.

Pensei em Charlotte na cafeteria meses atrás e me lembrei da bebida de algas que ela me serviu antes de eu saber quem ela era. A lembrança trouxe lágrimas; pisquei para evitar que caíssem.

— Quando ela tirou uma vida, o relógio girou para trás instantaneamente, dando a ela energia e vitalidade aparentemente ilimitadas — disse Betty. — Mas a primeira vez é sempre a mais efetiva.

Fiquei sem ar.

— A primeira vez? — eu estava quase sussurrando.

Ela virou a cabeça em minha direção.

— Então ela não te contou tudo. — Betty suspirou. — Sim, para termos uma vida longa e aparentemente normal, dependemos de outras vidas. Tirar a vida de um homem pode nos sustentar por alguns meses, mas, uma vez que os efeitos enfraquecem, o processo de envelhecimento começa novamente, e se acelera. Para que a Charlotte tivesse um destino diferente, ela precisaria matar novamente. E, apesar de te amar mais do que você jamais saberá e estar exultante por passar um tempo com você... ela não poderia fazer isso. Essa não era a mãe que ela queria ser para você.

Novas lágrimas brotaram em meus olhos. Não me dei ao trabalho de escondê-las.

— Então, a morte era a melhor opção?

— Ela achou melhor morrer do que matar outra pessoa.

Virei o rosto e encarei as janelas. Pressionando a testa contra a tela gelada de metal, me concentrei em respirar.

— Então você... — sussurrei. — Você...?

— Eu matei. Não é algo de que me orgulhe, mas eu tinha uma filha e, depois disso, duas netas para cuidar. Quando ficou claro que a Raina pretendia usar seus poderes para o mal e ensinar a Zara e a Paige a fazer o mesmo, estar lá por elas era mais importante. Então fiz o que tinha que fazer.

Era demais. Tudo — Charlotte, Colin, as garotas mortas, meus amigos e minha família sofrendo, nosso futuro incerto. Era tudo demais. Não acreditei que pudesse lidar com isso.

— O que quer que você faça, Vanessa — continuou Betty gentilmente —, não se culpe. Você não é responsável pela morte dela. A única coisa que a Charlotte queria, além de sua saúde e felicidade, era que nosso legado pudesse desaparecer magicamente. E ela também desejava que as pessoas nunca soubessem da nossa existência, nunca sofressem em nossas mãos. Ela não podia controlar toda a grande comunidade de sereias, mas podia controlar as próprias ações. — Betty fez uma pausa e respirou fundo. — Então, mesmo que os caminhos de vocês nunca tivessem se cruzado, isso estava destinado a acontecer, mais cedo ou mais tarde.

As lágrimas rolavam pelo meu rosto e pescoço, e ficamos ali, em silêncio. Algum tempo depois, perguntei:

— E o funeral?

— Ela não queria um. Além disso, o corpo dela não vai durar o bastante para os preparativos. A maior parte dele não.

— Então o que fazemos com... Como nós fazemos...?

A voz de Betty era suave, apologética, quando ela respondeu:

— Nós a devolvemos para o mar pela última vez. Ficarei honrada em levá-la quando você estiver pronta.

— Eu posso fazer isso.

— É gentil de sua parte oferecer, querida, mas...

— Eu *quero* fazer isso. — Virei-me e Betty assentiu, resignada. — Quando?

— Quando você estiver pronta. Oliver e eu precisamos apenas de alguns minutos para preparar tudo.

Eu me levantei e atravessei o quarto.

— Vou pedir que ele entre.

No corredor, Oliver estava parado próximo a meu pai, que ainda estava sentado na mesma poltrona. Fui até eles e toquei o braço de meu pai.

— Ela não queria um funeral — eu disse, tentando ser gentil. — Você quer um momento com ela antes...?

Não pude terminar a sentença.

Seu cabelo crespo e branco se agitou quando ele balançou a cabeça.

— Eu já tive.

Olhei para Oliver. Ele assentiu uma vez e retornou ao quarto de hóspedes.

— Seus amigos estão aqui — disse meu pai. — O Simon, a Paige, o Caleb. E uma loira simpática que eu não conheço.

Natalie. Isso era estranho. Por que Paige a convidaria?

— Eles vieram ver se você está bem — disse meu pai. — Quer que eu peça para entrarem?

Fiquei tentada a pedir por Simon e Paige, mas fiquei com medo de perder a coragem se visse a preocupação e a tristeza no rosto deles. Então o agradeci e disse que os veria quando voltasse.

Quinze minutos depois, Betty e Oliver se juntaram a nós. Ela pegou minha mão.

— Nade quanto quiser, leve-a para onde achar que é certo. Não se preocupe com o lugar onde a colocamos, querida, o invólucro se desintegrará antes que a noite caia. — Ela apertou meus dedos. — Estaremos aqui quando acabar.

Foi o que Charlotte disse quando apareceu no restaurante, algumas semanas atrás, antes de eu deixá-la no píer para falar com Simon. Um nó se formou em minha garganta, mas eu me forcei a ignorá-lo.

Meu pai se levantou e os três foram para a sala de estar. Entrei no quarto de hóspedes, que tinha sido limpo. Parecia que não era usado há muito tempo. A cama estava feita. Os pertences de Charlotte tinham desaparecido. A luz do sol entrava através das cortinas fechadas. A única evidência de que o quarto tinha sido ocupado recentemente era uma mochila quadrada no assento perto da janela.

Isso, pensei, *é minha mãe.*

A mochila era prateada e enrugada, como papel-celofane. Tinha um zíper no topo e duas tiras na parte de trás. Estava mais leve do que eu esperava, e quase a abri para checar o conteúdo, mas não fiz isso. Em vez de colocá-la nas costas, eu a abracei contra o peito. Segurei a mochila assim enquanto atravessava o terraço do lado de fora e por todo o caminho até a praia. Só soltei a mochila para tirar os tênis e as meias, então a peguei e a abracei novamente.

Não a usei nas costas em nenhum momento. Na água, nadei com um braço, usando o outro para segurá-la bem perto de mim. Não sei por quanto tempo nadei ou a que distância fui. Mas não parei até chegar a um grande recife de corais no fundo do oceano. Meus olhos tinham se adaptado à água escura no último ano, e eu conseguia ver a estrutura fervilhante de peixes coloridos e plantas. Era um lugar brilhante em um mundo sombrio. Decidindo que seria um bom lugar para ela, nadei até alcançar uma pequena fenda e com cuidado coloquei a mochila ali.

E foi isso. Não houve cerimônia, música triste ou discursos emotivos. A vida complicada daquela mulher chegara a um fim difícil, e era tudo isso que ela teria. Uma bolsa biodegradável no fundo do oceano.

Permaneci no mar por tempo suficiente para não preocupar ninguém que estivesse me esperando em terra firme. Então, pressionei a mão contra a bolsa, imaginando uma jovem, saudável e sorridente Charlotte, e disse adeus.

Minha mente estava clara quando voltei à superfície. Ao entrar em casa, encontrei meus amigos e minha família reunidos na sala de estar. Minha mãe tinha honrado seu papel de anfitriã e servido chá e sanduíches. A maior parte da comida permanecia intocada. Assegurei a todo mundo que estava bem, depois pedi alguns minutos sozinha com meus amigos. Quando minha mãe, meu pai, Betty e Oliver se retiraram para a cozinha, me sentei ao lado de Simon no sofá. Ele colocou imediatamente um braço ao meu redor.

— Vou fazer o que é preciso — afirmei. — Vou deter o Colin.

22

CERCA DE UMA SEMANA depois, Paige mexia no celular deitada em minha cama enquanto eu me preparava para um encontro. Estava demorando muito mais do que eu tinha planejado para me arrumar, porque meu corpo não estava cooperando. Fazia seis dias que eu havia tomado alguma energia do gerente da Hike House, e isso se fazia notar.

— Quem *é* ela? — Paige gemeu baixinho. — Como eu não consigo reconhecê-la?

— Talvez você não a conheça. — Em pé diante do espelho do banheiro, passei uma terceira camada de hidratante no rosto, no pescoço e nas mãos.

— Eu conhecia a Carla e a Erica. E essa garota, pelo menos de costas, parece familiar.

Não respondi. Caleb tinha mandado, a pedido de Paige, três fotos do último alvo de nosso perseguidor, uma morena mignon. E, desde então, ela estava enlouquecida tentando reconhecer a garota, sem sucesso.

— Será que frequentamos a mesma escola? Ou ela esteve no restaurante?

Enquanto Paige quebrava a cabeça, virei um galão de água salgada e esperei para ver se faria diferença. Quando percebi que minha pele continuou seca, pálida e levemente descascada ao redor do nariz, e vi que as linhas de expressão em torno dos olhos e da boca não se suavizaram, apelei para a última linha de defesa: maquiagem. Precisei de *blush*, batom, rímel, delineador e metade de um tubo de base, mas no fim achei que poderia passar novamente por alguém de 18 anos.

— Uau. — Os olhos de Paige me examinaram de cima a baixo quando deixei o banheiro.

— Exagerei? — Eu me virei em direção ao espelho de corpo inteiro. — Não quero que pareça forçado. Ele pode desconfiar.

Ela se levantou da cama e se aproximou.

— Você está linda.

Quando ela sorriu para o meu reflexo, não pude evitar pensar o mesmo sobre ela. Paige era linda, mesmo antes da transformação, mas agora ela estava ainda mais bonita. O cabelo longo brilhava, e sua pele suave estava mais lisa. Os olhos azuis estavam mais leves e brilhantes do que eu já tinha visto. Ela não usava maquiagem — e não precisava. Tínhamos a mesma idade, mas ela parecia mais nova agora do que há um ano, e eu, apesar de meu disfarce cosmético, parecia muito mais velha. De acordo com Charlotte, isso era, em parte, porque eu me transformara mais cedo, mas também porque eu era uma Ninfeia e Paige não. Uma pequena parte de mim estava com inveja. Mas na maior parte eu estava aliviada. Não queria que minha melhor amiga tivesse que lidar com o que eu estava passando. Nunca.

Dei mais uma olhada rápida para meu reflexo. O resto do meu corpo estava tão seco quanto o rosto, então pedi uma saia longa emprestada à minha mãe, para cobrir minhas pernas. Eu a combinei com uma blusa, minha jaqueta jeans e sandálias. Deixei o cabelo solto e não usei secador, de modo que parecesse natural, ondulado.

Desde que Colin não me olhasse muito de perto, ficaria tudo bem.

— Tem certeza que não quer que eu vá com você? — perguntou Paige. — Podemos unir forças e acabar com ele.

Eu mesma já tinha pensado nisso, mas decidi que era melhor não arriscar. Eu ainda não havia falado sobre isso com ela, mas a verdade era que, ultimamente, Paige vinha sendo bastante imprudente com suas habilidades. Seria ótimo ter outra sereia na retaguarda, mas, àquela altura, eu não podia confiar que Paige não faria alguma bobagem e alertaria Colin de minhas intenções, arruinando nossas chances.

— Obrigada — respondi —, mas vou ficar bem. Além disso, vocês vão estar logo abaixo na estrada, então se alguma coisa der errado...

— Não vai dar.

— Não mesmo. Mas, se eu precisar de ajuda por alguma razão, você não vão estar longe. E a melhor parte é que nem vou precisar usar meu celular.

A lembrança de que eu poderia chamar por ela do modo como Charlotte tinha me ensinado pareceu acalmá-la. Ela me puxou para um abraço apertado.

— Tenha cuidado — sussurrou. — Ou nunca mais vou falar com você.

Seguimos para a cozinha, onde minha mãe estava cozinhando e meu pai estava lendo, e dissemos a eles que jantaríamos e veríamos um filme na casa de Paige. Eles ainda pareciam preocupados quando os beijei para me despedir, assim como ficavam toda vez que eu saía de casa, mas não protestaram nem tentaram me convencer a ficar.

E então pegamos nossos carros e dirigimos para a cidade. Quando chegamos à rua principal, Paige virou à direita e seguiu para o Betty Chowder House. Eu fui reto e encontrei um lugar para estacionar em frente ao Murph's Grill.

— Vou ficar no bar.

Eu ainda estava dentro do carro e, ao ouvir isso, engasguei e deixei cair o *gloss* e o estojo de pó compacto que estava usando.

— Simon, o que você está fazendo?

Ele parou perto da porta do meu carro, com as mãos nos bolsos da calça e a testa vincada de preocupação.

— Ele não vai perceber que eu estou lá — disse.

Com o coração acelerado, pus a mão para fora da janela e gentilmente puxei sua camiseta, para que ele se aproximasse.

— Mas eu vou saber.

— Vanessa — disse ele em voz baixa. — Não sei se isso é uma boa ideia.

— Discutimos nossas opções — lembrei a ele. — Mais de uma vez. Todos concordamos que essa era a melhor coisa a fazer.

— Mas por que você não me deixa ir junto? Vou ficar fora de vista e só me meto se necessário.

Hesitei, pensando em minha resposta. Já tinha tentado tranquilizá-lo dizendo que estaríamos em um local público, rodeados de pessoas, que por motivo algum iríamos para outro lugar, que eu abortaria a missão ao primeiro sinal de problema, e que eu tinha ele, Caleb e a polícia na discagem rápida do meu celular. E isso tinha sido suficiente — até agora.

Finalmente, confiando que era a única coisa que poderia funcionar, falei a verdade.

— Não sei que rumo as coisas vão tomar, Simon.

— O que você quer dizer? Você disse que usaria seu... — Ele se interrompeu, olhou ao redor para se certificar de que não tinha ninguém ouvindo e começou novamente. — Você disse que seria tão convincente que ele não teria outra escolha a não ser confessar.

— E serei. Apenas não sei o que vou ter que fazer para ser *tão* convincente.

Simon ficou atônito.

— Há limites — completei, ruborizando. — É claro. Mas... provavelmente haverá flerte. Alguma demonstração pública de afeto. Você realmente quer assistir? Especialmente se isso fizer você perder o foco no nosso objetivo principal?

— E se eu não perder o foco?

— Isso é possível?

Não era. Ambos sabíamos disso, então ele não se deu ao trabalho de responder.

— É 17 de julho — lembrei a ele gentilmente.

Simon baixou os olhos e assentiu.

— Me promete uma coisa?

— Claro — respondi, pensando que o pedido seria relacionado à demonstração pública de afeto.

— Não seja tão corajosa. — Ele me olhou nos olhos. — Certo?

A lembrança da voz de Charlotte encheu minha cabeça. Eu a fiz desaparecer.

— Certo — eu disse. — Vejo você logo mais.

Ele permaneceu perto de mim por mais alguns segundos antes de se afastar. Fiquei aliviada por ele não tentar me beijar. Eu não iria querer — ou ser capaz de — resistir, e, se Colin nos flagrasse, nosso plano cairia por terra antes mesmo de ter começado. Aparentemente, Simon concordava com isso.

Esperei até que o carro dele se afastasse e entrasse na rua principal, então cheguei minha aparência mais uma vez no espelho retrovisor. Satisfeita, saí do carro e corri para o restaurante. Colin já estava lá, em uma mesa nos fundos. Quando me viu, levantou e acenou.

Você pode fazer isso, eu disse a mim mesma quando passei pela multidão no bar. *Ele é apenas mais um cara.*

Meu corpo não estava comprando essa ideia. Quanto mais eu me aproximava, mais minhas pernas tremiam. Quando cheguei à mesa dele, afundei na cadeira e bebi o copo de água que já tinha sido servido sem dizer oi.

— Ei — Colin disse enquanto empurrava seu copo na minha direção —, vamos pedir mais.

Ele chamou a garçonete, que nos deixou a jarra de água.

— Você está se sentindo bem? — perguntou ele.

— Muito bem. — Resisti em pegar a jarra com as duas mãos e beber toda a água de uma vez só. E me obriguei a sorrir. — Como você está?

— Ótimo. — Ele sorriu também. — Desde que você ligou.

Tentei procurar algum sentido secreto em suas palavras e sua expressão. Nossa única preocupação era de que Colin pensasse que o convite para sair significava que estávamos desconfiados e que isso o alertasse. Mesmo que ele parecesse estar pedindo por atenção, não tínhamos certeza do que ele planejava fazer quando eu me mostrasse mais disponível. Eu me sentia encorajada pela rápida reação dele ao meu toque naquela manhã, na praia, quando me apoiei nele para me equilibrar ao sair do oceano depois de um longo mergulho, mas ainda assim eu estava cautelosa.

Se Colin estava escondendo pensamentos sinistros, ele não demonstrou. Parecia feliz. Animado. Talvez um pouco nervoso, como sugeria o rubor na pele clara de seu rosto e o modo desajeitado que não o deixava pegar nada sem derrubar no chão, mas até isso parecia inocente.

Meus nervos estavam se acalmando um pouco, e comecei a puxar conversa. Em pouco tempo, falamos do clima, de filmes e de nossas coisas favoritas, incluindo cor, comida e feriado. Fiz a maior parte das perguntas, que ele respondeu com tranquilidade.

Depois de pedirmos e recebermos nossa comida, decidi conduzir a conversa para assuntos mais pessoais e sérios. Antes de começar, arrastei minha cadeira para mais perto da dele, até estarmos sentados tão juntos que nossos braços se tocavam.

— Você se importa? — perguntei, quando ele pareceu satisfeito, ainda que surpreso. — Está um pouco barulhento aqui e eu não quero perder uma única palavra.

O rubor se espalhou pelo pescoço dele.

— Não me importo.

— Que bom. — Sorri e esbarrei meu joelho no dele. — Então, há quanto tempo você mora em Winter Harbor?

Colin ergueu o garfo — e o derrubou novamente. Quando se abaixou para apanhá-lo, peguei minha bolsa no encosto da cadeira, encontrei o gravador digital no bolso menor e o liguei.

— Uns dois meses — disse ele, endireitando-se.

— Só isso?

— E devo ir embora logo. — Seu sorriso vacilou quando ele encontrou meu olhar. — Infelizmente.

Uma pequena bola de energia aqueceu minha barriga. Eu queria desviar o olhar, mas me contive.

— Por quê?

— Faculdade.

Meu pulso acelerou.

— Para onde você vai?

— Pomona. É uma faculdade pequena na Califórnia.

— É bem longe daqui.

Ele concordou, mais uma vez parecendo desapontado. Continuei a falar, antes que ele saísse do clima.

— Então, sua mãe mora aqui? E você está passando o verão com ela?

— É. Meus pais se separaram há dois anos, e ela se mudou para Winter Harbor alguns meses depois, bem a tempo daquele inverno maluco em pleno verão. — Ele tomou fôlego. — Você estava aqui nessa época?

Eu me servi de um pouco de salada e me concentrei em mastigar e engolir.

— Estava sim — respondi.

— Aquilo foi louco como pareceu? Quando minha mãe me contou, não consegui acreditar. Tipo, as tempestades e os corpos e o gelo? *O que foi* tudo aquilo? Minha mãe ficou tão assustada que queria ir embora, só que não tinha dinheiro para mudar para outro lugar. Tinha acabado de gastar todas as economias na casa, e ninguém ia comprá-la enquanto tudo aquilo estivesse acontecendo.

Ele falava cada vez mais rápido, animado com a própria história. Era assim que todos os assassinos falavam sobre suas paixões psicopatas?

— Foi muito estranho mesmo. — Eu o observei de canto de olho enquanto remexia a comida. — E este verão não teve um bom começo.

— Você se refere às garotas? — Ele balançou a cabeça e deu uma mordida no hambúrguer. — Eu sei. É terrível. Proibi minha mãe de sair sozinha à noite. Foi por isso que levei aquelas coisas para a casa da sua família há algumas semanas, quando você e seus amigos estavam lá.

Ele mastigou, limpou o *ketchup* do queixo e tomou um gole do refrigerante. Mais uma vez, se minha pergunta o tinha atingido, ele era muito bom em esconder seus sentimentos.

— Posso te contar uma coisa? — ele perguntou.

Fiquei sem ar. A voz dele soou diferente. Mais baixa, mas havia algo mais, também. Era nervosismo? Um toque de medo?

Eu me forcei a deixar a confusão de lado e sorri.

— É claro.

— Mesmo que seja uma coisa completamente maluca? E possa fazer você pensar que *eu* estou completamente louco? A ponto de fazer você levantar e ir embora, terminando antes mesmo de começar algo que poderia ter sido um relacionamento incrível, perfeito?

Eu me virei um pouco para encará-lo mais diretamente — e permitir que o gravador escondido não perdesse uma palavra.

— Um relacionamento perfeito, hein? — Eu me inclinei para frente, colocando a mão no joelho dele. — Fico feliz que você pense que isso está indo tão bem quanto eu.

Isso o deteve por um segundo. Seus lábios se abriram, mas ele não disse nada. Pensando que eu tinha ido longe demais muito rápido, recolhi a mão. Colin colocou o hambúrguer no prato, respirou fundo e continuou.

— Lembra que os noticiários atribuíram todas aquelas coisas ao clima estranho? Aquecimento global, Mãe Natureza revoltada, essas coisas?

Respirei fundo. Concordei com a cabeça.

— Algumas pessoas discordam. Pensam que foi mais do que isso.

Incapaz de lutar contra o desespero, peguei meu copo de água e o bebi em dois longos goles.

— Tipo o quê? — perguntei.

Agora, sua mão estava em meu joelho. O contato mandou um jato de energia pela minha pele.

— Você leu a *Odisseia* na escola?

Eu não tinha lido, mas sabia o motivo de ele ter perguntado.

— Uma vez.

— Lembra de quem, ou o quê, Odisseu encontrou na viagem para Ítaca? Que quase o matou?

Comecei a concordar, mas me contive.

— Não muito. Foi há algum tempo.

Ele chegou mais perto. Seus olhos azuis brilharam quando encontraram os meus.

— Sereias — sussurrou.

Eu esperava a palavra, mas, de alguma forma, ela ainda me pegou sem defesa. Eu me endireitei tão rápido na cadeira que ela estalou.

— Eu sei. É ridículo mesmo na ficção, então como poderia ser possível na vida real? Mas, acredite ou não, algumas pessoas pensam que é.

Lutei para manter a compostura.

— Que pessoas?

— Meus amigos, para começar. Alguns deles vieram da Califórnia há algumas semanas, e cometi o erro de mencionar isso. Eles embarcaram na ideia e não desistiram de descobrir alguma coisa enquanto estavam aqui.

— Seus amigos... foram embora? — perguntei, me lembrando das vozes que ouvi atrás da casa de barcos.

— Eles queriam ficar o verão todo depois que souberam da história, mas tinham trabalhos e namoradas para quem voltar.

— Você fez outros amigos aqui? — perguntei.

— A companhia presente está excluída? — Ele piscou. — Não de verdade. Apesar de o mercado estar em baixa, minha mãe está indo muito bem, então estive ocupado ajudando nas vendas.

E seguindo você. E perseguindo outras garotas bonitas. E matando à luz do dia. Tudo sozinho, aparentemente.

— Quem te contou sobre isso?

— Como? — ele perguntou.

Eu me obriguei a respirar fundo e tentei novamente.

— Você disse que mencionou essa história a seus amigos. Mas quem contou a *você*? Quem mais pensa que essa é uma possibilidade?

— Essa é a parte mais estranha. Uma semana antes de meus amigos chegarem, recebi um *e-mail*...

Eu me levantei de um pulo. Meu joelho bateu na mesa, e as costas da minha cadeira, na parede. Peguei minha bolsa e tropecei em direção ao corredor que dividia o bar do salão de refeições.

— Vanessa, aonde...

— Volto já! — gritei por sobre o ombro.

Os pontos brancos voltaram, surgindo e estourando diante do meu campo de visão. Esfreguei os olhos enquanto andava, mas aquilo parecia apenas fazer com que eles se multiplicassem.

Quase cega, continuei em pânico em direção aos banheiros, quando algo duro bateu em meu ombro esquerdo.

— Ora, olá, moça bonita.

Reconhecendo a voz instantaneamente, parei e estiquei o braço. Minha mão pousou em uma superfície dura e lisa.

Sob meus dedos, o coração do pescador acelerou.

— Pronta para o segundo *round*? — Ele se inclinou em direção à minha mão. — Não me importaria em receber um convite mais formal... mas ainda estou a postos, se você estiver.

⌒274⌒

Uma nota aguda preencheu o espaço entre nós. Eu me preparei para o golpe de energia, do mesmo tipo que recebi do funcionário do cinema e do gerente da loja de equipamentos esportivos, mas nada me atingiu. Quando tentei uma segunda vez, os pontos brancos abrandaram e ficaram menores, o suficiente para que eu pudesse ver aquele rosto familiar e desalinhado diante de mim, o mesmo que tinha visto semanas antes na loja de material de construção, mas foi só isso.

— Está tudo bem aqui? — perguntou um garçom corpulento a caminho do banheiro masculino.

O pescador se afastou.

— Tudo muito bem.

— Senhorita?

Balancei a cabeça.

— Sim. Estou bem.

O garçom bloqueou o caminho do pescador. Continuei pelo corredor e entrei no único banheiro feminino do restaurante. Tranquei a porta e me encostei nela, tentando respirar e me acalmar.

Colin sabia que eu sabia. Ele tinha que saber — era por isso que estava mexendo comigo. E eu tinha que me recompor se quisesse jogar com ele do modo como tinha planejado para conseguir uma confissão gravada que pudéssemos entregar à polícia.

Mas será que eu conseguiria? Meu corpo tinha entrado em colapso na primeira menção a sereias, e eu me senti ainda pior depois que Colin mentiu sobre o *e-mail*. E, quando tentei pegar alguma energia do pescador, algo que eu não queria fazer de novo a menos que fosse absolutamente necessário — na esperança de retardar o que Charlotte e Betty insistiram que eu teria de fazer para minha sobrevivência —, não funcionou.

Como eu não podia pensar em meu futuro sem também pensar no de Simon, procurei meu telefone na bolsa. Eu sabia que sua preocupação aumentava a cada segundo e queria tranquilizá-lo. Minhas mãos tremiam muito enquanto eu digitava. Uma mensagem que normalmente levaria cinco segundos para ser escrita levou um minuto.

Tudo bem até agora. Chegando perto do que precisamos. Mantenho você atualizado. Com amor, V.

A pequena conexão com Simon era reconfortante. Depois de mandar a mensagem, me senti mais calma para ir até o pequeno espelho sobre a pia. Estava manchado e turvo, mas ainda consegui ver minha maquiagem rachando sobre a pele seca. Tentando não entrar em pânico, abri a torneira, peguei sal da minha bolsa e lavei o rosto. Então passei mais hidratante e refiz a maquiagem. Estava começando a escovar os cabelos quando bateram na porta do banheiro.

— Vanessa? Você está bem? Posso trazer algo para você?

Colin. Ele pareceu preocupado. Até mesmo meigo. Era assim que ele tinha sido com Carla e Erica? Ele havia conquistado a confiança delas antes de matá-las?

O pensamento me motivou. Larguei minha maquiagem, coloquei o gravador bem perto da abertura da bolsa e abri a porta.

— Posso pedir um pequeno favor? — perguntei.

Ele sorriu, parecendo aliviado que eu não tivesse morrido antes de ele mesmo acabar comigo.

— Claro.

Abri mais a porta e ergui as sobrancelhas. Ele hesitou brevemente, depois entrou.

— Não é muito espaçoso, né? — perguntou assim que fechei a porta.

Não era. O banheiro era tão pequeno que não podíamos ficar em pé um diante do outro sem que nosso torso se tocasse.

— Então — disse Colin, olhando ao redor enquanto ruborizava —, você precisa de ajuda com alguma coisa ou...?

Já que o truque de Charlotte não tinha funcionado com o pescador, optei por poupar tempo e ir para a próxima melhor coisa.

276

Coloquei os dedos levemente sobre um lado do rosto de Colin até seus olhos encontrarem os meus. A onda de energia era suave, mas estava ali, viajando pelo meu braço. Encorajada, fiquei na ponta dos pés e levei a boca até o ouvido dele.

— Quero que você me diga — pedi suavemente.

Ele respirou fundo.

— Diga o quê?

— O que você estava fazendo.

— O que eu estava fazendo... quando?

— Nas últimas semanas. Com as garotas.

— Que garotas? — Ele tentou se afastar. — Vanessa, eu sei que você não teve que me arrastar para dentro do banheiro, mas confie em mim, eu não faço esse tipo de coisa. Quando te vi na praia... eu não sei como explicar. Apenas... senti uma coisa. Uma conexão... entende?

Essa não era a confissão pela qual eu esperava — mas, de alguma forma, era exatamente o que meu corpo queria ouvir.

Eu não contaria a ninguém o que aconteceu a seguir. Não contaria a eles como movi minha boca do ouvido de Colin por seu queixo e para seus lábios. Ou como nos beijamos por minutos a fio, sem parar para respirar, coisa que desesperadamente precisávamos fazer. Não contaria como ele me ergueu até que eu me sentasse na borda da pia, então se colocou entre minhas pernas e beijou todos os lugares que sua boca podia alcançar. E, mais importante, eu não contaria a eles quanto foi bom — quanto foi *incrível*.

Natalie, por outro lado, era outra história.

— Ah, meu Deus.

Eu me endireitei, empurrando Colin. Ele cambaleou para trás, confuso. Natalie permaneceu congelada na porta, com a boca aberta.

— Desculpe. — Ela se afastou. — Eu não sabia... eu não quis... a porta não estava trancada e...

— Tudo bem. — Desci da pia e peguei a bolsa. — E eu posso explicar.

— Você não tem que fazer isso. Sério.

Ela correu para o corredor e eu corri atrás dela. Por mais revigorada que eu me sentisse, Natalie era mais forte — e mais rápida. Até que ela fosse engolida pela multidão no bar, eu não tinha me dado conta de que, mesmo que Simon descobrisse o que eu tinha acabado de fazer, essa não era a pior consequência possível.

Mas, quando voltei para o banheiro, era tarde demais.

Colin tinha ido embora.

23

Últimas notícias: Terceiro corpo encontrado

Atletas descobriram o corpo de Gretchen Hall, 29 anos, hoje cedo, no Parque Seaview. Segundo a polícia, seus ferimentos fatais são de natureza semelhante aos sofridos pelas outras vítimas recentes, Carla Marciano e Erica Anderson. Aconselha-se que todos os moradores, especialmente as mulheres, sejam cautelosos ao caminhar pela cidade.

Atualizações conforme surgirem novas informações.

— Será que você pode fechar o computador, por favor? — pediu Paige.

Não respondi. Meus olhos se moveram das palavras para a foto que as acompanhava — um gazebo branco cercado pela fita amarela isolando a cena do crime — e voltaram ao texto.

Paige esticou o braço e fechou o *laptop*.

— Já entendemos.

Simon, sentado ao meu lado na área de descanso dos funcionários do restaurante, pegou minha mão. Eu me reclinei no encosto da cadeira e olhei para o porto.

Era 18 de julho. O aniversário de outra morte, e mais um dia que eu não iria esquecer nunca. Só que, dessa vez, a data não ficaria na minha cabeça apenas porque uma garota inocente havia morrido.

Mas porque eu havia ajudado a matá-la.

— Precisamos procurar a polícia — disse Caleb.

— Com que provas? — perguntou Paige.

— Os *e-mails* — ele respondeu.

— Você e o Simon vasculharam a internet inteira ontem tentando achar os endereços de IP — lembrou ela. — E o que foi que descobriram?

Caleb suspirou.

— Que cada *e-mail* foi enviado de um lugar diferente.

— De onde? — disse Paige de bate-pronto.

— Do país inteiro.

— E como isso vai ajudar a polícia? — Quando ninguém respondeu, ela continuou: — Na verdade, isso diria a eles que estávamos escondendo pistas potenciais da identidade de futuras vítimas. E me corrijam se eu estiver errada, mas não acho que eles ficariam especialmente gratos depois disso.

— E quanto à gravação? — Caleb olhou para mim. — Vamos ouvir. Eu sei que você não conseguiu uma confissão, mas ainda pode ter algo lá que possamos usar.

— A porta da escadaria está trancada — disse Paige. — Ninguém mais vai subir e acidentalmente ouvir algo.

Não discuti nem tentei fazê-los mudar de ideia. Não havia razão. Apertei a mão de Simon antes de soltá-la e então tirei o gravador da bolsa, coloquei sobre a mesa e apertei o *play*. Quando minha voz e a de Colin encheram o ar, observei o rosto de Simon, notando cada careta e contração. As expressões desapareciam rapidamente, o que eu sabia que era um esforço consciente da parte dele... mas ainda estavam lá.

— *Vanessa, aonde...*

— *Volto já!*

Estendi o braço e desliguei o gravador.

— Você me mandou uma mensagem logo depois disso? — perguntou Simon. — Do banheiro?

Assenti.

— E ele tinha ido embora quando você voltou? — perguntou Caleb.

— Sim. — Minha voz estava surpreendentemente firme. — E mais uma vez eu não consigo descrever como lamento por ter saído justo naquela hora. Eu estava surpresa pelo jeito como ele falava, tão evasivo... E, quando ele disse que tinha recebido um *e-mail*... eu... eu precisei de um minuto para me recompor.

Simon se inclinou em minha direção e abaixou a voz.

— Você não tem do que se desculpar. Você fez o que pôde, e agora vamos arranjar outro plano. Está tudo bem.

Por trás dos óculos de sol, meus olhos se encheram de lágrimas por um instante, depois secaram. Meu corpo estava debilitado demais para chorar.

— Será que não devíamos entregar isso à polícia de qualquer modo? — perguntou Caleb. — Pode ser que...

— *Não* — dissemos Paige e eu, ao mesmo tempo.

— A gravação iria levantar muitas perguntas que nós não queremos responder — acrescentou ela.

Concordei. Eu estava mais determinada do que nunca a manter o segredo que Charlotte queria que ficasse somente entre as sereias e ninguém mais.

— Posso pelo menos mandar uma dica anônima dizendo que as datas são as mesmas do verão passado? — perguntou Caleb. — Só para o caso de eles ainda não terem percebido isso?

Ninguém poderia ser contra isso. Ficamos calados enquanto ele escrevia e enviava o *e-mail*. Quando terminou, fechou o computador e olhou para o relógio.

— São quase sete horas da noite — ele acenou com a cabeça para Simon. — Acho melhor a gente descer.

~ 281 ~

Naquela noite, haveria outro jantar no Betty Chowder House com competição entre pescadores. Simon e Caleb, esperando que Colin aparecesse outra vez, tinham insistido em comparecer. Eles iriam vigiar o estacionamento e observar os clientes chegando.

— Vamos estar logo ali fora, se precisarem de nós. — Simon ficou de pé e beijou o topo da minha cabeça.

— Tenha cuidado — disse Caleb para Paige, que prometeu que teria.

— Eu não entendo — disse ela, depois que eles saíram. — O que esse cara está tentando provar? Que ele é tão forte, se não mais forte do que nós?

— Não tenho certeza. — Tirei uma garrafa de água da bolsa e bebi. — Mas, se uma pessoa é capaz de matar outra, provavelmente também é capaz de fazer isso sem motivo.

— Pode ser. — Paige ficou me olhando esvaziar a garrafa. — Vanessa, você está bem? Quero dizer, fisicamente. Você parece um pouco... cansada ou algo assim.

Ela estava sendo gentil. Eu havia examinado minha aparência no espelho naquela manhã. Tinha visto minha pele descamando e as bolsas sob os olhos. Havia até mesmo encontrado um solitário fio de cabelo branco, que imediatamente arranquei pela raiz. Paige era generosa demais para me dizer quanto eu estava horrível, ou muito distraída.

— Eu não tenho me sentido muito bem — admiti. — Acho que meu corpo está tendo dificuldade em lidar com tudo que está acontecendo.

— Claro que está. — Paige esticou a mão por sobre a mesa e a pousou no meu braço. — Você devia ir para casa descansar. Nós vamos ficar bem.

— E me arriscar a ser trancada em casa para sempre pelos meus pais? Depois das manchetes do jornal de hoje, eles provavelmente já instalaram uma cerca elétrica revestida com arame farpado. Acho que não vou me arriscar. — Não acrescentei que eu já havia piorado tudo mais cedo, ao sair de casa, quando menti sobre aonde estava indo. Eu tinha planejado pedir demissão do Betty, como eles haviam mandado, mas, depois dos recentes acontecimentos, adiei esse assunto. — Mas tem outra coisa que seria útil para mim. E eu vou precisar da sua ajuda para consegui-la.

Eu não havia chegado nem à metade da minha explicação quando Paige concordou.

— Você é minha melhor amiga — disse ela, simplesmente. — E eu sei que faria o mesmo por mim.

De volta ao andar de baixo, ela ficou na cozinha para falar com Louis e eu ocupei meu lugar na recepção. A maioria dos clientes já havia comparecido ao primeiro jantar e ficava mais do que satisfeita em escolher a própria mesa quando eu lhes entregava o cardápio e pedia que se sentassem onde quisessem. Isso me poupou energia e ao mesmo tempo permitiu que eu não saísse do lugar — sem deixar de ver uma única pessoa que passasse pela porta.

Só saí do meu posto uma vez, quando Natalie passou por mim, a caminho do banheiro. Pedi licença aos dois homens que tinham acabado de entrar e a segui.

— Oi — disse eu, quando ela saiu do reservado.

Ela parou e então continuou até a pia.

— Oi.

— Eu só queria agradecer — falei, com o coração acelerado — por você não ter contado a ninguém sobre ontem. Fico muito grata.

— Tudo bem. Você foi legal comigo durante meu chilique na praia. — Ela sacudiu a água das mãos e as bateu de leve no avental. — Sem falar que não é da minha conta.

— Ainda assim, obrigada. E desculpa por ter colocado você nessa situação. Se você tiver um minuto, eu gostaria de...

— Vanessa, sinceramente, não é necessário. Relacionamentos são complicados. — Já perto da porta, ela se virou e sorriu. — Acredite em mim, eu sei disso.

∽ 283 ∽

Ela saiu. Eu ainda me sentia desconfortável, mas, lembrando que tudo aquilo era responsabilidade minha e não dela, tentei deixar para lá enquanto retornava à recepção.

Dez minutos depois, Paige se juntou a mim.

— Eu o encontrei — disse ela, em voz baixa.

Meu coração saltou contra as costelas.

— O Colin? — sussurrei.

— Não, mas essa estragou o clima. — Nossos olhos se encontraram. — Aquilo que você me pediu para fazer... Já escolhi um cara. Além de tudo, ele é bonitinho. — Ela ergueu as sobrancelhas rapidamente, várias vezes. — Vamos estar no pátio dos fundos, se você quiser ver.

Comecei a segui-la enquanto ela se afastava, pensando em lhe dizer para esquecer, que eu havia mudado de ideia. Mas minhas pernas se moviam tão lentamente que ela estava fora do alcance da minha voz antes que eu pudesse dizer qualquer coisa. Fiquei perto da mesa do concurso por alguns minutos, fingindo checar as pescas, enquanto ela se posicionava do lado de fora, então atravessei a multidão, indo em direção às portas-balcão no fundo do salão de jantar.

Paige não tinha perdido tempo. Ela estava encostada na parede de pedra que cercava o pátio, de costas para mim. Um cara atraente, que parecia ter 20 e poucos anos, estava de frente para ela. Ele tinha o cabelo castanho-claro e usava calça cáqui e camisa xadrez vermelha, desabotoada, por cima de uma camiseta branca. Eles conversavam, riam, se aproximavam. Eu estava a uns seis metros de distância, mas pude ver o brilho nos olhos dele quando o poder de Paige o dominou e o mundo ao redor começou a desaparecer. Quando ele inclinou a cabeça em direção à dela, olhei para o outro lado. Eu estava envergonhada por ficar ali olhando os dois se beijarem, e me senti culpada também. Paige havia concordado em ajudar sem reservas, mas eu não conseguia evitar o pensamento de que havia colocado minha melhor amiga em uma situação desconfortável.

Não que ela *parecesse* desconfortável. Quando ela me encontrou alguns minutos mais tarde, dentro do salão, um sorriso iluminou seu rosto todo; seus olhos azuis tinham uma centelha prateada e sua pele estava radiante e rosada.

— O nome dele é Jaime. Ele tem 24 anos, é de Bar Harbor... e todo seu. — Ela me entregou um copo de chá gelado. — Eu disse a ele que voltaria logo, com isso.

— Obrigada — eu a abracei.

— Sem problema. Se precisar que eu faça isso de novo, fico mais do que satisfeita em ajudar. Pode acreditar.

Ela foi até o microfone do outro lado do salão. Parei no bar para um gole rápido de água salgada e fui para fora. Quando Paige começou as festividades do concurso, os pescadores que estavam fazendo hora no pátio se juntaram perto das portas abertas para olhar e ouvir. Grata pela distração, arrumei minha saia, alisei a blusa e fui até Jaime.

— Oi.

Ele olhou para mim, com os olhos esverdeados levemente fora de foco.

— Cadê a Paige?

— Ela teve que ir cuidar de algo lá dentro, então me pediu para lhe trazer isto — ofereci o chá gelado. Ele o estudou por um instante, como se tentasse lembrar se estava mesmo com sede. Como ele não se moveu para pegá-lo, pousei o copo no muro atrás dele.

— Ela vai voltar? — ele olhou por cima do ombro.

— Não tenho certeza. Ela está bem ocupada. — Esperei que ele se virasse novamente. Ele não o fez. — Eu sou a Vanessa, aliás.

— Prazer — resmungou ele, sem olhar para mim.

Caminhei em sua direção até estar tão perto que conseguia ver seu peito se expandir a cada respiração.

— O prazer é todo meu.

Por uma fração de segundo, seu peito parou de se mover.

— Está uma noite tão bonita — disse eu, baixinho, odiando cada palavra. — Você não quer caminhar um pouco?

Ele se virou para mim. Seus olhos, um pouco mais focados, se estreitaram e analisaram meu rosto. Imaginando que ele precisava que eu o encorajasse um pouco mais, eu me apoiei nele e cantei uma única nota, tão suavemente que eu sabia que ninguém além de nós poderia ouvi-la. Era uma variação daquilo que Charlotte havia me ensinado, e, dado o fracasso com o pescador no Murph's um dia antes, não achei que fosse funcionar. O máximo que eu esperava era que ajudasse a transferir, de Paige para mim, a atenção de Jaime.

Foi por isso que eu fiquei tão perplexa quando seus olhos se arregalaram e se prenderam aos meus. E meu corpo sentiu uma onda de vitalidade tão inesperada que prendi a respiração e me agarrei à camisa dele para me apoiar. Considerando isso um convite, ele estendeu a mão para tocar minha cintura.

— Vamos caminhar — sussurrei.

Ele me seguiu de boa vontade. Minha cabeça girava quando atravessamos o píer e fomos em direção à praia, para longe do Betty. Parte de mim queria se contentar com a energia que eu já conseguira e voltar imediatamente ao restaurante. Mas outra parte, ainda maior, queria continuar. Charlotte tinha dito que atrair a afeição de um cara interessado em outra garota era a melhor forma de eu me manter forte — pelo menos, imaginei, até que precisasse de mais. Se isso fosse verdade e Paige tivesse feito sua parte suficientemente bem, então uns poucos minutos a mais com Jaime não fariam mal. No mínimo, me dariam a força de que eu precisava para corrigir os erros do dia anterior.

Então eu olhei para trás apenas mais uma vez, para ter certeza de que havíamos nos afastado o suficiente. Quando me virei, meu olhar passou pela fila de carros no estacionamento, onde Simon se escondia com Caleb.

Isto é por ele, eu disse a mim mesma. *É por todos nós.*

Eu me sentei na areia e sorri para Jaime. Ele se sentou ao meu lado. Eu disse que estava com frio, e imediatamente ele passou um braço ao meu redor. Eu me aconcheguei, o que levou a um abraço mais apertado. Logo estávamos deitados lado a lado na areia, abraçados. Eu não o beijei — me recusei, não importava quanto meu corpo exigisse isso —, mas ele me beijou. Enquanto seus lábios se moviam pelo meu rosto e pescoço, fechei os olhos. Ouvi a água se precipitar em nossa direção e depois recuar. Eu me entreguei à sensação revigorante e deixei meu corpo aproveitar o momento, como se o eu físico e o emocional fossem duas forças separadas e opostas, relutantemente se unindo para o bem do todo.

Eu estava tão absorta que não percebi que não estávamos sós até que fosse tarde demais.

— Ei! — A voz era familiar, mas também distante. Abafada. Como se viesse de debaixo de um cobertor bem grosso. — *Ei!*

E então o momento passou. Jaime foi erguido, antes de ser jogado de volta na areia, a vários metros de distância. Quando ele tentou se levantar, foi derrubado de novo. Eu me sentei, a cabeça girando. Entre a escuridão e minha confusão, levei alguns segundos para entender o que estava acontecendo.

Quando o fiz, me levantei desajeitadamente e me atirei em cima de Simon.

— Pare! Ele não fez nada!

— Fique longe, Vanessa! — gritou ele, sem se virar. — Deixe que eu cuido disso!

— Não há nada para cuidar! — Agarrei seu braço e o puxei, quando ele se preparava para empurrar Jaime uma terceira vez. — Eu estou bem!

Simon desvencilhou o braço das minhas mãos.

— Mas *ele* não vai estar quando eu acabar com ele.

Sentindo-me mais forte do que nas últimas semanas, minhas pernas se moveram como um raio. Praticamente voei em torno de Simon e me joguei entre ele e Jaime.

— Ele não fez nada — insisti. — Foi tudo culpa minha.

Ainda concentrado no vulto encurvado atrás de mim, Simon abriu a boca para protestar. Mas então algo o distraiu... e sua atenção se voltou para mim.

— Vanessa... — Ele endireitou a coluna. Seus braços relaxaram. — Seus olhos... Você está...

— Diferente? — adivinhei.

Ele balançou a cabeça.

— Linda.

Eu não disse nada. O encantamento de Simon rapidamente se transformou em confusão.

— Você está bem? — perguntou ele. — Esse cara não estava atacando você?

— Eu estou bem. E não, ele não estava.

Ele olhou de mim para Jaime, ainda no chão, e de volta para mim.

— Mas se você... Se ele não estava... — Ele ergueu os braços, depois os deixou cair ao lado do corpo. — O que vocês estavam fazendo?

Eu ergui a mão, pedindo um segundo, então me virei e ofereci a mesma mão a Jaime. Ele a pegou e eu o ajudei a ficar de pé.

— Você devia voltar ao restaurante — eu disse. — A Paige vai ficar feliz em te ver.

Ele hesitou, e pensei que talvez não fosse. Mas um instante depois ele assentiu e então foi embora.

Quando voltei a encarar Simon, ele estava caminhando de um lado para o outro. Ele havia entendido o que acontecera. Talvez não tudo — por exemplo, o porquê —, mas o suficiente para saber o que eu e Jaime realmente estávamos fazendo quando ele supôs que eu estava sendo atacada. Fiquei lá, imóvel, querendo ir até ele, fazê-lo parar e jogar os braços em seu pescoço, mas eu não estava muito segura de que ele ia querer isso.

Finalmente, ele disse:

— Você estava beijando o cara.

— Ele estava me beijando — respondi calmamente.

— Faz diferença?

Poucos minutos antes, eu achava que fazia. Agora que eu via quanto Simon estava perturbado, não tinha tanta certeza.

— Eu precisava dele — disse eu.

Isso o fez parar.

— Você o quê?

— Não especificamente ele... mas eu precisava estar com algum cara. Fisicamente.

— E aí? Você não podia esperar tempo suficiente para fazer a imensa caminhada até o estacionamento.

Sua voz estava alta e acusadora. Doía tanto que tive de desviar o olhar.

— Isso faz parte, Simon.

Ele deu um passo em minha direção.

— Parte do quê?

Agora que meu corpo estava suficientemente abastecido, as lágrimas caíram facilmente. Enxuguei os olhos enquanto o encarava.

— Da minha vida.

Seu rosto relaxou, mas seus ombros permaneceram tensos. Eu sabia que ele estava dividido entre a raiva e a vontade de me consolar.

— Você não tem notado minha aparência ultimamente? — perguntei. — Como eu pareço cansada? Fraca? Velha?

— Cansada, sim. Mas muita coisa está acontecendo. Seria estranho se você *não* estivesse exausta.

— Não é só isso. — Olhei para seu rosto, desejando poder apagar sua dor. — Eu estou doente.

Ele deu outro passo em minha direção.

— Doente... como?

— Meu corpo está falhando. Por causa do que eu sou. Ele tem necessidades que outras pessoas não têm.

— Como água salgada. E nadar.

— E isso que você acabou de ver.

Ele olhou para mim e aguardou um instante, como se esperasse que eu dissesse que estava brincando. Quando não o fiz, ele pôs as mãos na cabeça, os dedos entrelaçados, e se virou para o outro lado, de frente para o mar.

— Não funciona com você. — Minha voz falhou e as lágrimas caíram mais rapidamente. — Não da mesma forma. Eu queria que funcionasse... Você não pode imaginar como eu queria. Mas porque você me ama...

— Eu não posso lhe dar o que você precisa? Você sabe como isso soa? Como faz eu me *sentir*?

Eu inspirei fundo, depois expirei.

— Sei, sim.

Ele soltou as mãos e abaixou a cabeça. Andei até ele e fiquei ao seu lado. A maré estava subindo, e a água avançava até poucos centímetros de nossos pés antes de refluir.

— Eu amo você, Simon — disse eu, fixando os olhos no horizonte escuro e distante. — E é por isso que você precisa saber que isso só vai piorar. Já piorou. Eu achava que tinha tudo sob controle quando minha família e eu chegamos aqui. Não teria tentado voltar com você se não achasse. Então, quando voltamos e eu comecei a me sentir pior, fiz de conta que estava tudo bem. Pensei que, se eu simplesmente bebesse mais água e nadasse por mais tempo, eu ficaria bem. Mas agora eu sei que não é o caso... E não posso pedir que você fique comigo. É difícil demais. Não é justo.

Por um longo momento ele não disse nada. Parte de mim esperava que isso fosse suficiente, que eu nunca precisasse contar a ele o que Charlotte me dissera antes de morrer. Eu esperava simplesmente desaparecer um dia. E que ele nem precisasse ficar sabendo, porque, para ele, eu já teria partido muito tempo antes.

Mas ele chutou longe um tênis, depois o outro. Tirou as meias. Caminhou pela espuma, pulou uma onda e adentrou o mar. Ficou lá, olhando a água, então se virou e me estendeu a mão.

Olhei fundo em seus olhos enquanto caminhava até ele. Peguei sua mão, e ele me puxou para perto. Ficamos assim, os braços em torno um do outro, meu rosto contra o peito dele e seu queixo apoiado em minha cabeça, até que a maré subiu tanto que não conseguíamos mais sentir o chão de areia sob os pés.

Mas eu sabia que aquilo não era suficiente.

Nada seria.

24

QUANDO O PRÓXIMO *E-MAIL* com uma pista chegou, quatro dias mais tarde, Simon e eu estávamos em uma cafeteria na cidade, esperando surpreender Colin em busca de sua dose matinal de cafeína. Eu havia ligado e mandado mensagens várias vezes desde nosso encontro no Murph's, pedindo milhões de desculpas e me oferecendo para compensá-lo por tudo com um segundo encontro, mas ele não respondeu. Pensei em pedir seu endereço a meus pais, pois imaginei que eles soubessem onde sua corretora vivia, mas não encontrei uma razão para querer visitá-la que não despertasse perguntas. Além do mais, ninguém estava inteiramente confortável com a ideia de enfrentar o assassino em seu próprio território. O plano era que eu o atraísse para tentar novamente fazê-lo confessar, dessa vez com Simon, Caleb e Paige por perto para intervir se necessário. Dar a ele a vantagem de jogar em seu próprio terreno não fazia sentido.

Isso havia reduzido nossas opções a segui-lo... e a esperar.

— Aqui vamos nós — disse Simon, quando seu telefone vibrou com uma nova mensagem de Caleb. — Bem na hora.

Eu me inclinei para perto e fiquei olhando a foto ser carregada.

~ 292 ~

— Ela está no supermercado, usando uma blusa preta e sem olhar para a câmera. — Ele suspirou. — Útil como sempre.

— Espere — disse eu, quando ele começava a fechar o telefone. — Você tem como aproximar mais? Do pulso dela?

A foto ficou levemente borrada enquanto o braço da garota aumentava, mas continuou clara o suficiente para que eu visse o que precisava ver. Eu me recostei na cadeira, vagamente consciente de que o sangue sumira do meu rosto e meu corpo ficara entorpecido.

— O quê? — Simon olhou mais de perto. — O que foi?

O sininho acima da porta tocou quando um cliente entrou. Minha cabeça se virou rapidamente na direção do som e eu agarrei minha caneca vazia de café, como se um objeto de cerâmica fosse defesa suficiente. Quando vi que o cliente era uma senhora de idade, baixei a xícara, mas continuei com ela na mão, para me prevenir.

— A pulseira dela — respondi em voz baixa.

— O que é que tem?

— Na verdade é um colar. Viu como ela dá a volta no pulso algumas vezes?

— Vi — disse ele. — E o que são essas coisas penduradas na corrente?

— Berloques. Duas pedras de signo e duas iniciais.

— Uma é um Z — disse ele, comprimindo os olhos. — Mas a outra está meio escondida atrás do braço dela.

Ele estava certo. Mas eu não precisava ver a coisa toda para saber o que era.

— É um P. — Fiz uma pausa, sem acreditar que eu ia dizer o que estava a ponto de dizer. — De Paige.

Simon entendeu tudo na mesma hora.

— Por que ela está usando o colar da Raina como pulseira?

Porque você não pode escolher quem sua mãe é... ou quem ela era. Porque você ainda sente algum tipo de ligação com ela, não importa que coisas hor-

ríveis ela tenha feito. Porque, às vezes, é bom fingir que nada está errado e que sua família é igual à de todo mundo.

— Não sei — respondi. — Mas temos coisas mais importantes com que nos preocupar.

— Você tem certeza absoluta que é ela? Talvez a gente devesse esperar por outras fotos, antes de...

O telefone dele vibrou novamente. O rosto ainda estava escondido na próxima foto, mas a garota saindo do utilitário no estacionamento do Betty Chowder House era definitivamente minha melhor amiga.

Ele fechou o telefone e baixou a voz.

— Vamos procurar a polícia. Mesmo sem ter evidências sólidas. Pelo menos podemos colocar o Colin no radar deles. E eles podem proteger a Paige.

Eu não poderia discordar. Nós só teríamos que lidar da melhor forma possível com qualquer pergunta potencialmente desconfortável e reveladora que nossas pistas provocassem.

Ficamos de pé, levamos nossa louça suja até o balcão e corremos para a porta. A delegacia ficava a apenas algumas ruas de distância, mas fomos até o Subaru, mais próximo que meu jipe. Eu havia acabado de afivelar o cinto de segurança quando vi a hora no relógio do painel.

— Não posso ir — disse eu, colocando a mão na testa. — Eu tenho que estar em casa em três minutos. Prometi aos meus pais que ia tomar um *brunch* com eles.

— *Brunch*? — Simon olhou para mim. — Mesmo?

— Foi o único jeito de fazer com que eles me deixassem sair de casa hoje de manhã para ver você. Eles já ameaçaram ir embora daqui de uma vez por todas, e tudo o que precisam é de mais um susto para transformar essa ameaça em realidade. E eu não posso contar a eles o que está acontecendo, exatamente pelo mesmo motivo.

Ele se esticou e beijou meu rosto.

— Tudo bem, vá. Vou pedir que o Caleb venha com o *laptop*, e você pode nos encontrar quando tiver terminado.

Nós nos despedimos e eu saí. Ele esperou até que eu estivesse dentro do carro e me afastando do meio-fio antes de fazer o retorno e sair na direção oposta.

Assim que saiu de vista, eu estacionei novamente e liguei para Paige. Eu odiava ter que assustá-la, mas ela precisava saber que era o próximo alvo. Talvez o medo a convencesse a ficar em casa com as portas trancadas até que o dia seguinte — que, de acordo com o verão passado, era o dia do próximo ataque — tivesse chegado e passado sem sustos. Depois de três chamadas que foram direto para a caixa postal, desisti e mandei um SMS.

P, precisamos conversar. Urgente. Ligue assim que puder. V.

Mensagem enviada, liguei o jipe e pisei no acelerador. Não fui muito longe antes de ter que frear para uma perua preta entrar na rua. O motorista não estava com a menor pressa, e pensei em ultrapassá-lo em local proibido quando ele parou para um pedestre atravessar a rua. Pisei fundo no freio para evitar uma batida; enquanto isso, notei um adesivo arredondado no vidro traseiro da perua. Era um adesivo de faculdade, como o de Dartmouth, que meus pais haviam orgulhosamente colado no utilitário no dia em que descobrimos que eu havia sido aceita lá.

E era de Pomona. Uma pequena faculdade na Califórnia.

Eu mal respirava enquanto meus olhos iam até o logotipo da Audi abaixo do vidro traseiro. Aos dois caiaques presos no teto. Ao braço nu e bronzeado pousado na janela do motorista.

Colin estava bem à minha frente. Passeando pela cidade como se aquele fosse um domingo qualquer. Como se ele não estivesse a poucas horas de capturar sua quarta vítima.

Com os olhos colados no carro dele, peguei o telefone e liguei para Simon. A ligação caiu direto na caixa postal, provavelmente porque ele estava falando com Caleb. Deixei uma mensagem rápida, então liguei

~295~

para meus pais e expliquei que havia perdido a noção do tempo, me desculpei e disse que estaria em casa o mais rápido possível.

Agarrei o volante com força e segui o Audi.

Ele passou pela cidade e virou em uma estrada de terra paralela à costa. Quanto mais ele avançava, mais alta ficava a voz em minha cabeça me dizendo para dar meia-volta e ir embora, mas continuei seguindo Colin, me mantendo a uma distância segura. Não pensei no que estava fazendo ou no que ia acontecer quando o Audi finalmente parasse. Só sabia que aquele homem queria tirar mais alguém de mim. Uma pessoa boa, pura e amada por todos que a conheciam. E eu não podia perdê-lo de vista.

Quinze minutos depois de sair da cidade, o Audi virou em um pequeno estacionamento de terra. Virei também, sem hesitar. Tremi um pouco quando vi que não havia outros carros ali, mas então Colin me viu, e não fazia mais diferença. Tirei o gravador digital da bolsa e o enfiei no bolso da minha jaqueta.

— Oi. — Forcei um sorriso enquanto pulava para fora do jipe.

— Oi. — Ele ficou parado ao lado do carro, me olhando com desconfiança. — O que você está fazendo aqui?

— Eu segui você desde a cidade. — Não foi muito sutil da minha parte, mas nós não tínhamos tempo para isso. — Eu queria te ver.

— Por quê?

Dei um passo em sua direção.

— Porque eu não te via desde o nosso encontro. E você não retornou minhas ligações nem respondeu às mensagens.

Ele estreitou os olhos. Virou de costas para mim e começou a soltar os caiaques das amarras.

— Você não devia estar aqui.

Meu coração bateu mais forte. *Por que* não? Será que ele tinha outro alvo que eu desconhecia?

— Desculpa — disse eu, enquanto meu estômago se revirava — se eu deixei você constrangido ou fiz alguma coisa imprópria naquele dia.

É difícil para mim expressar meus sentimentos... especialmente quando são muito fortes. — Coloquei a mão no braço dele. Seus músculos se flexionaram e depois congelaram sob meus dedos. — Mas eu estava esperando que pudéssemos recomeçar, talvez fazer mais uma tentativa.

Ele pensou um pouco. Finalmente, disse:

— Eu ainda devo a você uma aula de caiaque.

O vento mudou então, e senti o cheiro que ele trazia. Sal. Eu havia estado tão concentrada em Colin que não tinha prestado atenção em onde estávamos.

O oceano. Isso era o que eu chamava de jogar no próprio terreno.

— Estou pronta, se você estiver — disse eu.

Seu rosto ficou um pouco mais relaxado, mas ele ainda parecia cético, e eu não estava bem certa do motivo. Ele certamente havia me beijado por vontade própria no toalete do Murph's... Seria então porque havíamos sido pegos? Será que ele estava preocupado que eu soubesse a verdade sobre ele? Mas ele não *queria* que eu soubesse a verdade? Não era por isso que tinha enviado *e-mail*s com imagens de futuras vítimas?

Ou seria simplesmente porque ele preferia comandar a situação, e isso não estava acontecendo dessa vez?

Encorajada, eu o ajudei a desamarrar os caiaques e a tirá-los do teto do carro. Sem querer me arriscar com algum defeito tecnológico caso ondas imprevistas surgissem, eu disse que estava com sede e voltei até o jipe. Enquanto ele pegava os remos, esvaziei uma garrafa d'água, joguei o gravador dentro dela, rosqueei a tampa e a coloquei no bolso interno da minha jaqueta. Não era a proteção perfeita contra a água, mas era melhor que nada.

Saí do carro, e Colin e eu carregamos os caiaques até a praia, um de cada vez, descendo por um caminho íngreme e pedregoso. Uma terceira viagem foi feita para levar os remos, e aí arrastamos todo o equipamento em direção à água.

— O segredo é a força nos músculos superiores — disse ele. — As ondas vão te matar se você deixar. O segredo é não deixar.

Se aquilo era uma aula, Colin não era um instrutor dos melhores. Minha sorte é que eu já estava bem treinada em manobrar por entre as ondas.

— Entendi — disse eu. E então pedi: — Só preciso de mais uma coisa antes de começarmos. Se você não se importar.

Ele se virou para mim. Abri os braços, aliviada por eles não estarem tremendo.

— Vamos ser nós dois contra a água, certo? Então, como colegas de equipe, precisamos recomeçar. Do zero, sem rancores.

Ele franziu as sobrancelhas e baixou o queixo contra o peito. Olhou para o chão, como se estivesse tentando decidir alguma coisa. Um momento depois olhou para mim, ofereceu um sorriso incerto e me deixou abraçá-lo. Tentei não ficar tensa quando seus braços passaram pelos meus ombros, nem pensar que, nessa posição, ele poderia facilmente quebrar meu pescoço se quisesse.

Felizmente, ele não me matou ali; na verdade, seu corpo relaxou contra o meu, e considerei isso um progresso. Mesmo se eu não conseguisse tirar dele uma confissão direta, esperava poder usar minhas habilidades para ganhar sua confiança, ou fazer com que ele ficasse tão louco por mim que acabasse concordando com qualquer coisa que eu pedisse, incluindo uma visita vespertina à delegacia de polícia de Winter Harbor.

— Tem certeza que quer fazer isso? — perguntou ele, assim que nos soltamos.

— Você acha que eu não devia?

Seu olhar se desviou e focalizou algo atrás de mim. Eu me virei e fiquei perplexa ao ver o céu ficando escuro e cinzento a distância. Era a primeira vez em meses que víamos qualquer coisa ali além de azul.

— Vamos ficar bem — disse eu, voltando-me para ele. — Não tem nuvens aqui, e mal garoou o verão inteiro. Tenho certeza que aquilo vai se dispersar bem antes de nos alcançar.

— Se você acha...

Ele continuou na direção da água. Tirei as sandálias, enrolei a barra dos jeans até os joelhos e o segui. Foi preciso algum esforço para levar o caiaque pesado, de fibra de vidro, para além da rebentação, que o empurrava o tempo todo de volta para a praia. Fiquei contente por ter praticado mais duas vezes com Paige, nosso novo e esquisito jogo desde nossa primeira tentativa com Jaime. Eu ainda me cansava facilmente, mas me sentia melhor que nas últimas semanas. Nossos colegas de jogo, dois garçons do Lighthouse Resort, onde eu e Paige havíamos feito algumas refeições, tinham ficado felizes em participar e nem desconfiaram de nada.

Assim que os caiaques estavam longe o suficiente da praia, pulamos dentro deles e começamos a remar. Mantive a atenção em Colin, que ficou alguns metros à minha frente. Eu o imitei quando ele virou o caiaque para remar paralelamente à costa e fiquei surpresa ao ver como tínhamos ido longe. Mal dava para ver os carros no topo do penhasco que havíamos descido, e a praia era uma faixa bege estreita a mais ou menos quatrocentos metros de nós.

— Estou fazendo certo? — gritei para ele, intencionalmente ajustando minha técnica, de forma que o remo fosse fundo demais e meu ritmo ficasse todo errado. O caiaque se virou todo para a direita, um pouco à esquerda, depois todo à direita novamente. Quando Colin me alcançou, eu estava quase de costas para ele.

— Nada mau para uma principiante.

Ele mostrou como eu deveria segurar o remo, e notei que ele parecia ainda mais tranquilo agora. Talvez eu não fosse a única que se beneficiava de passar algum tempo na água. Fiz mais algumas perguntas sobre o jeito certo de remar, a postura correta e como ele tinha aprendido tanto. Quanto mais ele falava, mais facilmente as palavras lhe vinham — e mais certa eu ficava de que aquilo poderia dar certo. Para me garantir, eu me certifiquei de que nossas mãos se tocassem e me sentei do jeito errado, para que ele não tivesse outra saída a não ser se esticar e corrigir minha postura, tocando minhas costas e ombros. Não só esses breves momentos de contato pareceram ajudar a deixá-lo mais à vontade comigo, mas também, combinados com um ou outro borrifo de água salgada, me mantiveram energizada o suficiente para continuar.

Eu me sentia tão forte fisicamente que quando ele perguntou se eu gostaria de ir até um banco de areia a mais ou menos vinte metros de distância, concordei.

Infelizmente, a tempestade que tínhamos visto ao longe meia hora antes se aproximava enquanto remávamos, e as ondas estavam se tornando maiores. Quando alcançamos o banco de areia, o céu azul tinha sido tomado por nuvens pesadas e escuras. Gotinhas frias começaram a cair, e o vento a aumentar.

— Talvez seja melhor voltarmos! — gritei para ele. — E deixar isso para outro dia!

Um pouco mais à frente, Colin não respondeu. Talvez não tivesse ouvido. Ele estava cavalgando as ondas, remando aqui e ali, enquanto olhava a água abaixo de si. Depois de alguns minutos, agarrou uma ponta do remo e enfiou a outra na água com força, como se fosse uma lança. O remo ancorou e Colin se segurou nele, triunfante. Usando a mão livre, prendeu o que me pareceu um *leash* de prancha de surfe em torno do remo e saiu do caiaque, que balançava na superfície do mar, atado ao remo preso no banco de areia. Sob condições normais, acho que ele poderia ficar de pé com a água pelos tornozelos; nas condições que tínhamos agora, a água estava na altura dos seus joelhos.

— Isso não vai aguentar! — Precisei de toda a minha força para avançar pela água até perto dele. — As ondas estão muito fortes!

Ele abriu a boca para responder exatamente quando um raio cortou o céu, indo em direção ao horizonte. Um barulho de estremecer o chão, que senti apesar de estar longe do fundo do mar, veio três segundos depois, o que sugeria que a tempestade não estava tão distante quanto parecia. O dilúvio veio em seguida, lavando a água salgada da minha pele e fazendo o Atlântico verde-escuro espocar e borbulhar como se estivesse fervendo.

— Desculpa!

— O quê? — gritei. Aproximando-me do remo ancorado, eu me estiquei para tentar agarrá-lo, mas não consegui. Uma onda começou a me levar, e remei com força, lutando para não ser levada para muito longe.

— Eu não queria fazer aquilo!

Olhei para ele. Era difícil ouvir com o barulho do vento e da água... mas teria Colin dito o que eu pensei ter ouvido? Será que ele estava confessando ali, no meio do oceano, debaixo de uma tempestade?

— Eu não sabia o que estava acontecendo!

Sim, ele estava. Soltei o remo e procurei no bolso da jaqueta. A garrafa de água, com o gravador dentro, ainda estava lá.

— Se eu soubesse... se eu tivesse a menor ideia...

Peguei o remo com as duas mãos novamente e forcei meus braços a remar com toda força e velocidade que pudessem.

— Se você tivesse a menor ideia... do *quê*?

Ele olhou para mim, a chuva escorrendo em seu rosto. Seus olhos estavam límpidos, tristes. Ele balançou a cabeça e disse mais alguma coisa, mas não consegui ler seus lábios sob o clarão de um relâmpago, e suas palavras foram abafadas por um segundo trovão, ainda mais alto. Antes que eu pudesse pedir que ele repetisse o que tinha dito, uma onda veio por trás dele e o atingiu em cheio nas costas. Ele conseguiu se manter de pé, mas o remo ancorado foi arrancado da areia e carregado para fora de alcance, levando o caiaque junto.

Por uma fração de segundo, Colin ficou paralisado, olhando fixamente para o caiaque, com os olhos e a boca abertos, em pânico.

No instante seguinte, seu rosto relaxou. E ele mergulhou de cabeça no mar.

Eu fiquei lá parada, sem fôlego, olhando a superfície da água, esperando que a cabeça dele reaparecesse. Quando isso não aconteceu e o caiaque dele continuou se afastando mais e mais, fiquei de joelhos,

~ 301 ~

agarrei as laterais do meu caiaque e olhei para as profundezas escuras. Mas a chuva torrencial e a água agitada tornavam impossível ver qualquer coisa.

A essa altura, eu tinha duas opções. Poderia remar ou nadar até a praia e deixá-lo ali para encontrar o destino que ele próprio tinha feito por merecer... ou poderia salvá-lo. Para que depois ele sofresse um destino diferente, que o punisse pelo tempo que a lei achasse apropriado.

Eu ainda não tinha me decidido quando uma onda ergueu meu caiaque e o jogou para baixo de novo. Caí para fora antes que o caiaque virasse e fosse sugado por uma corrente poderosa. Fui pega pela cintura e jogada para um lado, depois para o outro. Antes que eu pudesse nadar, algo apertou meu peito. Minha boca. Minha testa. Enroscou-se em torno do meu pescoço e apertou, espremendo a água para fora da minha garganta. Abaixo dos meus pés, vi outros dois se debatendo.

A água não estava me arrastando e sufocando.

Era Colin.

E ele era forte. Dei uma cotovelada no estômago dele e libertei meu pescoço. Eu estava me virando para acertá-lo melhor quando ele agarrou meus braços por trás e os torceu nas minhas costas. A água estava tão agitada que eu não conseguia ver seu rosto, mas acima de nós estava um pouco mais claro. A cada poucos segundos, ele batia os pés e tomava fôlego na superfície, antes de voltar a mergulhar.

Meus braços arderam quando ele segurou meus pulsos com uma mão. Então segurou meu nariz e boca com a outra mão, tentando me asfixiar. Dobrei as duas pernas de uma vez, com força e para trás, tentando atingi-lo na virilha, mas o ângulo não ajudava. Eu não conseguia alcançá-lo. Depois de alguns segundos me contorcendo e retorcendo, a única coisa que evitava que eu desmaiasse era a água que passava por entre seus dedos. Eu a inspirava vorazmente, esperando que ele não percebesse.

Acho que ele não percebeu, mas, de qualquer forma, aquilo estava demorando demais. Pude sentir em seu punho, na leve diminuição da pressão em torno dos meus. Logo ele tirou as duas mãos. Antes que eu pudesse fugir, elas estavam de volta em torno do meu pescoço, apertando com mais força dessa vez. Com tanta força que os pontos brancos aos quais eu me acostumara nos últimos meses retornaram. Só que agora eles estavam se apagando em vez de brilhar. A dor era tão forte que achei que minha cabeça ia simplesmente se soltar e flutuar para longe.

Era isso. Eu ia morrer. Ali, na água. Assim como Justine. E todos aqueles homens no verão e no outono passados. Teria sido assim para eles? Tão escuro? Tão gelado?

Houve outro ribombar. E outro, e mais outro. Clarões de um branco brilhante iluminaram o oceano. Convencida de que o fim estava próximo, comecei a fechar os olhos contra a luz forte... mas algo me parou.

Um remo. De um dos caiaques. Ele tinha sido puxado para o fundo e agora girava em espiral, perto dos meus pés.

Com cuidado, lentamente, me movendo tão devagar que Colin não percebeu, prendi a ponta chata do remo entre os dedos dos pés e o ergui. Levei os braços para frente. Meus dedos se fecharam em torno do plástico rígido.

Brandindo o remo para trás, golpeei Colin com toda a força que tinha, atingindo-o nas costas. Suas mãos soltaram meu pescoço e eu me atirei para frente, longe dele e onde a água era mais funda e mais escura.

Meu primeiro instinto foi sair de perto e nadar para bem longe o mais rápido possível. Mas então dei uma cambalhota e voltei na direção do banco de areia.

Eu o encontrei agarrado à pequena faixa de areia firme que, até o fim da tempestade, provavelmente estaria destruída e nivelada com o fundo do mar. Eu conseguia vê-lo, seu rosto indo em direção à superfície, as bochechas infladas enquanto ele lutava para manter o ar. Minúsculas bolhas de ar saíam de seu nariz e dos lábios apertados, e eu sabia que, se o deixasse sozinho, ele estaria morto em segundos. Ele morreria certo de que quase havia me pegado, sem nunca saber que eu tinha voltado para buscá-lo.

Talvez fosse o que ele merecia, mas eu não poderia deixar isso acontecer.

O que não significava que eu não podia lhe dar uma lição. Então eu cantei. Para conseguir sua atenção. Para que ele soubesse que eu sabia o que ele havia feito, e que eu garantiria que todo mundo também soubesse. A nota começou suave, doce, e rapidamente ficou mais alta. Ela se estendeu até o banco de areia, a terra, o horizonte atrás de mim e até o céu. Logo eu não conseguia mais ouvir nem o trovão nem a água passando pelos meus ouvidos.

Nem Colin, aparentemente. Seus dedos ficaram retos. Ele se soltou do banco de areia e, apesar da correnteza, boiou em minha direção. Suas bochechas desinflaram. Seus lábios se abriram. Ainda cantando, tomei impulso uma vez e fui em sua direção. Se necessário, eu sabia que poderia forçar a água para fora de seus pulmões, mas nós não precisaríamos ir tão longe. Ele precisava estar bem — pelo menos fisicamente, de tal forma que, durante o trajeto de volta até Winter Harbor, pudéssemos discutir exatamente o que ele iria dizer à polícia.

Era um bom plano. Um *ótimo* plano.

Mas então a correnteza mudou, puxando Colin para o fundo. Para longe de mim. Nadei mais depressa, com mais força, mas parecia que, quanto mais eu tentava, maior se tornava a distância entre nós

Até que, longos segundos depois, ele sorriu.

Parei. O oceano ficou silencioso. Colin começou a vir em minha direção, com os braços abertos, parecendo mais feliz do que eu jamais o vira. Sua mão tinha acabado de roçar minha barriga quando a luz em seus olhos se apagou. E todo seu corpo amoleceu.

Ao mesmo tempo, em algum lugar no fundo da minha mente, a voz de Paige estava suplicando.

Vanessa, me ajude. Por favor. Agora.

Estou no Betty... e ele está atrás de mim.

25

TENTEI SALVÁ-LO. LEVEI O corpo dele de volta à praia. Bati em seu peito e soprei ar em seus pulmões. Cada vez que me afastava e via seus lábios virados para cima, eu acreditava que Colin ia conseguir, que o rosto dele se contorceria e ele se debateria no esforço para respirar, mas... ele estava apenas sorrindo.

— *Não!* — Apertei seu nariz e pressionei a na boca dele. Seu peito subiu, desceu e ficou imóvel. Repeti o procedimento mais uma vez. E depois outra.

Colin sorria o tempo todo

Vanessa... por favor, corra...

Soprei mais uma vez. Bati com mais força. A chuva começou a cair, misturando-se com as lágrimas que rolavam em meu rosto, mas eu não sentia. Não sentia nada.

Colin também não sentiu. A cada segundo, eu checava seu pulso, mas suas veias não revelavam batimento nenhum. Seu coração estava imóvel.

Ah, meu Deus... ele está aqui...

Eu me endireitei e olhei para a praia, na direção do restaurante. Ficava a alguns quilômetros de distância, então eu não teria sido capaz de vê-lo nem em um dia claro, mas esperei que, de alguma forma, Paige pudesse sentir que eu entrava em sintonia e falava com ela. Imaginei o sorriso bonito dela, sua gargalhada e respondi.

Onde?

Esperei. Quando tudo que eu escutei foi a chuva caindo e a água batendo na areia, tentei novamente.

Continue falando, Paige. Estarei aí assim que puder.

Sem parar de prestar atenção em Paige, eu me inclinei em direção a Colin. Aproximei a boca de seu ouvido e falei suavemente:

— Não sei como você se envolveu com aquelas garotas... mas sei o que você acabou de tentar fazer comigo. — Esfreguei os olhos, sem conseguir parar de chorar. — E ainda assim lamento. Você devia pagar pelo que fez... mas não desse jeito. Não cabia a mim fazer você pagar.

Incapaz de olhar para ele, mantive os olhos fixos no horizonte enquanto me levantava, tirava a jaqueta jeans ensopada e a usava para cobrir o rosto inerte de Colin. Em silêncio, pedi desculpas mais uma vez, enfiei os pés nas sandálias que ainda estavam na praia, onde eu as deixara antes de entrar na água, e corri pela trilha que levava até o estacionamento.

Os minutos seguintes foram um borrão. Alcancei o jipe no meio da chuva, liguei para a polícia para avisar sobre o corpo, dei a eles a localização e disse que algo estava acontecendo no Betty. Liguei para Simon e deixei uma mensagem apressada, dizendo que eu estava bem, mas Paige estava com problemas, e pedi que ele fosse ao restaurante assim que possível. Quando dei partida no carro e engatei a ré, liguei para meus pais para acalmá-los, dizendo que eu estava bem e que estaria em casa tão logo pudesse.

Não pensei no que acabara de fazer. Não pude. Se eu pensasse, desabaria. Ficaria sentada ali no meu jipe com a capota arriada e deixaria a água doce bater na minha pele até começar a envenenar meu corpo lentamente.

~ 306 ~

E Paige precisava de mim. Não pude salvar Colin... ou Justine, ou Charlotte... mas ainda poderia salvar minha melhor amiga.

Estava tão concentrada nisso que quase saí do estacionamento sem notar o carro estacionado entre um latão de lixo e uma duna. Quando o vi, pisei tão forte no freio que o jipe derrapou. Era uma caminhonete laranja e estava vazia. Com varas de pesca na caçamba. O fato de Paige estar em perigo ainda que Colin não pudesse mais machucá-la significava que ele não agira sozinho nas últimas semanas. Ele receberia ajuda aqui também? Os pescadores estavam escondidos em algum lugar no estacionamento, esperando para terminar o serviço?

Vanessa!

Balancei a cabeça e pisei no acelerador. Os pneus giraram na lama antes de ganhar tração e lançar o jipe para frente. Voei pelo estacionamento até a estrada, entrei nela derrapando e segui para a cidade.

A tempestade piorou enquanto eu dirigia. O céu ficou tão escuro quanto a noite, e a chuva era um muro cinzento impossível de ser atravessado pela luz de meus faróis. Eu estava realmente grata pelos raios que iluminavam a escuridão — e a estrada — a cada poucos segundos. Agarrando o volante com força, eu olhava fixo para frente, pensando apenas em Paige. Quando meu celular tocou, chequei o número na tela, mas eram meus pais, então deixei cair na caixa postal.

Chegando à cidade, falei com ela mais uma vez:

Estou chegando. Você está bem?

Houve um longo intervalo. Prendi a respiração enquanto olhava pelo para-brisa turvo, seguindo a linha dupla amarela difusa. Estava quase falando novamente, mais alto, quando ela respondeu.

Sim, disse com a voz trêmula. *Mas ele está aqui.*

Quem? Onde?

Ela falou novamente, mas sua voz se perdeu na explosão de um trovão. Um fragmento de raio iluminou o céu antes de atingir uma árvore à minha direita, dividindo-a em duas. Quando percebi que parte do tronco cairia e bloquearia a estrada, acelerei — mas foi inútil. A árvore ganhou velocidade na queda e bateu na estrada antes que eu pudesse passar. Derrapei até parar, evitando uma colisão por centímetros de distância. Então, engatei a ré e tentei dar a volta no tronco.

Mas a árvore era comprida demais. Bloqueou toda a estrada, e os galhos de cima se emaranharam ao mato a mais de seis metros de distância. Abri a porta, pulei para fora do carro e corri para a árvore, determinada a empurrar o tronco o suficiente para que eu pudesse passar. Inclinei-me contra ele com todo meu peso. A árvore oscilou um pouco, mas não se moveu. Como tinha caído em ângulo, estava alta demais para que eu simplesmente passasse por cima dela com o jipe. Do outro lado, a estrada permanecia escura. A tempestade era muito forte, do tipo que as pessoas estacionam o carro, esperando que o tempo melhore. Por isso, eram minúsculas as chances de que alguém, além da polícia, tentasse passar por ali e, quando não conseguisse, desse meia-volta e retornasse para a cidade, aproveitando para me dar uma carona.

Eu ainda estava a um quilômetro e meio de distância.

Na minha cabeça, Paige gemeu baixinho.

Havia apenas uma opção. Manobrei o jipe para o acostamento. Peguei meu telefone, minha bolsa, minhas chaves. E corri.

Minhas pernas bombeavam. Meus pés voavam sobre as pedras e os galhos. Meu coração batia rápido, mas de forma regular. Antes que eu notasse, as luzes ofuscantes da rua principal apareceram.

Você ainda está no Betty?, perguntei a Paige.

Sim...

Onde?

No...

Ela ficou em silêncio.

Paige? Você está bem?

Nada.

Aumentei o ritmo, correndo pela cidade. Quando o Betty surgiu em meu campo de visão, peguei o celular e tentei ligar para Simon novamente. Ele não atendeu, então deixei outra mensagem na caixa postal, dizendo que estava no restaurante com Paige e pedindo que ele, por favor, fosse logo nos encontrar lá.

Pulei os degraus da frente e investi contra a porta. Ela não abriu. Agarrei a maçaneta com força e tentei mais uma vez.

A porta estava trancada. No meio do dia, em plena hora do almoço. O Betty ficava aberto 365 dias no ano, não fechava por nenhuma razão. Paige gostava de dizer que, se uma nevasca interditasse o restante da cidade, você sempre poderia deslizar pelo gelo que cobriria o píer e encontrar uma tigela de sopa quentinha esperando por você no Betty. Essa tempestade, embora violenta, não era pior que as do verão passado... Então, o que diabos estava acontecendo?

E então eu vi. Uma placa escrita à mão, fixada do lado de dentro da porta de vidro.

O Betty está fechado hoje para uma festa particular.
Por favor, volte amanhã!

Paige não tinha mencionado nada sobre uma festa particular. Mas eu conseguia ouvir música de onde eu estava. Andei pela varanda, espiei pelas janelas do salão de refeições e vi que parecia ter algum tipo de celebração. Reconheci muitos pescadores que haviam se transformado em clientes regulares. Eles circulavam, conversavam e riam com várias garotas que não reconheci. Ninguém estava acomodado nas mesas comendo; as pessoas circulavam como se estivessem em um coquetel, talvez porque não houvesse ninguém para servi-las — correndo os olhos rapidamente pelo salão de refeições, não vi nenhum funcionário do restaurante por ali.

Paige, tentei novamente, descendo os degraus da varanda. *Estou aqui. Onde você está?*

Nada. Segui pela lateral do prédio e alcancei a porta da cozinha. Não fiquei surpresa em encontrá-la trancada também, mas foi um alívio ver que o cômodo estava vazio quando espiei por uma janela lateral. Olhei ao redor para ter certeza de que não era seguida e abri a porta com a chave que Paige me dera quando eu começara a trabalhar como recepcionista.

Primeiro chequei o porão. Não havia ninguém lá, então voltei pela escada e tentei a despensa, o armário, o *freezer*. Tudo vazio. Eu estava escondida atrás de uma pilha de louça, tentando imaginar como me infiltrar no salão de refeições sem que ninguém percebesse, quando ouvi um estrondo acima de mim, seguido por um feixe de luz que ia da minha esquerda para a minha direita.

Havia uma faca no balcão, bem perto de mim, ao lado de um tomate fatiado, como se alguém tivesse sido interrompido no meio da preparação de um prato. Peguei a faca e rumei para as escadas.

Ouvi vozes enquanto subia. O gemido suave de Paige parecia ficar mais alto, e logo percebi que era porque, agora, eu o ouvia tanto em minha cabeça quanto fora dela.

No topo da escada, apertei o cabo da faca e me dirigi para o deque de descanso dos funcionários. Eu não tinha um plano, mas, ainda que tivesse, não faria diferença. No segundo em que meus olhos registraram a cena diante de mim, eu estava espantada demais para me mexer.

Assim como o salão de refeições abaixo de nós, o deque estava decorado para a festa. Lanternas de papel em forma de globo estavam presas ao teto e balançavam ao vento. Velas, com a chama protegida por cúpulas de vidro transparente, estavam espalhadas pelas mesas, pelo chão e pelas grades de proteção das sacadas. No centro da mesa, onde eu e meus amigos nos sentamos muitas vezes, havia um balde de gelo prateado e três garrafas de champanhe, rodeadas por taças de cristal.

Paige estava sentada em uma cadeira de plástico em um dos cantos. Os pulsos dela estavam amarrados com uma corda, e a boca amordaçada. Sua cabeça estava caída para o lado, como se ela estivesse cansada demais para mantê-la ereta. Jaime, o pescador jovem e bonito que ela e eu havíamos manipulado dias atrás, estava de pé ao lado dela. Simon e Caleb, também amarrados e amordaçados, estavam jogados no chão no outro canto. Quando Simon me viu, seu corpo inteiro se contorceu, como se automaticamente quisesse correr para me proteger. Consegui balançar a cabeça, então ele parou. Não queria que ele alertasse os sequestradores, que estavam de costas para mim.

Paige, você está...

— Vanessa!

Paige ergueu a cabeça. Dei um passo para trás.

Natalie se virou.

— Que bom que você se juntou a nós. — Ela deslizou do colo de um dos rapazes e se apressou pela plataforma. Usava um leve vestido vermelho de verão, cuja saia era tão longa que se arrastava atrás dela. — Quer um pouco de champanhe?

Não respondi, e ela se aproximou, me puxou para um abraço e beijou meu rosto.

— Coitada. Você está ensopada! — Ela começou a se afastar e parou quando seus olhos encontraram os meus. Um segundo depois, seus lábios se curvaram para cima. — E você teve uma manhã e tanto, não é?

Ela deixou escapar um pequeno grito e foi na direção da mesa. Olhei para Simon, que me encarava. Suas sobrancelhas estavam franzidas, enquanto seus olhos viajavam lentamente dos meus pés até meu rosto. Caleb me observava, parecendo curioso. Do outro lado do deque, Paige, agora alerta, fazia a mesma coisa.

— Como você se sente? — perguntou Natalie. Ela colocou um morango na boca com uma das mãos e serviu champanhe em uma taça com a outra.

De alguma forma, encontrei minha voz.

— Bem.

Ela deslizou a taça em minha direção.

— Isso é tudo?

Comecei a dizer sim, então percebi que não era verdade. Eu tinha feito canoagem no oceano. Nadado. Sido atacada e me libertado. Arrastado alguém de oitenta quilos praia acima. Absorvido uma tonelada de água da chuva. Corrido mais de um quilômetro e meio. Entre meu esforço físico recente e o estresse emocional que acompanhara, eu não deveria estar ali. Deveria estar na praia, desmaiada. Ou talvez eu devesse estar morta.

Mas eu não estava. Porque Colin estava.

Eu me sentia mais forte, mais saudável do que nunca. E sabia o motivo. Os efeitos de minhas ações incocebíveis provavelmente podiam ser percebidas em minha aparência, e essa era a razão de meus amigos me examinarem daquele modo, como se quisessem ter certeza de que não era outra pessoa diante deles.

Bem, era a hora de eu tentar canalizar minha energia sobre-humana.

— O que está acontecendo, Natalie? — perguntei calmamente.

Ela deu de ombros e sorriu.

— O que você acha?

— Sequestro?

— E eu aqui pensando que você acharia nossa festa chique — resmungou ela.

Depois, veio em minha direção e me estendeu uma taça de champanhe. Quando não aceitei, seus olhos se dirigiram para minhas mãos.

— Ah. Você não vai precisar disso.

Antes que eu pudesse reagir, ela agarrou meu braço e o torceu tanto que larguei a faca. O cara no colo de quem ela estivera sentada se levantou, correu e pegou a faca do chão.

— Obrigada, querido — disse ela.

Quando eles se beijaram, eu me dei conta de que o conhecia. Da praia. Do dia em que Natalie surtou e eu a consolei.

— É o seu ex-noivo — eu disse, quando ele voltou a se sentar.

— Na verdade, ele é meu marido. Já há quanto tempo? Cinco anos? — Ela olhou para ele buscando confirmação, e ele assentiu. — Fiz todo aquele drama porque garotas adoram compartilhar mágoas, e era isso que eu queria que fizéssemos, eu e você. Mas, se tudo correr bem, você e o Simon serão felizes como eu e o Will somos. Para sempre.

Uma porta bateu. Passos pesados ecoaram pelas escadas. Dei um passo para o lado, preparada para ver a invasão policial, mas... era o pescador. O cara da caminhonete laranja.

— Sam? — perguntou Natalie, quando ele se aproximou. — O que você está...? — Ela franziu a testa, depois se encolheu e bebeu um pouco do champanhe que tinha servido para mim. — Então foi o Colin e não você. Isso não estava no roteiro, mas... ah, tudo bem.

Eu estava prestes a perguntar que roteiro, quando Sam saltou sobre mim. Ele estava ensopado, seus olhos desfocados, mas fixos nos meus. Antes que eu pudesse sair do caminho, um som curto e agudo, que lembrava uma campainha, perfurou o ar, silenciando temporariamente o vento, a chuva e os trovões. Por meio segundo, vi um clarão e minha mente ficou completamente vazia.

Quando consegui enxergar novamente, Sam estava sentado próximo ao marido de Natalie, com a expressão vazia, enquanto olhava diretamente para frente. Natalie parou diante de mim, sorrindo.

— Você é uma... — balbuciei.

Ela ergueu as sobrancelhas e colocou a mão em formato de concha no ouvido.

— Como é?

Tentei novamente, com a voz mais firme.

— Você é... uma sereia.

— Claro que sou. — Ela olhou para mim como se eu estivesse sendo tola.

— Mas minha cabeça... não está doendo. — Apesar de ter me sentido muito mal nas últimas semanas, eu não tinha experimentado nenhum dos tipos de enxaqueca que tivera antes e que indicavam a presença de sereias.

— Você realmente acha que eu me deixaria apanhar tão facilmente? — Ela olhou para Paige. — Embora eu deva admitir que estou bastante surpresa por sua amiga, sua *melhor* amiga, não ter lhe contado.

Eu encarei Paige.

Desculpe, Vanessa. Eu não...

— Silêncio! — Natalie gritou.

Quando Paige estremeceu e ficou quieta, tentei juntar as peças.

— Você tirou as fotos — eu disse. — E mandou os *e-mails*.

— Errado. — Natalie tomou outro gole de champanhe. — E errado.

Ela esperou que eu tentasse adivinhar mais alguma coisa. Quando não fiz isso, cruzou o deque e se inclinou contra a grade.

— Espero por você há muito tempo — disse. — Embora eu não soubesse que estava esperando por você especificamente... Mas, depois do último verão, não havia mais dúvida de que você era a escolhida.

Engoli em seco.

— A escolhida?

— Para se juntar a mim — disse ela. Seus olhos azul-prateados brilhavam. — Para liderar a próxima geração.

26

UM RELÂMPAGO CRUZOU O céu. Um trovão ressoou. Todos deram um salto, menos Natalie e eu.

— Ouça — ela disse casualmente, movendo a mão que segurava a taça. — Eu não vou destruir séculos de trabalho duro. As mulheres que vieram antes de nós se deram bem o suficiente com o que tinham à disposição. E nós não estaríamos aqui se não fosse assim. Mas os objetivos delas eram mais modestos, o alcance era limitado. A preocupação principal delas era, e de certa forma ainda é, a sobrevivência. — Seus lábios se ergueram em um sorriso lento. — Mas somos capazes de muito mais do que isso.

Eu ansiava olhar para Simon. Queria que ele se concentrasse em mim, que ignorasse tudo o que Natalie estava dizendo. Mas eu temia que ela confundisse o gesto com algo mais e o ferisse em resposta, portanto mantive os olhos fixos nela, enquanto ela continuava.

— A tentativa de Raina no último verão foi impressionante, ainda que falha. Ela foi a primeira, pelo menos até onde eu sei, que usou os poderes para tentar conquistar algo mais sério. Foi um gesto corajoso, e, se tivesse funcionado, não posso nem imaginar o que mais ela teria alcançado.

Agora eu queria olhar para Paige, mas não o fiz.

— Eu venho monitorando a atividade das comunidades mais poderosas há anos, e, quando as notícias sobre os sucessos da Raina chegaram até mim, no norte da Califórnia, a propósito, e não em Vermont, comecei a prestar mais atenção. E então, quando ficou claro o que, ou quem, tinha atravessado o caminho dela, fui fisgada. E decidi passar este verão na costa Leste. — Ela sorriu. — Lagosta deliciosa, aliás.

— Eu não compreendo — falei. — O que tudo isso tem a ver com os *e-mails*? As fotos? As garotas?

— Você estava relutante. Não queria o dom que tinha recebido. Eu tinha que chamar a sua atenção, te fazer enxergar como ele é valioso e como você é especial. Era o único modo de você se juntar a mim.

— Mas, se o último verão não me convenceu, por que isso tudo daria certo? — perguntei.

— Porque as vítimas desse verão foram mulheres jovens, não homens. E, até alguns minutos atrás, você achava que o agressor era um homem, não achava? E que ele merecia ser punido?

— Então foi você? — perguntei. — Você matou aquelas garotas? Para tentar me fazer ver algo que jamais verei?

Natalie franziu a testa.

— Você vai ter que aprender a não tirar conclusões precipitadas, se quisermos ter uma parceria de sucesso.

— Nós não vamos...

A nota soou novamente. Vi tudo branco. Meus pensamentos se apagaram.

— Eu não matei ninguém — disse Natalie, quando a luz se dissipou. — Não desta vez. Eu não precisei.

Ela ainda estava perto da sacada e fez um gesto para que eu me aproximasse. Enquanto o fazia, pensei na polícia. Onde estariam eles?

— Tudo o que eu fiz — disse Natalie quando a alcancei, baixando a voz — foi orquestrar.

～316～

Ela olhou por sobre a sacada, para a praia. Fiz o mesmo e vi todos os fregueses do andar de baixo indo na direção do porto. As mulheres, agora eu percebia, não eram mulheres comuns.

— Eu controlei todas — disse ela suave e alegremente, como se fôssemos duas amigas compartilhando segredos. — Fiz com que jovens sereias de ambas as costas enviassem os *e-mails*, para que eles não fossem rastreados até alguém daqui. Um grupo seleto se juntou a mim e ficou responsável pela câmera que você encontrou, que foi carregada de propósito com fotos significativas dos acontecimentos do último verão e deixada para que você a encontrasse. Você reconheceu as pistas, como eu esperava que fizesse, e ficou imediatamente desconfiada dos perseguidores de sereias.

— E quanto às pessoas que ouvi conversando na casa do lago? — perguntei.

— Foi um acidente feliz. O Colin recebeu uma dica anônima sobre a verdade por trás do verão passado, porque eu sabia que você entraria em contato com ele e esperava que ele servisse de distração enquanto eu trabalhava com os outros caras. O fato de os amigos dele estarem por perto, tão animados, foi uma feliz coincidência.

— E os outros caras eram os pescadores? — deduzi.

— Precisamente. O envolvimento do Colin precisava ser mínimo, mas os pescadores, sob efeito do encantamento de outras jovens sereias, talentosas, mas um pouco inexperientes, foram mais agressivos do que eu esperava. Eles sabiam que você era o alvo principal e não resistiram à tentação de te provocar quando a oportunidade surgiu. Infelizmente, um dos cavalheiros levou a coisa longe demais no porão do restaurante, e eu tive que aumentar a participação do Colin para desviar suas suspeitas. Era cedo demais para deixar que você juntasse as peças. Eu precisava de mais tempo.

— E foi por isso que você o mandou entregar o colar da Raina.

— Exatamente. As câmeras de segurança foram algo brilhante, devo dizer.

∽ 317 ∽

Observei os homens e as sereias lá embaixo. Apesar das forças da natureza atacando de todos os lados, eles conversavam e riam como se estivessem se divertindo muito.

— Então, o objetivo — disse eu — era me mostrar como os homens podem ser maus, fazendo-os matar mulheres inocentes? Para que eu achasse mais nobre a nossa habilidade de impedi-los?

— Isso era parte do objetivo. A outra parte era levar você a fazer o que fez hoje de manhã. A Paige, que acabou sendo muito útil em reunir as tropas, mesmo sem saber por quê, era a peça principal no jogo. Eu imaginei, corretamente, que você faria qualquer coisa para salvá-la. A cadeia de acontecimentos não foi exatamente como eu planejava, mas não importa. — Ela fez uma pausa. — O resultado foi o mesmo.

— O que você quer dizer?

— Eu sabia que você seguiria o Colin, o que me deu tempo de pegar a Paige sem que você estivesse por perto. Mas eu precisava de você aqui, para lutar corajosamente por ela, e mandei o Sam atrás de você. Imaginei que, quando o Jaime atacasse a sua melhor amiga, seria ele que você finalmente... Você sabe. — Ela desviou os olhos de mim para Simon, então olhou novamente para mim, aproximando-se. — Não se preocupe. Ele vai acabar se acostumando com a ideia. Todos se acostumam.

Forcei minha mente a ignorar essa última parte e olhei por sobre o ombro. Sam ainda estava sentado à mesa, ensopado. O deque era coberto, e, ao contrário do jipe, cuja capota estava abaixada quando eu o dirigira, a caminhonete laranja tinha cabine.

— Ele estava na água? — perguntei baixinho. — Com o Colin e comigo?

Natalie acompanhou meu olhar.

— A julgar pelas algas no cabelo dele, eu diria que sim. Há alguns minutos, quando vi como você estava linda e soube o que você provavelmente tinha feito, pensei que ele havia sido a vítima. Foi por isso que me espantei quando ele apareceu. Mas, enfim, são apenas detalhes, e bem pequenos.

Eu me virei na direção do porto, agarrando a sacada com tanta força que farpas de madeira penetraram minhas palmas.

Colin não assassinara ninguém. Ele não tentara me estrangular no oceano. Fora Sam. O que significava que uma pessoa totalmente inocente fora morta... por mim.

Eu era um monstro. Como o restante delas.

— Você precisa admitir — sussurrou Natalie — que é uma sensação incrível, não é? A adrenalina? A injeção de vida? E isso nunca precisa acabar. Pense nas possibilidades!

— Natalie — eu disse firmemente, esperando ganhar tempo até a chegada da polícia. — O que exatamente você quer que eu faça?

— Junte-se a mim. — A voz dela estava animada. — Me ajude a encontrar e treinar jovens e talentosas sereias, que depois poderão treinar outras.

— Para matar?

Ela deu de ombros.

— Às vezes. Isso é parte de quem somos. Mas juntas podemos expandir nosso território, geográfica e ideologicamente. A nossa pode ser a primeira comunidade de sereias a ultrapassar fronteiras estaduais e controlar mais membros do sexo oposto do que qualquer grupo já foi capaz. Não precisamos matar todos... Podemos simplesmente controlá-los, fazê-los agir segundo a nossa vontade, qualquer que ela seja. Os homens tiveram o controle durante séculos, e já é hora de serem colocados em seu devido lugar.

Eu quis fazer outra pergunta para mantê-la falando, mas estava espantada demais com o que ela sugerira para formar palavras. Para o bem ou para o mal, ela continuou:

— Isso não é apenas um pedido, Vanessa. É uma oferta. Uma oportunidade. Se você concordar, vai se tornar mais forte e mais poderosa, de um modo que nem pode imaginar... e seus amigos vão continuar vivos. Eu escolhi você por sua linhagem impressionante e suas habilidades, mas a Paige pode se juntar a nós. Você e o Simon podem ficar juntos. Você vai ter a vida que achou que tinha perdido quando se transformou no último verão, só que ainda melhor.

— E se eu não aceitar? — perguntei.

Ela riu. Quando percebeu que eu não estava brincando, sua expressão ficou séria.

— Então você não é tão esperta quanto eu pensava. E...

Ela virou a cabeça lentamente na direção da cena lá embaixo.

A festa estava mais próxima da água. E o grupo havia crescido.

— Simon.

Meu coração parou. Ainda amarrado e amordaçado, ele lutava para se libertar das garras de Sam, que o arrastava na direção da praia. O marido de Natalie os seguia de perto com Caleb, e Jaime com Paige. Eles os haviam levado para a praia enquanto Natalie e eu conversávamos.

— Isso pode ser fácil ou difícil — disse ela, satisfeita. — A escolha é sua. A festa, em sua honra, vai acontecer de qualquer jeito.

Dizendo isso, ela colocou a taça vazia na mesa, apoiou as mãos na sacada e saltou do deque. Sua saia vermelha voou ao seu redor enquanto ela atingia o chão, caindo de pé com um ruído suave. Então caminhou na direção dos homens e das sereias, que continuavam a conversar e a rir, entrando na água.

As sereias estavam atraindo os homens para o porto. Elas iriam fazer o que Raina não conseguira no último verão. E, se eu não participasse, elas levariam Simon, Caleb e Paige junto.

Vanessa, o que está acontecendo? O que vamos fazer?

A voz de Paige soou como um alarme na minha cabeça. Por um segundo, eu não soube se deveria responder. Se Natalie estivesse certa, se Paige sabia que sua nova graçonete era uma sereia... será que ela sabia de todo o resto, também?

∽ 320 ∽

Cante, Paige. Para o Jaime. Para ele soltar você.

Eu não faria isso se fosse você, disse Natalie. *Até juntarmos nossas forças, vocês estão em grande desvantagem. Ao meu sinal, as sereias vão mudar seus alvos instantaneamente.*

Aquela era a resposta de que eu precisava. Paige e Natalie não eram aliadas; Natalie simplesmente usara minha amiga. Sem querer perdê-los de vista sequer por um instante, apoiei as mãos na sacada e saltei do deque. Aterrissei de forma surpreendentemente fácil e corri.

Enquanto eu me apressava na direção deles, percebi que não era a única a perseguir alguém. O delegado Green e outro policial haviam chegado, finalmente, e estavam atravessando a areia correndo... perseguindo a mim.

— Vanessa Sands! — uma voz grave masculina soou atrás de mim.

Diminuí a velocidade, mas não parei.

— Você está presa! Tudo o que você disser pode...

— Presa? — Atingindo a beira da água, Natalie se virou para nós, com uma das mãos sobre o peito. — Por que motivo?

Examinei a água atrás dela. As sereias e os homens estavam indo para o fundo. Alguns homens já lutavam para manter a cabeça acima da superfície.

— Pelo assassinato de Colin Robbins.

Agora eu parei. Mas não para encarar a polícia.

Eu encarei Simon. Ele estava de pé ao lado de Sam, a meio metro da água. Ao ouvir a declaração do delegado Green, ele sacudiu a cabeça e olhou para mim com os olhos arregalados, confuso.

— Deve ser algum engano — disse Natalie. — A linda e doce Vanessa Sands, que não seria capaz de machucar uma mosca... é uma assassina?

— Eu gostaria que fosse um engano — disse o delegado Green, parando à nossa frente. — Acredite em mim. Mas temos a confissão dela aqui mesmo.

Meu coração se apertou quando ele tirou do bolso da camisa um gravador digital — o *meu* gravador digital, que eu havia levado comigo no caiaque. Com tudo o que acontecera, eu me esquecera dele.

— Nós encontramos isto na jaqueta jeans que ela deixou com a vítima — disse o delegado, olhando para mim. — Está tudo aí: a briga debaixo d'água, o corpo arrastado até a praia, o seu pedido de desculpas. Tudo.

Natalie estalou a língua.

— Ora, ora. Isso foi um descuido.

Pela primeira vez, o delegado Green olhou para a cena à sua frente.

— O que está acontecendo aqui? O que todas essas pessoas estão fazendo na água?

— São só alguns amigos fazendo uma festinha na praia — disse Natalie.

— No meio de uma tempestade? — ele perguntou.

— Somos ótimos nadadores — ela sorriu.

O outro policial — sargento Tompkins, de acordo com o distintivo — apareceu atrás de mim e agarrou meu pulso. O delegado Green deu um passo na direção da água no mesmo instante em que um relâmpago iluminou o céu — e os prisioneiros ainda estavam na areia.

— Paige Marchand? — perguntou ele. — É você? O que você...

Ele foi interrompido por um grito de estourar os tímpanos. Mais uma vez, o mundo inteiro ficou branco. Minha cabeça se esvaziou. Mas aquela única nota durou mais tempo que as outras no deque dos funcionários, e, depois de alguns segundos, meu corpo pareceu se ajustar ao ruído. Minha visão retornou parcialmente — eu conseguia distinguir as pessoas e o lugar diante de mim, mas estava tudo borrado, como se eu estivesse olhando através de uma tela cinza.

Foi o suficiente. O delegado estava perfeitamente imóvel, a boca aberta em O e as mãos na cabeça. Simon, Caleb, Paige e seus captores também estavam imóveis. Assim como as sereias e os homens no porto, embora a água continuasse a bater contra eles. Atrás de mim, o sargento Tompkins não se movia.

A única que o fez foi Natalie, que se aproximou do delegado, ainda cantando. Se ela sabia que eu podia vê-la, não deixou transparecer. Certa de que aquela seria minha única chance, comecei a me afastar do policial — mas fui impedida por algo frio e duro.

Algemas. Ele colocara uma em meu pulso, e segurava a outra, ainda aberta, na mão direita.

Sei que você é forte... Agora, você só precisa decidir o que realmente significa ser corajosa.

As últimas palavras de Charlotte ecoaram em minha mente.

E eu soube o que precisava fazer.

Puxei o braço até conseguir soltar a outra algema dos dedos do sargento Tompkins. Mantendo um olho em Natalie, que estava de costas para mim enquanto se aproximava do delegado Green, corri pela areia até alcançar Caleb. Ele não pareceu sentir nada quando desamarrei suas mãos e arranquei a fita adesiva de sua boca. Segurei as lágrimas ao lhe dar um rápido abraço e corri para Paige. Soltei-a também e lhe dei um abraço um pouco mais apertado, um pouco mais longo. Pensei em empurrar os captores para longe, para dar mais vantagem aos meus amigos, mas não sabia se a força poderia acordar os homens ou até alertar Natalie. Eu só esperava que Caleb e Paige se movessem rápido o bastante quando o encantamento passasse.

E então, corri para Simon. Os olhos dele ainda estavam fixos no sargento Tompkins, assim como no momento em que Natalie começara a cantar. Não pude impedir que as lágrimas escorressem pelo meu rosto enquanto o desamarrava e arrancava a fita adesiva de sua boca. Trabalhei rapidamente, sabendo que não tinha muito tempo — e que não conseguiria continuar, se começasse a pensar em como tudo aquilo era injusto.

Mas não era assim que as coisas teriam terminado, de qualquer forma? Com nós dois separados? E eu meio morta, se não morta de verdade? Não era melhor que isso acontecesse agora em vez de mais tarde, independentemente da maneira como aconteceria, da forma que Charlotte descrevera?

Lancei um olhar às minhas costas. Natalie estava pressionando as mãos contra o peito do delegado, os olhos fixos nos dele, movendo a boca quase imperceptivelmente.

Virei-me para Simon e colei os lábios nos dele pela última vez. Sua boca ainda estava macia e quente, o que fez as lágrimas caírem mais depressa.

— Eu te amo — sussurrei, tomando cuidado para não dizer as palavras em voz alta ou na minha cabeça. — E lamento tanto.

Levantei-me, afastando gentilmente os cabelos de sua testa, e comecei a me aproximar de Natalie. Meus pés se moveram mais rápido, até que eu estava correndo. Desacelerei o suficiente para não colidir contra ela, coloquei a outra algema em seu pulso e a fechei.

— Vanessa! — exclamou ela, o encantamento instantaneamente quebrado. — O que...

Ela foi interrompida quando a puxei para trás, arrastando-a pela areia. Todos ao nosso redor recuperaram os sentidos, mas lentamente, como se estivessem despertando de um longo sono. Usei a confusão temporária deles em minha vantagem; quando eles conseguiram se lembrar de onde estavam e o que estava acontecendo, Natalie e eu já estávamos na água.

Isto é comovente, mas inútil, gritou ela dentro da minha cabeça. *Você não faz ideia de como eu sou forte.*

Acho que vou ter que descobrir.

Enquanto ela gritava e se debatia, segurei seus ombros com mais força. Ela escapou de mim uma vez, mas eu me virei e a agarrei imediatamente, bloqueando seu caminho até a superfície. Ela tentou passar por mim, mas eu a puxei de volta com um movimento rápido.

Natalie era forte. Mas eu acabara de tirar uma vida... e também era.

O que você vai fazer?, perguntou ela, enquanto afundávamos cada vez mais. *Vai me enterrar na areia, no fundo do oceano?*

Não seria má ideia.

Se você queria me matar, por que não pegou a arma do policial e atirou em mim?

Porque eu *não* queria matá-la. Não queria matar mais ninguém, nunca mais. Mas, já que aquele era o único modo de fazê-la parar e salvar inúmeras outras pessoas de morrer sob o seu comando... eu, pelo menos, não queria viver com a culpa de tê-la matado. Eu poderia ter atirado em mim mesma também, mas não podia fazer isso com Simon e meus amigos. E, além disso, aquele modo me parecia mais apropriado.

Nós iríamos nadar. Deixar que a corrente nos levasse. Render-nos ao oceano, sem emergir para respirar. Por horas, dias ou semanas. Pelo tempo que levasse até que nosso corpo parasse de funcionar por falta de oxigênio, algo de que precisávamos para sobreviver, tanto quanto precisávamos de água salgada.

Você está sendo tola. Como isso pode ser melhor do que a vida que lhe ofereci?

Aquilo não seria uma vida, retruquei. *E assim ninguém mais vai se ferir.*

Ela riu. *Talvez eu estivesse errada a seu respeito afinal de contas, Vanessa Sands. Porque, se você acha que isto termina comigo, está redondamente enganada.*

Bati as pernas com mais força, mergulhei mais fundo. Ela gritou, e a nota alta e aguda me cegou temporariamente. Sem pensar, imitei o som, dando tudo de mim na esperança de abafar o canto dela.

Segundos depois, fomos cercadas por uma luz prateada.

Está vendo? Ela deu um tapinha em meu braço, ainda em torno de seus ombros. *Veja como eu as ensinei bem.*

As sereias. As sereias *dela*. As mesmas que estavam encantando os pescadores um minuto antes agora nos cercavam, com os olhos brilhando. Elas formavam um círculo fechado, e era impossível nadar para longe. Uma a uma, elas nos alcançaram, agarrando nossos cabelos, nossos braços, nosso pescoço. No começo, tentei resistir, me libertar das garras delas... mas era inútil.

Então, parei de lutar. Relaxei o braço ao redor de Natalie e senti que ela flutuava para o mais longe que as algemas permitiam. Fechei os olhos.

E então, cantando tão suavemente que só eu mesma conseguia ouvir, pensei em Justine, disse a ela que nos veríamos em breve... e me rendi à luz.

27

O PEQUENO QUARTO FICAVA no último andar de um velho edifício de tijolos. As paredes eram de concreto branco, e o chão, de linóleo cinzento. O teto estava coberto de adesivos que brilhavam no escuro, deixados por um antigo ocupante. Havia camas, cômodas, escrivaninhas e estantes, duas de cada. Uma pia com pedestal ficava entre dois armários. Sobre o aquecedor de ferro, uma grande janela se abria para uma série de edifícios semelhantes, com quartos idênticos àquele.

— Bem — disse minha mãe, olhando em volta —, não é o Hotel Ritz.

— Não — respondi. — É ainda melhor.

Os olhos dela se encheram de lágrimas e ela sorriu. E então, provavelmente para evitar o colapso nervoso contra o qual lutava nos últimos dias, ela se virou para a pilha de lençóis dobrados sobre a escrivaninha, apanhou um deles e o sacudiu sobre uma das camas.

— Cinco lances de escadas — arfou meu pai, entrando no quarto. — E nenhum elevador.

— O que não seria um problema se alguém não tivesse insistido em trazer tudo o que tem — disse Paige, seguindo meu pai e revirando os olhos. — Que fresca.

Ela estava brincando. Havíamos passado por vários carros tão abarrotados de bagagem que as janelas pareciam prestes a explodir, e as minhas coisas couberam perfeitamente no porta-malas do utilitário de minha mãe — e sobrara espaço.

Paige ficara tão espantada quando vira as poucas caixas que perguntou se havíamos alugado uma carreta para trazer o restante das minhas coisas. Quando respondi que não, ela perguntou se o carro havia sido arrombado. E as provocações continuavam desde então.

Meu pai pendurou meu casaco de inverno — pelo qual Paige devia ter insistido que ele trocasse a minha mala, quando percebeu que não havia elevador — em um dos armários. Paige empurrou a mala até uma das cômodas. Minha mãe terminou de arrumar a cama e ficou parada no meio do quarto, com as mãos na cintura.

— Devíamos tirar as roupas da mala — disse ela. — E quanto aos produtos de higiene? Você quer que eu os coloque na pia? Em cima da cômoda? E o *laptop* e os cadernos? Temos que organizar a sua escrivaninha, também.

— Mãe. — Eu me aproximei dela e apertei seu braço. — Não tem muita coisa para tirar da mala ou organizar. Posso fazer isso mais tarde.

Ela franziu a testa.

— Então devíamos ir fazer compras. Você precisa de um tapete. E de cortinas. E talvez de mais alguns travesseiros, se quiser ler na cama.

— Não se esqueça do frigobar — completou Paige. — Eu definitivamente vou comprar um quando me mudar para San Francisco na primavera. Talvez dois.

— Faz sentido — disse eu. — Você vai estudar gestão de restaurantes. Vai precisar armazenar todos os pratos fantásticos com que seus futuros funcionários vão tentar te subornar. Mas eu, por outro lado, posso passar sem um frigobar. Mesmo.

— E quanto a lanches? — perguntou minha mãe. — E garrafas d'água? Eu devia ter pensado nisso. Por que eu não pensei nisso?

— Provavelmente porque estava ocupada demais pensando em todo o resto.

Sem parecer convencida, minha mãe mordeu o lábio, tamborilando os dedos nos quadris.

— Eu tenho carro — lembrei a ela. — Se eu mudar de ideia, posso ir comprar depois.

— Mas frigobares são pesados — protestou ela. — E não tem elevador.

— Eu ajudo — disse uma voz masculina familiar.

Minha mãe se virou. Eu sorri.

Simon estava parado na soleira da porta aberta.

— Eu pretendo passar bastante tempo por aqui — completou ele. — E vou garantir que a sua querida filha tenha tudo de que precisa, antes mesmo de precisar.

As lágrimas encheram os olhos de minha mãe novamente. Ela foi até a porta e deu um abraço apertado em Simon. Quando finalmente o soltou, meu pai apertou a mão dele e lhe perguntou como tinha sido a viagem desde a Bates. Enquanto os três conversavam, Paige olhou nos meus olhos, do outro lado do quarto, e falou de modo que só eu pudesse ouvir.

Você parece estranhamente calma. Está tudo bem?

Está tudo ótimo. Juro.

Que bom. E não se preocupe com os seus pais. Vou assegurar que as lágrimas não inundem toda a região nordeste no caminho para Winter Harbor.

Obrigada, eu disse, pensando novamente em como tinha sido ótimo Paige nos acompanhar na viagem. Ela tomara um trem até Boston, passara o fim de semana anterior conosco, viera comigo no jipe até Hannover e, eu esperava, distrairia meus pais quando eles partissem naquela tarde. Eles iriam para Winter Harbor preparar a casa da praia para o inverno, e se ofereceram para levar Paige, para que ela não precisasse tomar o trem mais uma vez.

A propósito, ela disse, isso é muito melhor que e-mail. Se eu puder ouvir a sua voz sempre que quiser, acho que consigo sobreviver à distância entre nós e ao tempo entre as visitas.

Olhei para ela. *Já sobrevivemos a coisas piores.*

Pensando em retrospecto, era difícil acreditar em tudo por que havíamos passado. O afogamento de Justine. Os ataques de Raina e Zara, tanto em Winter Harbor como em Boston, e sua subsequente morte. A quase morte e a manipulação de Betty. A perda do bebê de Paige. A chegada inesperada de Charlotte, e sua partida igualmente súbita. Nossas transformações físicas e os incontáveis desafios que isso nos trouxera.

E, obviamente, Natalie.

Havia tantos motivos pelos quais eu não deveria ter sobrevivido aos acontecimentos do último verão, especialmente levando em consideração quão perto — e quão frequentemente — eu chegara de morrer. Antes de saber do que precisava, meu corpo quase havia me deixado na mão. Um pescador hipnotizado poderia ter me matado no porão do Betty se eu não o tivesse interrompido acidentalmente, e novamente no oceano, quando ele tentara me estrangular. E depois de, por algum milagre, eu conseguir passar por tudo aquilo, quase morrera no porto, algemada a Natalie e sufocada por sereias vingativas.

Mas eu sobrevivera àquilo também. E finalmente meus poderes de Ninfeia haviam sido úteis. Porque as sereias não tinham ouvido o chamado de Natalie para me atacar. Elas ouviram a minha voz, acima da dela... e a atacaram. Em um redemoinho de água e música, durante o qual eu tive certeza de que cada respiração minha seria a última, elas a mataram. E, quando acabaram, vieram a mim procurando orientação.

Quando percebi o que havia acontecido, agi automaticamente. Instruí a maioria das sereias a voltar até os homens, certificar-se de que eles estavam bem e fazer o que pudessem para amenizar as lembranças daquela noite. Pedi a duas delas que levassem o corpo de Natalie para o mar, onde se decomporia muito antes de ser encontrado. Quando as algemas se mostraram um problema, apanhei a corrente entre os dedos e a arrebentei como se fosse feita de algas, e não de metal. E então fui até a praia, preparada para confessar um segundo crime ao delegado Green e ao sargento Tompkins.

Paige, porém, tinha aprendido uma ou duas coisas na convivência com Natalie. Antes de os meus pés tocarem a areia, os policiais haviam desaparecido — aparentemente convencidos de que haviam ido até a praia para atender a uma reclamação sobre barulho excessivo. O gravador digital com minha confissão estava com ela. E Paige também cuidara de Jaime, Sam e do marido de Natalie, da mesma forma que eu pedira para as sereias cuidarem dos outros homens: cantando tão suavemente que eles acreditaram em tudo o que elas diziam, inclusive na minha inocência. Os únicos que ainda sabiam do que eu fora acusada eram Paige, Caleb, Simon e eu própria.

Nós quatro conversamos por horas depois daquilo. Eles não tinham ouvido minha conversa com Natalie no deque dos funcionários, e eu expliquei tudo o que ela me contara. Quando terminei, disse a eles que ainda pretendia me entregar para a polícia pelo que havia feito a Colin, mas eles me convenceram do contrário, afirmando que eu agira em legítima defesa e que a morte dele fora, na verdade, um acidente. Eles também achavam que seria difícil explicar aquilo para as autoridades sem explicar todo o resto. Eu não podia discordar dessa lógica, portanto, embora eu estivesse — como ainda estava — consumida pela culpa, concordei.

Como Natalie era de fora da cidade, não era conhecida por ninguém além de nós, e sua ausência não seria sentida nem seu corpo encontrado. A morte de Colin fora considerada um trágico acidente de caiaque. As outras mortes misteriosas — de Carla, Erica e Gretchen — permaneceram sem solução. Finalmente, à medida que as semanas se passaram sem mais incidentes, os moradores e a vida em Winter Harbor se acalmaram.

Paige conseguiu relaxar, embora tenha levado mais tempo. Da mesma forma que eu me sentia culpada por meu envolvimento com Colin, ela se sentia culpada pelo dela com Natalie. A amizade delas começara de forma inocente, mas Natalie havia se agarrado ao fato de que Paige queria melhorar os negócios no restaurante e, quando o momento certo chegou, ela confessou que também era uma sereia. Ela alegara que tinha vontade de conhecer Paige depois de ler sobre tudo o que havia acontecido no verão anterior, e esperava poder ajudá-la a seguir em frente depois de uma experiência tão pavorosa. Paige, desesperada para melhorar os negócios e curiosa sobre o que uma sereia mais experiente e aparentemente confiável poderia lhe ensinar, rapidamente aceitou as propostas profissionais de Natalie, inclusive de usar suas habilidades para atrair homens para os novos concursos do Betty. Paige quis me contar, mas não o fez por dois motivos. O primeiro era que temia que eu não fosse aprovar, e o segundo era que não queria me dar mais um motivo de preocupação.

Ela tinha pedido desculpas muitas e muitas vezes, e a cada vez eu dissera que aquilo não era necessário. Afinal de contas, levando em consideração tudo o que eu tinha feito, como poderia julgar alguém?

Estou com vontade de tomar um café, Paige anunciou de repente. E então disse:

— Quem quer café? Eu pago.

Meus pais, miraculosamente percebendo que aquilo era um pretexto, responderam que precisavam desesperadamente de cafeína. Combinamos de nos encontrar no refeitório, e eles saíram apressadamente do quarto. Depois que partiram, Simon entrou e fechou a porta.

— Oi — disse ele, sorrindo.

Fui até ele, passei os braços ao redor de seu pescoço e o apertei com força.

— Obrigada por vir.

— Você está brincando? Eu não teria perdido isso por nada.

Era verdade. Tinha de ser. Eu certamente havia lhe dado motivos para ficar muito, muito longe por muito, muito tempo... e, mesmo assim, ali estava ele.

— Algum sinal da sua colega de quarto? — perguntou ele, um momento depois.

Eu o soltei com relutância.

— Não. Mas nós trocamos alguns *e-mails* e ela parece legal. O nome dela é Sarah. Ela é de Nebraska.

— Convenientemente, bem longe de qualquer oceano.

— Isso mesmo. — Aquele também fora o meu primeiro pensamento.

— Você aceitaria um conselho de amigo?

— Sempre.

Ele se atirou na cama.

— Regras. Estabeleça regras logo que possível. De preferência depois que seus pais forem embora, mas antes de você ir dormir hoje à noite. Você não vai querer acordar com um despertador antes do amanhecer, ou com alguém fazendo ioga pelada, ou qualquer coisa que possa fazer o relacionamento de vocês duas começar de um jeito desastroso que não dê mais para consertar. Acredite em mim.

Sorri e me sentei ao lado dele.

— Além disso, você tem certeza sobre o lado do quarto? A regra geral é que a primeira a chegar escolhe, mas sei que bastaria que a Sarah de Nebraska olhasse para este lado do quarto com um sorriso para que você cedesse a ela. Então, se você tiver certeza, é melhor pensarmos em um jeito educado de você manter sua escolha. Outra opção é esperar até ela chegar e discutir quem fica com qual móvel, mas isso sempre dá mais trabalho do que vale a pena.

Divertida, eu não disse nada. Um segundo depois, ele se virou para mim com as sobrancelhas erguidas.

— Desculpe — disse eu. — Essa pergunta era séria?

— Espere só. Amanhã de manhã, quando você abrir os olhos antes do sol nascer e de repente conhecer a sua colega de quarto *muito* bem... vai desejar ter me levado a sério.

Eu me aproximei de Simon, encostando o ombro no dele.

— O que eu faria sem você?

Ele ergueu meu queixo, esperou que meus olhos encontrassem os dele e falou suavemente:

— Esta é uma pergunta, Vanessa Sands, para a qual você jamais terá de saber a resposta.

Então pressionou os lábios gentilmente nos meus. Enquanto nos beijávamos, pensei que, pela primeira vez, eu realmente acreditava naquilo. Eu acreditava que Simon e eu ficaríamos juntos, não importava o que acontecesse. Porque ele sabia de tudo agora. Ele sabia sobre Colin. Sabia que, embora Natalie tivesse, tecnicamente, sido morta pelas outras sereias, elas haviam agido em resposta ao meu chamado, o que me tornava pelo menos parcialmente, se não totalmente, responsável. Sabia como eu me sentira forte depois da morte dela, mais ainda do que depois da de Colin. Sabia até o que eu teria de fazer se quisesse continuar a deter o processo de envelhecimento acelerado.

E queria ficar comigo mesmo assim.

Continuamos a nos beijar por algum tempo. Quando finalmente nos separamos, Simon se levantou com um suspiro e estendeu a mão.

— É melhor encontrarmos os seus pais, antes que a sua mãe monopolize todos os frigobares em um raio de cem quilômetros.

Segurei a mão dele, e ele gentilmente me ajudou a levantar.

— Posso encontrar vocês daqui a pouco no refeitório? Só preciso fazer algumas coisas.

— Não me importo em esperar.

— Não precisa — sorri. — Não vou demorar.

Simon não insistiu. Apertou meus dedos antes de soltá-los, beijou meu rosto e disse:

— Leve o tempo que precisar.

Eu o observei sair. Quando a porta se fechou atrás dele, examinei o quarto mais uma vez. Sem contar a mobília e os meus lençóis, estava vazio, e o meu lado provavelmente ficaria assim. Enquanto encaixotava minhas coisas antes de virmos para cá, eu pensara na casa de Charlotte no sul de Boston e no quarto de hóspedes durante sua estada em Winter Harbor. A casa dela era mobiliada de maneira simples. Suas estantes haviam permanecido vazias, e a lareira era imaculada, como se nunca tivesse visto um fósforo. Ela ficara conosco por vários dias na casa da praia, mas, exceto por sua mala e seus chinelos, o quarto parecia desocupado.

Charlotte mantivera tudo simples. Ela jamais quisera se acomodar, se apegar às coisas. Porque era difícil se sentir confortável no presente quando seu futuro podia mudar a qualquer momento.

Era por isso que eu não trouxera muita bagagem. Eu não sabia o que o futuro me reservava. Por enquanto, era a faculdade. Simon. Meus amigos e minha família. Uma vida relativamente normal.

E mais tarde? Daqui a um mês? Um ano? Dois anos? Quando nenhuma quantidade de água salgada ou flertes aleatórios fosse capaz de me dar a força necessária para viver de maneira relativamente normal? Quando chegasse o momento de fazer o que eu não sabia se seria capaz de fazer novamente?

Eu não tinha ideia.

Ainda assim, eu tinha esperança. Mais do que tivera em muito tempo. E fora por isso que trouxera algumas coisas para fazer o meu quarto parecer um lar.

Minha bolsa estava sobre a cama. Retirei dela o envelope que havia guardado na noite anterior, fui até a escrivaninha mais próxima e examinei a parede — e um painel de cortiça que havia ali.

Fiz o que Simon sugerira. Levei o tempo necessário, trabalhando com cuidado, organizando tudo com carinho. Quando terminei, dei um passo para trás para examinar o resultado.

⌐335∼

O adesivo verde-folha de Dartmouth que eu recebera com minha carta de aceitação estava bem no centro do quadro, no topo. Sob ele, havia uma dúzia de fotos — meus pais descansando em espreguiçadeiras na praia, Paige dançando com Betty enquanto Oliver cozinhava ao fundo, Caleb rindo e fingindo atacar a câmera com um ancinho. Simon lendo, caminhando e olhando para a fotógrafa como se estivesse perfeitamente satisfeito de nunca mais olhar para outra coisa.

Aquelas fotos formavam uma espécie de círculo, ao redor de outra. Era uma fotografia treze por dezoito, e era a minha favorita. Nela, Justine e eu estávamos pescando em nosso barco a remo vermelho. O rosto dela estava virado para mim, e o meu, voltado para o céu. Meus ombros estavam encolhidos, enquanto eu gargalhava até as lágrimas caírem, reagindo a algo que ela dissera.

— É assustador — sussurrei, encostando os dedos suavemente no rosto sorridente dela. — Mas também é excitante. Você teria gostado.

Fiquei ali por mais um minuto — até que uma voz familiar chamou meu nome, do lado de fora. Fui até a janela aberta e olhei para a calçada lotada.

— O coral da faculdade vai se apresentar aqui fora! — gritou Paige, acenando com dois cafés gelados, um para cada uma de nós, imaginei. — Não faço ideia do que eles vão cantar, mas um veterano bonitão me disse que não podemos perder. Você vem?

Eu sorri. Meus pais estavam parados atrás dela, examinando o mapa do campus. Simon estava ao lado deles, com as mãos nos bolsos dos jeans, sorrindo para mim.

Ao redor deles, meus novos colegas conversavam e sorriam, entre si e com suas famílias.

— Já estou descendo! — gritei.

E então apanhei minha bolsa, dei mais uma olhada no meu novo quarto e fui descobrir o que mais aquele dia me reservava.